JN097305

ビギナーズ家族

小佐野 彈

小学館

ビギナーズ家族

装丁　大久保伸子
装画　小幡彩貴

目次

プロローグ

哲大(てつひろ)が秋(あき)と出会ったのは、夏のいたずらだった。

中学から大学にいたるまで野球一筋だった哲大はその日、草野球仲間たち四人と飲んでいた。大阪の強豪(きょうごう)校からスポーツ推薦(すいせん)で体育大学に入学し、野球に打ち込んできた哲大の同級生や友人のうち、何人かはプロ野球選手になった。とはいえ、二十七歳になる哲大の友人たちのなかで、一軍で活躍し続けた者は一握りもいない。ほとんどは、戦力外通告を受けて体育教員になったり、不動産会社や保険会社で第二の人生を歩むようになっていた。それでも、みんな心底野球が好きで、野球のことを忘れられない。そんなかつての仲間たちを集めて、哲大は月に二度ほど草野球に興じていたのだった。

哲大自身は、プロ野球に進むことはなかった。

無論、野球は好きだった。ただ、哲大は中学のころから妙に自身を客観視できるところがあって、自分がプロ野球選手になれないことを、なったとしても活躍できないことを、早くから見抜いていた。というよりも、自身に見切りをつけるのが早かったのだ。

ただ、好きな野球を続けていれば、推薦で大学にまで行ける。体育学部で野球を続けていれば、教員免許も取ることができる。

兄弟の多い、高槻の一般家庭で育った哲大にとって、好きな野球を続けながら奨学金がもらえて、挙げ句教員免許まで取得できるというライフプランはすこぶる魅力的だった。大学では、同級生たちがドラフト会議で指名を受けたり、社会人野球の強豪チームからスカウトを受けるのを横目に、ひとり教員採用試験の勉強を続けた。そして哲大は、卒業と同時に神奈川県の教員採用試験に合格し、県立の特別支援学校の体育教員になったのだった。

「いやあ、今日はユウキの送球に救われたな」

「ほんまやで。哲大、お前セカンドやったらもうちょい頭と身体動かせ」

バーの奥のソファ席に陣取った哲大たち四人は、ハイボールのグラス片手に試合を振り返っていた。

「いやいや、あんなんどう考えてもショートの仕事やろ！　ええやん、勝ったんやから。結果がすべてや」

快活に笑いながらも、哲大は自身の失策の話からなんとか話題を変えさせようと必死だった。

「すみません、他のお客様が相席させていただいてもいいですか？」

賑やかな四人に、バーの店員が声をかける。彼の後ろには、胸元がざっくりと開いた白いオーバーサイズのTシャツを着た、手足の長い長髪の青年が、所在なげに立っていた。中性的な見た目にそぐわない、ごつごつとしたクロムハーツの鈍色のピアスを両耳につけている。ビジュアル系のボーカルみたいな人やな、と哲大は思った。

相席、いいっすよ、と哲大が応じると、店員は「ありがとうございます」と笑って、青年をソファ席に座らせる。

「秋君、ごめんね。カウンター空いたらすぐ言うから」と言って店員が去って行ったあと、青年はただ黙々とソファの端っこでスマホをいじり始めた。哲大たちと絡む気はないらしい。それなのに時折、哲大たちの方へちらちらと視線を投げてよこしてくるのが気になった。

「お兄さん、ひとりなん？　なんやったら一緒に飲みます？」

哲大は学生時代から、酔うと誰にでも声をかけたがる。

相席になったんもなんかの縁やし。それにお兄さん、不思議な感じでおもろそうやん。

「……口説いてるみたいだね」

くすりと笑ったあと、青年は思いもかけないことを言った。

「俺、期待しちゃうよ？」

青年はさっきまでの大人しそうな様子とは打って変わって、途端にずいっと身体を寄せてきた。そして、「じゃあ、出会いにカンパーイ」と大声で言って、緑茶ハイをぐいっと飲み干した。

ギャップ萌え、というのとは少しちがうと思うけれど、哲大は青年のそんな変わりように少しドギマギした。

……あかん！　ここは俺の仕切る場やで。俺が盛り上げなあかん！

その後のことはよく覚えていない。気づけばテキーラやイエーガー・マイスターのショットが何杯も重ねられて、哲大も青年もベロベロになった。草野球仲間の連中はと言えば、繰り返されるショット合戦にすっかりやられてしまって、壁に寄りかかって寝こけていた。かくいう哲大も、もはや座っているのも限界で、まもなく机に突っ伏してしまった。

「すみません、そろそろ店閉めますよ」という声ではっと意識を取り戻したとき、席には哲大だけが残っていた。スマホで時刻を確かめると、午前六時を回ったところだった。カウンターの後ろの小窓から、朝の日差しが燦々と差し込んでいる。

うわ、あかん。やられた。あいつら絶対金払ってへんわ――

どうせ揺すっても起きないだろう、とハナから高をくくって、哲大を置いて行ったにちがいない。いつものことだ。今月はカードもそんなに使っていない。限度額は問題ないだろう。

「すんません、すっかり寝てました。お会計お願いします」

ちきしょう、今度なんか奢らせたろ。心のなかでごちながら、哲大が財布を出そうとすると、店員が「あ、お会計はもう頂いているんで大丈夫ですよ」と笑いかけた。

えっ、と意外そうな顔をしたからだろうか。店員が説明をする。

「皆さんすっかり酔って潰れていたんで、秋君がお友達の分も全部払ってくれました。秋君は四時前には帰ったけどね」

相席になった長髪の青年の顔を思い浮かべる。黒い大きなエルメスのバッグを持っていたから、きっと金持ちなんだろうとは思ったけれど、まさか見ず知らずの相席相手の飲み代まで、全部払ってくれるとは。以前友達から、「ゲイは羽振りのいい人が多い」と聞いたことがある。あれ、ほんまやったんやなあ、と思いながら、哲大は「長居してすんません」と腰をさすりつつ、店の扉を開ける。エレベーターで一階に降りてビルの外に出ると、街はすでに明るさであふれていた。ふいの眩しさに、哲大は目を細めた。代官山駅に向かって駒沢通りをふらふらと歩くジャージ姿の哲大に、コーギーを連れて散歩にいそしむ老夫婦が、怪訝な顔を向ける。哲大は気に留めることなく、あくびを嚙み殺しつつ、歩みを進める。

日曜の朝だけあって空いている下りの東横線に乗って、武蔵小杉の自宅までたどり着いた哲大がスマホを見ると、ＬＩＮＥのメッセージが届いていた。

Autumn：秋です。今日、めっちゃ楽しかった。好きになっちゃったかも。また来週ね。

好きになっちゃったかも、ってどういうことや。ひとりごとをこぼしつつ、吹き出してしまった。それ以前に、昨晩の青年と連絡先を交換した記憶がない。来週ってなんやねん。そんな約束した覚えないで。そもそも、俺はゲイちゃうし。

二年後、三十歳で同業の女性教員と結婚する。その頃には奨学金の返済も終わっているし、車のローンも返し終えているだろう。厚木か相模原あたりに小さな庭付きの一戸建てを三十年ローンで買うための頭金くらい、貯えられているはずだ。子供は、男女ひとりずつ。犬も一匹おったらええな。六十五歳まで、教員として働いて、定年になったら退職金で、夫婦で日本各地の温泉めぐりや。ほんで、八十になる前、元気なうちに、心臓発作か何かで突然死できたならもう完璧やな。誰にも迷惑も心配もかけへん、俺の完璧な人生の終焉や。深夜の恵比寿でたまたま出会った年上のゲイのお兄さんが、俺の人生に関わるはずがあらへん。

恵比寿なんかめったに行かへんし、お兄さんに会うこともないやろう。うん、返信せんでええ。したらあかん。

そう決め込んだ哲大は、歯も磨かず、シャワーも浴びないまま、ベッドに倒れ込んで深い眠りに落ちた。

第一章

1

そろそろ、いい時期かな。

ひとり呟き（つぶや）きながら、秋はスマホを取り出して、ＬＩＮＥを立ち上げる。

Autumn：会わせたい人がいます。

「大田川家（おおたがわけ）」という三人きりのグループチャットにメッセージを送ると、途端（とたん）に「既読２」と表示される。

TikaTika：ついに!?

Spring：日時決定したら言って下さい。

立て続けに返信が来る。

来たるべき質問攻めを思うと、ちょっと気分が重くなる。でも、仕方がない。甘んじて受けるしかない。秋は、大きく息を吐き出すと、両手で頬（ほお）をぱんっと叩（たた）いて気合を入れた。

秋の座るアルフレックスのソファの置かれたリビングには大きな窓があって、こんもりとした木々が見える。夏の陽光に照らされてきらきらと輝く照葉樹の植栽の向こうには、昭和初期に建てられた慶心学院初等科の真っ白なモダニズム建築の校舎が見え隠れしている。他でもない、秋の母校だ。

防音ガラスになっているはずなのに、午後二時半ということもあって、子供たちのわあわあという声が、蟬の声と一緒くたになって、室内にまで漏れ聞こえてくる。放課後の部活動だろう。

哲大と、この家に暮らすようになって半年が過ぎた。ふたりが付き合うようになってからは、もう一年半だ。

夏の出逢いから、二年あまり。

いよいよ、哲大を家族に紹介しようと思う。

母親の知香には、秋が慶心学院高等科三年のとき、自身がゲイであることを伝えてあった。

中堅ゼネコングループを経営していた父親の遺した潤沢な遺産と、自身のブランド「TikaTika」の生み出す莫大なライセンス収入によって、離婚後も女手ひとつで子供たちを何の苦労もなく育てた知香は、デザイナーという職業のせいか、友人や知人にゲイが多い。事実、秋に打ち明けられたときの知香の反応はあっけらかんとしたもので、「うん、知ってた」とひと言答えただけだった。

とはいえ、知香はひとつだけ条件を出した。

『付き合った相手は、必ずわたしに紹介してちょうだい』

三つ年上の姉の春が年頃になったときにも、知香は口を酸っぱくして、「相手は必ずわたしに紹介しなさいよ。見極めるから」と言っていた。それは、ゲイである秋に対しても同じらしかった。秋はもちろん、母親の出した条件を快くうべなったのだった。

秋の中でも、ひとつのルールができた。

――付き合って一年経ったら、知香に彼氏を紹介する。

この「ルール」に従ってきた結果、三十四歳のいまにいたるまで、知香に彼氏を紹介したことはなかった。

長続きしないのだ。最長でも十ヶ月、早ければひと月も経ずに、別れが訪れる。飽きっぽく、ひと所に留まれない性格のせいもあるかもしれない。しかし、一番の原因は、秋が異性愛者ばかりに恋してきたからだろう。

長髪で、やわらかな雰囲気の秋は、いわゆる「ゲイ受け」するタイプではない。かつてゲイ友達から、「秋ちゃん、髪切りなよ。短髪にしたらモテるのに」と勧められたことが何度もあるけれど、そこだけは譲れない。だから、とことんゲイにモテない。

そのかわり、ゲイであることをオープンにしていて、羽振りも良く弁が立つ秋は、興味本位のノンケからよくモテた。

とはいえノンケは、一時の好奇心で秋を抱くようになったとしても、必ず女のもとへ還ってゆく。秋が二十代後半になってから、その「流れ」はますます顕著になった。秋と同年代の元カレたちは、同僚や同級生が結婚してゆく大きな流れに抗えず、皆一様に同じような言葉を添えて、秋のもとを離れていった。

『秋君のことは好きだけど、一生一緒にはいられないでしょ』

一生なんて、誰にもわからない。明日死ぬかもしれないし、もし今夜箱根山や十和田湖、あるいは阿蘇（あそ）カルデラあたりが破局的大噴火を起こせば、それこそ日本中のひとの〝一生〟は今夜まで、なのにな。NASAが見落としている小惑星でも衝突したなら、人類の一生は瞬間的に終わるのに。

彼らが簡単に使う「一生」という言葉は、しょせん慣用句で、「普通の人生」という大河の流れに従って生きてゆく上での方便に過ぎない。だけど、大河の流れに逆らって生きてゆくことの険しさも辛（つら）さも、秋はわかっている。だから、秋のもとを去ってゆく男たちを、笑顔で、ときには涙で、見送って来た。「行かないでほしい」なんて、一度として言ったことがない。秋自身、同性愛者として生きてゆくことの不確かさを、常に噛み締めながら日々を過ごしている。不確かな「一生」に、彼らを巻き込むことの恐ろしさを、秋はわかっている。

だから、哲大も早々に去ってゆくものだと思っていた。

体育会出身で、公立学校の体育教師。由緒正しき、公務員。哲大の泳ぐ「川」の水は、一般のサラリーマンや自営業者とくらべても、一層清らかなものであるに違いない。

秋と付き合ってから、哲大は同僚や同級生の結婚式に幾度となく参列していた。

一緒に過ごしているときに、哲大の実家から電話がかかってくることも多かった。秋に気を使ってか、いつも席を外して応対していたけれど、「せやから、そんな相手おらんって言うとるやろ！」と答える声が漏れ聞こえて来ることがたびたびあった。

ああ、どうせ「あんた誰かええ人おるんか」とか言われてるんだろうな。

そんな現実を目の当たりにするたびに、秋は哲大が離れてゆく日のために、しっかり心の準備をしておこう、と思ってきた。

ところが哲大は、一向に秋のもとを離れなかった。離れる素振（そぶ）りも見せなかった。

秋が暮らす世界の「現実」を知ってもらうために、何度か新宿二丁目にも連れて行った。今まで付き合った男たちは、二丁目に行って、秋のゲイ友達に「彼氏」と紹介された途端、自身がいつのまにか「とんでもない世界」に足を踏み入れていたことに気づいて目を覚ましてきた。

——あら、秋ちゃんの彼氏、またノンケなの！

——もちろん秋君がネコなんでしょ？

——アンタもほんと凝りないわよねえ。

次々と浴びせかけられる冷やかしの言葉の数々に、男たちはみなたじろぐ。秋の住む世界が、自分たちの暮らす世界とちがうことに、おのずと気づかされる。

現実は、残酷だ。

付き合って半年になろうとしていたころ、哲大をはじめて二丁目に「彼氏」として連れて行くときには、罪悪感を感じた。

これから、哲大は現実を知ることになる。ほどなく、「秋さん、ごめん」と言って去ってゆくだろう。……と、せっかく覚悟を決めていたのに。はじめて二丁目につれてゆかれた哲大は、思いもよらない反応を示した。

秋の暮らす川の水を、思い切り楽しんだのだ。

——すごっ！　ほんまにこんな場所あるんやなあ。

——え、俺って「ノンケ」なん？　秋さんと付き合うてるってことはバイなんちゃう？　しょうみ、なんでもええけど。

たじろいだのは、むしろ秋の方だった。

明け方、すっかりへべれけになった哲大をタクシーに押し込みながら、秋は心底呆れた。馬鹿じゃないの、と思った。馬鹿じゃないの、と何度もつぶやいていたら、涙が出てきた。

　そして、付き合って一年が経った今年の初春、哲大と寒川(さむかわ)神社へ初詣(はつもうで)に出かけた折に、一緒に暮らすことを提案したのだった。

「んー、東京住んだら学校めっちゃ遠くなるなあ。せやけど、ええよ。俺も、秋さんとおったら楽しいしな」

　あっけないほど簡単にうべなわれて、秋は拍子抜けして笑ってしまった。哲大が買ってくれたアメリカンドッグを頬張りながら、ひとしきり笑った。


　哲大の素直さや無邪気さは、同棲(どうせい)するようになってからも変わらない。

　美味(うま)い食べ物を食べれば、「うまっ」と声を上げ、見たことのない風景に出逢(であ)えば、「すげえ」と感嘆する。理不尽な目に遭えば、「おい、こら」と怒り出し、となりで秋が煙草(タバコ)を吸い始めれば、これ見よがしに嫌そうな顔をして「くさっ」と言う。

　同棲が始まって最初の週末、軽井沢にある秋の別荘に出かけがてら、ふたりで草津温泉に行ったときのことだった。鬼押(おにおし)ハイウェーを走っていると、真っ白に雪化粧した浅間(あさま)山が見えた。ハンドルを握っていた哲大が、「うわ、白っ！」と感嘆(かんたん)の声を上げた。

　哲大は、本当に素直だ。

　ふたりで暮らすための場所を、この南青山の低層マンションの一階に決めたときもそうだった。部活動の指導が忙しくて、物件の内見に同行できなかった哲大は、家探しのすべてを秋に任せきりにしていた。

　スマホで物件情報を何気なく見ていたとき、大きな窓のある広いリビングの写真に、秋は惹(ひ)かれた。

　くわえて、白金高輪にオフィスを設けて飲食ベンチャー企業を経営しながら、エッセイストとしても活動している秋にとって、都心にあって閑静な青山は利便性が高いし、出版各社にも近い。仕事上、都合がいい。詳細な場所や住所を確かめることもなく、ひとりで内見に行ったのは、年も明けて間もない、今年の一月半ばだった。不動産屋で担当者と合流してマンションに向かう車中、秋の胸に名状しがたい懐かしさが募っていった。

　当たり前だった。

「こちらです」という声とともに車が停まった場所は、母校のすぐ隣だったのだから。

　初等科から大学院の修士課程に至るまで二十年近くにわたって聞かされ続けた「篤き信仰、清き独立」という校是と、緋色のスクールカラーの記憶は、青春の原風景として、秋の心に深く巣くっている。

　車を降り立った途端、秋は「ここ、契約します」と宣言した。部屋を見るまでもなかった。自身の根幹にある原風景を哲大と共有したい、というさわやかな希望が、秋の胸の中で沸き返っていた。

　入社して二年目だという若い不動産屋の社員は、ただ唖然としていた。

　翌週の日曜日、不動産屋に頼み込んで、哲大も一緒に、決まった部屋を改めて見せてもらうことになった。

　玄関に足を踏み入れ、上質なフローリングの上がり框に一歩踏み出した途端、哲大は「うわ、広っ！」と声を漏らした。

　ああ、素直だなあ。

素直な哲大が、やっぱり好きだ、と思った。

ソファの上で思い出に浸っていると、玄関からがちゃがちゃと音がした。窓の外は、もうすっかり黄昏時だ。哲大が帰って来た。

「ああ、もうほんま疲れた。なんで教員の会議ってあんな無意味な話ばかりだらだらすんのやろ」

ぼやきながらリビングに入って来た哲大は、相変わらずのジャージ姿だ。

「こんな格好で半蔵門線乗って通勤なんて、めっちゃ恥ずかしいわ」と、引っ越してきた当初は文句を言っていた。でも、いまではすっかり慣れたようだ。

「ねえ、哲大」

どかん、と豪快に秋の隣に腰を下ろした哲大に、秋が声をかける。

「どしたん、秋さん、妙にあらたまって」

「そろそろさ、ウチの親に会ってみない？」

告げられて、哲大はぽかんと口を開けている。

「……秋さんのオカンって、怖い？」

秋はぷっ、と吹き出す。

「うん、怖いよ。強いし、性格きつい」

「俺、怒られへん？　嫌われたりせんかな？」

「怒られるかもしれないし、嫌われるかもしれない。大阪弁苦手らしいし、マナーとかそういうのもうるさい」

終わった、絶対そんなんあかんやん……。哲大は、頭を抱え始める。そんな哲大の姿を見ながら、秋は幸せを噛みしめる。

「うそうそ。そんなに怖くないよ。それに、もう言ってある。がさつだし、アホだけど、素直でいいヤツだ、って」

笑いながら言うと、哲大は「がさつちゃうわ！」と言って、秋の身体をわしゃわしゃとくすぐりはじめた。

甘酸っぱい感覚が、胸に充ちて、喉元にまでせり上がってくる。

神様、この幸せが永くつづきますように。秋は祈った。


大田川家の母子三人が集まると、必ず母校の話題が出る。知香も、そして春も秋も、みな初等科から大学にいたるまで慶心学院に通った。三人にとって「ふるさと」と呼ぶべき場所は、豪奢な邸のある地元の田園調布よりも、十六年間通いつめた青山かもしれない。秋に限っていえば、大学院の修士課程まで行っているから、十八年にわたって青山のキャンパスに通いつめたことになる。そんな三人が寄り合うとなれば、ついつい慶心の話題になってしまうのも無理はないだろう。

「わたしの女子高時代の原宿は……」と、いつものように知香が慶心学院女子高等科時代の思い出を語りだす。

着慣れないスーツを着て、緊張した面持ちで栗のポタージュを啜っていた哲大が、「え、お母さんも慶心なんすか」と問う。

「あ、言ってなかったっけ。ウチ、親子三人みんな慶心なんだよね」

口を挟んだ秋に、哲大が「すごいなあ」と感心したように呟く。

「僕なんか、小中は地元の公立やし、高校と大学は野球推薦で奨学金ですからね。慶心一家ってなんか凄すぎて、想像もつかへんわ」

知香が、ぴくりと反応した。

「うちはね、まだ慶心一家とは言えないのよ、哲大君」

突然冷たい表情を向けられて、哲大はなんと返せばいいのかわからないらしく、焦った様子で秋の横顔を窺ってくる。

「〝三代続いて、はじめて本物の慶心一家となる〟でしょ、知香さん」

手長エビの殻を、ナイフとフォークで器用に外しながら、秋が助け舟を出した。

「そう。うちはまだ、わたしとあなたたち姉弟の二代だけ。亜実ちゃんが受かって、はじめて〝本物〟になれるのよ。春、わかってる？」

バローロの注がれたゴブレットを回しながらソムリエと話していた春が、突然話を振られたことに気づいて「え、あたし？」と顔を上げる。

「あなた以外に誰がいるのよ。ねえ、亜実ちゃんの件、ちゃんとやってるんでしょうね？　町田先生には連絡してる？　あなたたちの時代の先生で、唯一の現役なんだから、町田先生にはよくよく気を使っておかなきゃ駄目よ」

もちろんやってるよ、と答えながらも、春は憮然としている。

「……町田先生って？」と哲大が小声でこっそりと秋に訊ねる。

「俺の、初等科時代の担任」

哲大は、いまいち要領を得ないような顔をしている。

説明したところで、わかってもらうのは難しいだろう、と秋は思う。慶心学院初等科という学校の特殊さは、実際に受験を経験し、あの学校に身を置いていた者にしかわからない。

日本屈指のミッション系の名門校、慶心学院における唯一の小学校である慶心学院初等科は、まぎれもなく「日本でもっとも入ることの難しい小学校」だ。

一度門戸をくぐれば、余程の素行不良や成績不良がない限り、慶心学院大学のいずれかの学部に進学することが約束される。すなわち、私学の雄（ゆう）とも呼ばれる名門大学卒の学歴が、六歳にして約束されるのだ。

くわえて、同級生は日本の政財界を代表するような一族や、芸能界の名門の子女ばかり。六年間にわたって、クラス替えはなく、担任教師も変わらない。公立のような一年単位のカリキュラムで見るのではなく、六年間という長期的なカリキュラムに基づいて、子供ひとりひとりの個性を最大限に伸ばし、活（い）かす。こうした慶心初等科の環境を求めて、たった百二十人の入学枠に対して、毎年千五百人以上が受験する。

秋の担任の町田えり子は、慶心初等科百有余年の歴史で、はじめての女性担任教諭だった。

六年間担任が変わらない、という慶心初等科独特の制度は、担任をつとめる教員にとっても、きわめて責任が重い。なにせ、日本を代表するような名家の子供たちを、六年もの長きにわたって預けられ、自身の子供同然に育てなければならないのだ。

女性教員の場合、出産というイベントがありうる。もし、担任教員が妊娠した場合、出産から育児休暇までの間、一年近くも担当クラスを他の教員に委ねることになってしまう。そうした事態を避けるために、慶心学院初等科では、長年にわたって女性は担任を持つことを許されず、もっぱら音楽や理科、あるいは体育などの専科の教育にあたっていた。

秋が初等科に入学した一九九二年、慶心学院は、創立以来の大胆な制度改革の真っ只中にあった。

当時、「学校法人慶心学院」のトップを務めていた小笠原院長は、看板学部である経済学部の教授で、本人も初等科から博士課程に至るまで慶心で学んだ人物だった。

慶心出身の政財界の大物たちが委員を務める慶心学院評議会は、一九九一年の院長選挙において、「生え抜きの保守派」と信じて疑わなかった小笠原教授を、満場一致で次期院長に推挙した。

ところが、蓋を開けてみたら、小笠原院長は徹底的な「改革」を志向しはじめた。

「学院運営の諸決定に際しては必ず評議会に諮ること」とされてきた慶心学院の「院則」を改め、院長と常任理事たちによって構成される「学院監督局」によって直接決定ができる「院監局主導」の統治システムを構築した。

矢継ぎ早に実行に移されてゆく諸改革案のなかの目玉こそ「初等科改革」だった。

小笠原院長は、初等科改革の第一弾として、女性教員が担任を持てるようにした。その第一号こそが、秋の担任の町田えり子だった。

一九九二年四月、秋の入学式の日。一年K組の教室の後ろに控える父兄たちのおよそ七割は、自身も初等科出身の保守派の面々だった。その保守派たちがひしめく教室に、ポニーテールに真っ黒なパンツスーツ姿の三十一歳の理科教師、町田えり子が「担任」として颯爽と現れたとき、教室の後方がざわめいたことを、秋はいまでも覚えている。

「皆さんはじめまして。今日から六年間、皆さんの担任を務める、町田えり子です」

爽やかな、それでいて有無を言わさぬ力強さを秘めた声で自己紹介する「町田先生」に、ざわついていた父兄たちがしんと静かになった。秋は、町田先生のさわやかな「雄姿」に、たちまち魅了されたのだった。

「今年ね、受験なんだよ。姉貴のところの子がね」

サンペレグリーノのグラスを傾けながら、秋が哲大に教える。

「受験って……。お姉さんのところの子、まだ六歳ですよね」

そうねえ、まだ六歳ねえ、と哲大の言葉を反芻しながら知香が下を向く。

「哲大、まだ六歳じゃないんだ。もう六歳なんだよ。〝お受験〟の世界ではね」

「お受験、すか……」

釈然としないふうにごちながら、哲大はカラスミの載ったフェットチーネと格闘している。

以前、御殿場のアウトレットで一緒にランチをしているとき、皿を持ち上げてずずっとパスタを啜り始めた哲大にぎょっとして、秋が注意をしたことがあった。哲大はそのとき「パスタはフォークに巻いて食べるもの」というマナーを知識としては会得したが、実技の方は相変わらず苦手だ。一度、麻布十番のイタリアンにも連れて行ったけれど、その時もどう頑張っても、フォークにうまく麺が絡まってくれなかった。以来、哲大は「イタリアン恐怖症」になっている。

今回の会食が代官山のイタリアンだと知ったときの哲大の顔面蒼白ぶりは、かなり面白かった。

『秋さん、頼む。今夜からパスタの特訓して下さい！』

懇願する哲大の表情があまりに真剣で、思わず笑ってしまったことを思い出す。とはいえ、野球部仕込みの根性に感心した秋は、哲大のリクエストを快く引き受けた。

大田川家との会食の日程が決まってからの一ヶ月、哲大のために週に三回はパスタを作った。

標準的な太さのスパゲッティーや、極細麺のカッペリーニ。ショートパスタのペンネやマカロニから、平打のフェットチーネやタリアテッレまで、ありとあらゆるパスタを調理して、哲大の「特訓」に付き合った。

最初は麺が絡みやすいカルボナーラ。次は、少し難易度を上げて、オイル系のペペロンチーノ。鹿肉でラグーを作って、ペンネにかけてみたりもした。

『お皿の端を使ってみて。そうすればだいたい四回くらいで巻き取れるから』

元来器用な哲大は、秋のアドバイスのおかげもあって、三週目あたりにはかなり上手にパスタが巻き取れるようになった。とはいえ、いつも最後は「ああ、もうあかん」と言って、皿を持ち上げてずずっと麺を掻き込んでしまうのだけれど——

きっといまも、フェットチーネを掻き込みたいことだろう。

「さすがにうちが落ちることはないとは思うけど、絶対に油断はしちゃだめよ、春」

フェットチーネと格闘する哲大をよそに、知香は相変わらず孫の受験について、強い口調で春を諭す。

「わかってるってば。しつこいよ」

不機嫌そうに口をすぼめた春は、バローロを一気にぐいっと飲み干す。

「お姉さん、なんか男前ですよね」

「え？」

「いや、俺も姉ちゃんおるんすよ。高槻に。なんやろ、めっちゃ雰囲気似とるんです」

「それ、あたし喜んだ方がいい？」

空気を読まない哲大の言葉に、春の口調はますます刺々しくなる。

「あ、失礼やったらすんません」

慌てて謝る哲大に、「この子ったら、昔からこうなのよ。気にしないで」と知香がさばさばとした様子で声をかけた。

「それよりも……」と、知香が再び話題を受験に戻そうとする。

哲大も今度は空気を察知して、いましがた運ばれて来たばかりの肉汁滴るタリアータに集中している。とはいえ、ちらちらと春の横顔を窺っているから、なんだかんだで聞き耳を立てているにちがいない。

「だから、大丈夫だって。この間も町田先生にはスカーフと商品券送っておいたから」

「いくら分送ったの？　多すぎても、少なすぎても駄目なのよ」

「えーっと、たしか五万」

心底うんざりした声で春が答えると、やっと知香は満足したように頷いた。

「哲大君、初めてなのになんかキナ臭い話ばかりでごめんなさいね」

思いがけなく話を振られて、哲大はどぎまぎしながらも、「いや、僕のことは全然気にせんといて下さい！」と殊勝に応じる。

哲大、かわいそうだなあ。

秋は、この「家族」に哲大を紹介するのは、少し時期尚早だったかもしれない、と後悔しはじめていた。

——世界が、ちがいすぎるよ。

七年前、付き合って九ヶ月で秋のもとを去って行った元カレの最後の言葉を思い出す。栃木から上京して、売れない俳優をやっていた高卒の男だった。身長一七八センチの秋にとって、一八五センチの彼は、いままで付き合ったなかでただひとり、自分より背の高い男だった。一度、知香が留守の隙に、こっそり田園調布の実家に連れて行ったら、翌週に「別れたい」と言われた。住む世界がちがいすぎるから、と。

好きだったんだけどなあ……。

今夜、家に帰ったら？

あるいは、近いうちに？

哲大も、言うのだろうか。

――秋さん、別れよ。やっぱ、世界がちがうわ。秋さんは秋さんの世界におった方がええ。俺は俺で、身の丈に合った幸せを探すわ。

想像してみると、それがひどく現実的に思えて、こめかみがつきんと冷たくなった。目の前では、哲大と知香が、思いのほか和やかな雰囲気で談笑している。春は、相変わらずぶすっとしていて、スマホをいじりながら、ワインをちびちびと口に運んでいる。

きっと、哲大は無理をしているにちがいない。

大企業を営む家に生まれて、デザイナーとしてヨーロッパや日本の社交界の中心で生きる知香と、公立学校教諭の哲大が、同じテーブルで向かい合って話している光景が、あまりにちぐはぐで、不自然なものに見えてくる。

哲大が着ている一張羅のスーツは、たしか教員採用面接のときのために買った、量販店の既成品だ。対して、知香の装いは、自身がデザインしたタフタ生地のワンピースに、漆黒のクロコダイルのケリー。

「TikaTika」の服だけは絶対に着ない、と宣言している春は、ヴァレンチノのパープルのワンピースに、ベージュの三十センチのバーキンだ。胸元には、夫の寛に買わせた、ブシュロンのダイヤのネックレスが眩しく光っている。

同じ空間で、同じものを食べているというのに、「住む世界がちがう」という現実が、秋をますます追い詰める。

気づけば、秋の皿だけ、ほとんど手付かずの状態になっていた。

「秋、あなた今日全然食べないのね。二日酔い？」

「ううん、考え事してた。ごめんごめん」

秋ははっとして、ナイフとフォークを動かし始める。

哲大は、苦笑しながら、秋を見つめている。

呆れているのだろうか。

あるいは、見納めのつもりで、俺を見て笑ってるのかな。

秋の思考の悪循環は、とどまるところを知らない。

「哲大君、秋といるの大変じゃない？　あたしは、この子とはけっこう気が合うんだけどね。たまにわからないのよ。何を考えているのか。この子の書くエッセイとかさ、ちゃんと読んでるのよ。でもね、この子ってよく喋って社交的なくせに、急に黙り込むでしょ。あたし、ああいうときこの子が何を考えているんだか、さっぱりわからないの」

「ああ、たしかに秋さん、そういうときありますね」

哲大が、笑いながら知香に同意する。

「俺も、全然わからんすよ。ああいうときの秋さんが、何考えてるのか。そもそも、俺なんかと違うて、秋さん頭ええし。きっと、俺の想像もつかへんようなこと考えてるんやろうなあ、って思うてます。せやけど、そういう秋さん見てるの、嫌いやないですよ」

知香が、目を見開いた。

「……秋、あんた、いい人見つけたじゃない。大事にしなさいよ」

しみじみと嚙み砕くように言われて、半ば陶然としたまま、秋は頷いた。

びっくり、した。

まさか、哲大がそんなふうに思ってくれていたなんて。

思わず、顔がにやけてしまいそうだ。俺たちは、大丈夫なんじゃないか。このまま、ずっと一緒にいられるんじゃないか。

「あんた、すっかり浮かれた顔してるけどね、一寸先は闇よ。気をつけなさいよ」

秋の気分に水を差すように、冷たい声で春が言い放つ。

哲大が、一瞬むっとした顔をする。

秋は、なんとかとりなそうとするけれど、哲大が先に口を開いてしまう。

「お姉さん、そういう言い方は秋さん可哀想（かわいそう）なんとちゃいますか。お姉さんもお嬢さんの受験とかで色々大変なんやろうけど、秋さんも仕事とかめっちゃ頑張ってますよ。大丈夫っす。俺は秋さんのこと尊敬しとるし、離れへんから」

「あんた、たかだか秋と出会って二年も経ってないでしょ。よくそんな知ったようなこと言えるね。そもそも、わたしたちとあなたじゃ、住む世界がちがうもん。いつかあなたも気づくよ。それで、息苦しくなるんだって」

あ、哲大がキレる。まずい。

秋がそう身構えたときだった。

ぱしゃっ、と音がして、秋の目の前を、きらきらとした水滴が横切った。

「きゃっ」

春が反射的に声をあげる。

知香が、手にしていたサンペレグリーノのグラスの中身を、春にかけたのだ。青ざめたギャルソンが、ナプキン片手に慌てて駆け寄ってくる。

「何するのよ！」

春は、大声を上げて席を立ち上がる。知香は、悠然と座ったまま、春を睨めつけている。

「いい加減にしなさい、春。あんたね、自分の苛立ちを他人の哲大君にぶつけるなんて最低よ。あたしの娘として、恥ずかしいことはしないでちょうだい」

にべもない知香の物言いに、春の目にみるみるうちに涙がたまってゆく。

哲大は、ただ目の前の光景に啞然としている。

秋は、先ほどまでの幸せな気持ちが、一気にしぼんでゆくのを感じていた。

「ママは、いつも正しい。そして、その正しさをあたしの家族に押し付ける。もう、いやなの。寛だって、そう言ってる。そりゃママはすごいわよ。あたしたち姉弟ふたりを、揃って慶心初等科に入れたんだもん。ママの言う通りにしてれば、亜実だってちゃんと初等科に入ると思う。でもね、あたしたちはあたしたちの家族を築いているの。今日だって、寛は家で亜実の最後の追い込みに必死で付き添ってるの。町田先生への根回しとか、商品券とか、お土産とか。そういうマメさが大事なのもわかってる。でもね、亜実はあたしたちの娘なの！　ママの子供じゃないんだよ！　あたしたちのやり方でやらせてよ」

若干落ち着いた春が、それでもなお詰るように知香に言い募る。とはいえ、知香も負けてはいない。

「別に、あたしはあたしの価値観をあんたたちに押し付けようとは思っていないわよ。亜実ちゃんを慶心初等科に入れたい、って言い始めたのはあなたたち夫婦でしょ。三代続く、〝本物の慶心一家になりたい〟って言ったのはあなたたちよ。あたしだって、同じ思いなの。中卒の成り上がりのパパが、どれだけ苦労してあたしを慶心に入れたかわかってる？　本当に、大変だったのよ。パパが築いてくれた礎を、あんたたちの代に引き継いでゆく。秋は、どう頑張っても子供を持つことがないの。あたしたちが目指す〝慶心一家〟の実現のためには、亜実ちゃんを入れるしかないの。亜実ちゃんに懸かってるのよ。つまり、それは春の肩に懸かってるってことなのよ！」

哲大は、どうすることもできずにただ二人の激しいやりとりを眺めるばかりだ。身の置きどころのなさそうな様子が可哀想で、秋が仲裁に入る。

「ふたりともさ、今日の目的忘れてない？　哲大、困ってるよ」

秋の言葉に我に返った知香が、「哲大君、本当にごめんね」と今日二度目の謝罪を口にする。

哲大は、ただ「いえ……」と言ったきり、黙り込んでしまった。

「そもそもね、秋がゲイでさえなければ、あたしひとりにこんな重圧がのしかかることはなかったのよ！」

いまだ腹の虫がおさまらないらしい春が、ついに〝禁句〟を口にする。

「姉ちゃん」

ひときわ冷静な声で咎められて、さすがの春も、自分の発言のまずさに気づいて、小さく「……ごめん」と口にする。

さきほど知香の発した「他人の哲大君」という言葉と、春の「住む世界がちがう」というひと言が、秋の胸の中でこだまする。

やっと静かになったテーブルに、ドルチェが運ばれて来る。

黒すぐりのソースのかかったパンナコッタ。シンプルな、特製のカタラーナ。ラムの染み込んだババには、たっぷりとクリームが添えられている。

甘い物の苦手な春のもとには、ペコリーノとゴルゴンゾーラに干しぶどうとアンズが添えられたものが運ばれてくる。

「知香様は、いつもどおりカプチーノでよろしいですか」

顔見知りのギャルソンが、先程までの修羅場が嘘だったかのように、やわらかな笑顔で問いかける。

「ええ、それでお願い」と答えた知香が、ふうっと息をついた。

なんて、激しい家族だろう。

頼んだダブル・エスプレッソを飲みながら、秋は思う。「他人の哲大君」という知香の言葉が、再び頭のなかをめぐり始める。

「他人」で、いいのかもしれない。

こんな激しい家族の中に、哲大を巻き込んでしまうのは、酷だ。

決して豊かではなかったかもしれないけれど、北摂(ほくせつ)の人情味溢(あふ)れる街のあたたかな家庭で、健やかに育った哲大の目に、俺の家族はさぞ歪(いびつ)に映ったことだろう。

小学校受験、慶心一家。

哲大は、本来そんなおどろおどろしい言葉と無縁の無垢(むく)な世界で、悠々と呼吸をしながら生きてゆくべき存在だ。

青山の家も、引っ越した方がいいかもしれないな。

秋は、ふいにそんなことを思う。母校への懐かしさに駆られて、考えもせずにあのマンションを契約してしまったのは、軽率だったのかもしれない、という後悔がうまれる。

慶心、お受験、先生へのお中元、お歳暮。

これまでの人生のしがらみをすべて捨てて、哲大というただひたすらに無垢な存在に、秋は人生を預けたつもりだった。そのことを家族に認めさせるために、こうして会食の機会を設けたはずだった。

秋の心に、今度はふつふつと、罪悪感が芽生えはじめる。

家に帰ったら、さっそく引っ越しの相談をしよう。今日のことは、全部忘れてくれていい。おどろおどろしいものから自由な場所で、純白の心を持った少年のような哲大と、一緒に暮らしてゆきたい。

秋が、思考の渦（うず）へと沈んでゆく。

「秋さん」

うん、そうだ。やっぱり引っ越そう。慶心初等科の隣なんかに住んでいたら、絶対に良くない。あの学校は、いい学校だったけれど、哲大や俺にはもう関係がない。少なくとも、哲大には。俺たちは、一緒に「あの世界」から離れなきゃいけない。

「ちょ、秋さん。大丈夫すか？」

「ああ、またあのモードに入っちゃったみたいね」

だって、俺たちは子供を持つことはないんだから。亜実ちゃんは、きっと無事に慶心初等科に入るだろう。俺たちふたりは、「慶心一家」であることなんかに囚（とら）われる必要はないんだから。

うん、そうだ。引っ越しだ。あの家にいちゃいけない。

「おい、秋さん！」

哲大に肩を揺さぶられて、はっとする。

気づけば、テーブルの上には空っぽのコーヒーカップと齧(かじ)りかけのビスコッティだけが残されている。

知香はとうに会計を済ませて、キャッシャーの横でギャルソンにサマーコートを羽織らせてもらっている。春は、もう外で、待ちくたびれたような顔でスマホでタクシーを呼んでいる。

「秋さん、すぐ〝あっちの世界〟に飛んでいくからなあ」

苦笑しながら、哲大が秋の肩にそっと手を当てて、立ち上がるように促(うなが)してくれる。

「帰るで。俺たちの家に」

颯爽と出てゆく哲大の背中を見失わないように、秋は急いで席を立つ。

ふらつく足で、必死に背中を追いかける。


「……嘘だろ」

秋は呆然(ぼうぜん)と呟くほかなかった。

「明日の夜七時、田園調布の方に来てほしい」というＬＩＮＥが春から届いたのは、昨晩のことだった。青山に引っ越してからも、田園調布の実家にはちょくちょく帰っていたけれど、知香も含めた家族三人が同時に集まるのは、かなり久しぶりのことだ。

十一月上旬にもかかわらず、温暖化のせいか、大田川家の庭の大きな楓(かえで)はまだ色づいていない。

とはいえ、美しい庭を見渡すことのできる広いダイニングルームに集った三人に、季節の移ろいを愛でるような余裕はない。

オフホワイトの上質なクロスが貼られた壁には、知香の父、大田川征二郎の肖像画が掲げられている。晩年、受勲の記念に、知己の画家に描かせたものだ。燕尾服に瑞宝章と藍綬褒章を佩用して悠然と微笑む白髪の紳士は、とても中卒の百姓上がりには見えず、まるで華族のようだ。

「わたしも、春から聞かされて何度も嘘だと思ったわよ」

還暦を過ぎているようにはとても見えない美貌が自慢の知香も、今日に限っては疲れ切っていて、年相応に見える。

「町田先生から、お力になれず申し訳ない、ってメールが来てた」

つんと澄ました表情で、まるで他人事のように春が言う。

「元はと言えば、あなたがあたしの言う通りにしていなかったせいでしょう！　あなたのエゴが、亜実ちゃんの人生を台無しにしたのよ！」

知香が、激昂して立ち上がる。強気な知香が、両目に涙まで浮かべている。

亜実の慶心学院初等科不合格という報せは、この優雅な家族にとってそれほどまでに衝撃的な事件なのだ。

「ママの時代とはもうちがうの！　小笠原院長の時代に何もかもが変わったのよ。ましてや、町田先生はその改革の象徴だった。先生が秋の担任になったとき、〝女じゃ心配だ〟って、まわりの親たちと一緒になってママも言ってたじゃない。札束から金塊まで何でも受け取ってた昔の先生たちと違って、町田先生は何を贈ったってきっと受け取らなかったよ。ましてや、〝保守派〟の大田川家からのお願いなんて、町田先生が聞いてくれるわけないじゃない」

春の言い分を聞きながら、そうだろうな、と秋は思う。慶心という学校自体の評価はさておき、少なくとも秋は町田先生が好きだった。「改革の象徴」というレッテルは、彼女にとって、重いものだったにちがいない。それでも、彼女は期待される役割を全うしていた。

　秋が二年生のときには、慶心初等科百年の歴史で初めての「授業参観」を行った。「一度お預けした以上、我が子は我が子にあらずして、慶心のものなり」が常識だった保護者たちは、度肝を抜かれたらしい。

　そもそも、慶心にはＰＴＡがない。親が学校にモノを言うなどもってのほか。「慶心の常識」だ。その常識を打ち破って、クラス独自のＰＴＡを組織するように促したのも、町田先生だった。最初は戸惑い、ただ形ばかりの会合を繰り返していた親たちも、秋たちが高学年になるころにはすっかり意識が変わり、建設的な意見や提案をするようになっていた。

　秋の知る町田先生が、受験の口利きに応じたり、袖の下を受け取るとは、どうしても思えない。

「結局うちは〝本物の慶心一家〟にはなれずに終わるのね」

　もはやこの世の終わりであるかのように、打ちひしがれた様子で知香が嘆く。

「あたしはさ、別に慶心一家なんてどうでもいいよ。もともと、亜実みたいな気の強い子には、インターとか女子校の方が向いてると思ってたし」

　思いがけない春の言葉に、知香が目をむく。

「ちょっと待ってよ。あなただって〝本物の慶心一家〟になりたい、って言ってたじゃない！だからこそあたしは、敬天会幼稚園や田島会にも頭を下げに行って、付け届けもして、亜実ちゃんを入れてもらえるように努力したのよ。それもこれも、全部あなたと亜実ちゃんのためじゃないの！」

　春が、ふうっと大きく嘆息する。

「ママ。〝本物の慶心一家〟にこだわっていたのはママだよ。あたしは正直、どっちでも良かった。ママが〝慶心一家、慶心一家〟ってうるさいから、寛もあたしもママの気持ちを忖度(そんたく)してただけ。むしろ、あたしはすっきりした。これで、亜実は東大にもハーバードにもオックスフォードにも行ける。慶心初等科だったら、慶心にしか行けないもん」

落ち着いた様子で淡々と言う春を、知香はこの世ならざる者を見るかのような目で、呆然と見つめている。

「……じゃあ、すべてはあたしのスタンドプレーだった、っていうの？」

「悪いけど、そういうことになるね」

春の言葉に、知香は全身をわなわなさせている。

「知香さん……。大丈夫？」

思わず、秋が背中をさすろうとすると、知香はぱっと身体を起こした。

「春。もう、あたしは二度とあなたたち一家を助けない。何もしない。好きなようにして」

絞(しぼ)り出すような声で宣告する知香の顔を見ることもなく、春はスマホに目を落としたまま、「うん、わかった。そっちの方が助かる」と冷たく言い放った。

ああ、哲大に会いたいな。

ここにはいない恋人が、とても恋しい。

2

春から突然電話がかかって来たのは、新年最初の打ち合わせを終えて、出版社の向かいのタリーズで一息ついている時だった。

「どうしたの」と訊ねようとする秋の言葉を遮って、春が淡々と言った。

「瀬木さんが死んだ」

瀬木さん？

一瞬、それが実父の苗字であることを思い出せなかった。

「え、親父が死んだってこと？」

「そう。いま、病院から電話があったの」

長年没交渉だった父親が急逝したことより、姉が父と連絡を取っていたことに秋は驚く。病院から連絡があった、ということは、少なくとも春は父親と没交渉ではなかったのだろう。

「姉貴、親父と連絡取ってたの」

秋の問いには答えず、春は「とにかく、すぐに田園調布の方に来て」と言ってさっさと電話を切ってしまった。

スマホを握りしめたまま、秋はしばし呆然とする。

父親の、死。

普通は、もっとショックなものなのだろう。でも、二十年以上にわたって没交渉ともなると、もはや父親とはいえ他人だ。ましてや、秋が物心ついた時には、すでに両親は別居していた。父親と会うのも、年に一度きりだった。ここまで疎遠を極めた人物の死を、嘆き悲しめ、というのは無理がある。

——とにかく、急がなくては。

飲みかけのカフェラテを無理やり喉に流し込んで、秋は店を出る。暖冬のせいもあって、薄手のコート一枚でも、寒く感じない。いや、それとも突然の報せに、血が滾っていて、寒さを感じなくなっているのかもしれない。

頃合いよく走って来た空車のタクシーを捕まえて、「田園調布まで。急いでください」と運転手に告げる。

昼間の都心で長距離の客に出逢ったということもあってか、運転手は「じゃあ、代官町から首都高乗っちゃいますね」と言ってのち、嬉々とした様子でメーターを倒した。

「子供がいるって……。どういうこと?」

つい二ヶ月前に、亜実の不合格という衝撃の報せを聞かされたダイニングで、再び衝撃の事実を聞かされた知香は、あからさまに狼狽していた。

完全に葉を落とした庭の大きな楓の枝の隙間から、弱々しい冬の太陽がちらちらと顔を覗かせている。

「だから、まんまだって。瀬木さん、三番目の奥さんとの間に子供がいるの。いま、二歳だって」

とんでもない報せを持ってきた張本人の春は、いたって落ち着いていて、相変わらずのさばさばとした調子で答える。

「三番目って……！」と呟いてのち、知香が絶句したのも無理はない。秋も、父の再婚までは知っていたけれど、その後の離婚や再々婚までは、想像していなかった。

インテリアデザイナーとして駆け出しだった瀬木修也と、アントワープへの留学を終えて自身のブランドを立ち上げたばかりの知香が結婚したのは、昭和五十五年だった。春の生まれる、二年前のことだ。

知香の父の征二郎も、結婚当初はハンサムで如才ない娘婿を可愛がり、自社の製品のデザインや、経営するゴルフ場のクラブハウスやレストランの内装や什器の監修などを担当させていた。むしろ、修也のインテリアデザイナーとしての地位を確固たらしめたのは、征二郎の力だったと言える。

義父の名声をバックボーンとして、バブル経済の狂乱のなかで、自身のビジネスを急拡大し、時代の寵児となっていった修也と、アントワープで鍛え抜かれた本格派デザイナーとして名が知られつつあった知香の生活がすれちがうのに、そんなに長い時間はかからなかった。

少なくとも、秋が慶心初等科に上がる頃には、夫婦仲はすっかり冷めきっていて、当時暮らしていた広尾のマンションに、父が帰ってくることは稀になっていた。

秋が初等科三年生に上がるときに、知香と修也の協議離婚が成立した。知香は、修也の名義で借りていた広尾のマンションを出て、田園調布の実家に、春と秋を連れて戻ったのだった。

それから二十数年。

知香はもちろんのこと、秋も修也とは完全に没交渉となっていた。

「そもそも、なんであなたがあの人と連絡取っていたのよ！」

知香の疑問はもっともだ。秋も、どうにもその点が腑に落ちない。ドライで、過去を振り返らないタイプの春が、生き別れた父と連絡を取り合っていたというのが、どうしても不自然に感じられた。

「責めるみたいに言うのやめてよね。むしろ、あたしは感謝してほしいくらい。直葬の準備とかマジでめんどくさかったんだから。向こうのおじいちゃんおばあちゃんは死んじゃってるし、瀬木さんの親類なんてアテがないし、あたしひとりでお骨拾ったのよ」

「ちょっと、全然わからないわよ！　ちゃんと説明しなさいよ」

半ばパニックに陥っているような知香を「まあまあ、落ち着いて」と制しながら、春が説明をはじめる。

「膵臓癌だ、ってメールをして来たのは瀬木さんの方なのよ。もう一年以上前かな。初等科で同じクラスだったエミちゃん覚えてる？　なんかのパーティーで瀬木さんと会ったらしくて。あたしのアドレス教えちゃったらしいんだよね。ただ、ママも秋も知っての通り、あたしたち、もう二十年以上生き別れじゃない。いきなり父親面したメールが届いて、そりゃあたしだって最初はなんなの、って思ったよ。ただ、メールに、『治療費を助けてもらえないか』って書いてあったのよ。おかしいと思って蓋を開けてみたら、瀬木さん借金まみれだった。いくらだと思う？」

「想像もつかないけど……。五億とか？」

滔々と明かされてゆく事実についてゆけず、唖然としている知香に代わって、秋が答える。

「十五億。おじいちゃんの名前とか使って、銀行とか経済界の人から、借りまくってたみたい。でさ、あたし、お金の話が書いてあるのを見て、ピンと来たんだよね。あ、これ、マイナスの相続が発生するかもしれない、って」

ちょっと待って、と知香が口を挟む。

「あなたたちも知っての通り、あたしたちが離婚するとき、パパは相当のお金をあの人に渡したの。しかも、離婚に応じる代わりに、大口の仕事を斡旋してもらうことまで条件にした。瀬木さん、日比谷ロイヤルホテルのデザイン監修やったでしょ。あれ、あたしとの離婚と引き換えの仕事よ。たしか、フィーも相当高かったはず。なのに十五億って……。ありえないわ」

初めて聞いた話に、秋も口があんぐりとしてしまう。

たしかに、両親の離婚が成立するにあたって、相応の金が動いたことは、秋も知っていた。祖父の征二郎が生前、「まったく、おまえの離婚には金も時間もかかったからなあ」とたびたびぼやいていたから。しかし、父の「代表作」として名高い日比谷ロイヤルホテルのリノベーションが、まさか離婚と引き換えだったとは。

とはいえ、知香の言うことは筋が通っている。少なくとも、離婚した段階では、修也の懐は相当潤っていたはずなのだ。それが、どうして十五億もの借金を抱えることになったのか、秋も釈然としない。

春が、説明を続ける。

「たしかに、離婚した当初はお金に困ってはいなかったみたい。今回さ、瀬木さんの治療費助けてあげるかわりに、色々話を聞き出したの。瀬木さんの最初の再婚相手って、年下の売れないイラストレーターだったでしょ。彼女に、相当つぎ込んだみたい。あたし、瀬木さんのお財布まわり色々面倒見てあげるかわりに、色々登記簿とかチェックしたんだけどさ。びっくりしちゃった。再婚した途端、瀬木さんったら、軽井沢の三笠通りの一等地に、七億の別荘買ってるの。本人は、二番目の奥さんのアトリエとして必要だった、って言ってたけど」

春が言うには、別荘にくわえて、新車のベンツや麻布台のマンションなど、再婚に当たってての散財は、十億円以上に及ぶのだと言う。

「それから、事務所のほうもうまくいってなかったみたい。日比谷ロイヤルの後は目ぼしい仕事はなかったんだって。でも、一度いい生活経験しちゃうと二度と前の生活には戻れないものなんだろうね」

淡々とした春の語り口からは、父親が死んだということへの悲嘆や感慨めいたものはなにも感じられない。想像だにしなかった元夫の離婚後の行状の数々に、知香は相変わらず二の句を継げずにいる。

「でも、なんでそんなに入れ込んでた二番目の奥さんと、離婚しちゃったんだろ、瀬木さん」

春の披瀝する話の数々に、半ば気が遠くなりかけながらも、秋は素直に疑問をぶつける。

「それがさ、子供なんだって。瀬木さん、子供がほしかったみたい」

「子供って……！　あなたたちふたりがいるじゃない！」

感情的になった知香が、テーブルを拳で叩きながら叫ぶ。

「だから、そのあたしたちの親権を、ママが持って行っちゃったからでしょ。いまになって思い返してみるとさ、意外と子煩悩だったよね、あの人。あたし、ママには怒られた記憶しかないけど、瀬木さんから怒られたことなかったし」

薄笑いを浮かべながら悪びれもせず言う春に、「一体なにが言いたいのよ！」と知香はますますヒートアップしてゆく。母と姉の衝突には慣れているとはいえ、秋もさすがに辟易してしまう。

「もう、昔の話はいいよ。その件についてはあとで二人で好きなだけやり合いなよ。俺が知りたいのは、その後の話」

なんとか知香をなだめつつ、秋が先を促す。激昂する知香をどこか冷めた目で見遣りつつ、春が再び口を開く。

「うん。まあそれで、二番目の奥さんとの間では、どうあがいても子供ができなくて。そんななかで、瀬木さんの事務所に秘書として応募して来たのが、〝最後の奥さん〟のユリさん。もともと瀬木さんのファンだったんだって。瀬木さんより、二十五歳も年下。入社が五年前だっていうから、瀬木さんが五十九歳の時でしょ。ユリさんは当時二十四歳。二番目の奥さんはその時もう四十五くらいだったらしいから、瀬木さん、子供欲しさに乗り換えたんだろうね。いやあ、我が父親ながら笑っちゃうよね。すごいよ」

まるで他人事のようにあっけらかんと話す春のことを、知香は引きつった顔で見据えている。

「それで、そのユリさんに、まさか子供ができちゃったってこと？」

努めて冷静な声で問う秋に、春はあっさりと「うん、そうみたい」と答える。

「で、妊娠がわかって二番目の奥さんとは離婚。ユリさんが安定期に入ったころにさっさと再婚して、男の子が生まれたのが二年半前ってわけ。蓮君っていうんだって。瀬木さんから写真見せてもらったけど、かわいいよ」

「かわいいよ、ってあんた……。それって、あなたたちの異母弟ってことよね。冗談じゃないわ。あの人が借金まみれだったなら、なおさら悠長なことは言っていられないじゃない！　絶対にその三番目だかの奥さんと連れ立っていつかあなたたちにお金をせびりに来るわよ。せいぜい気をつけなさいよ」

まくし立てるように言ってのち、知香は両手で顔を覆いながら「ああ、本当に最後の最後まで迷惑しかかけない人ね」と、すでにこの世にいない元夫への恨み節を口にした。

「いや、それがさあ……」
急に、春の歯切れが悪くなった。
「たぶん、来ないよ。てか、来れない」

どういうこと?

知香と秋の声が、かぶった。

秋の頭の中は、さっきからずっとぼわんとしている。
春から見せられた父からの〝最後のメール〟の画面が、フラッシュバックするのだ。
混乱する頭を冷やしたくて久々に乗った東横線の車内で、秋はいまだに自身の家族に起こった事態を信じられずにいる。

春へ
打ち明けなければならないことがあります。父として何もできなかった上に、いよいよ死の床が迫る段にいたってもなお、君に迷惑をかけることしかできないことが情けないです。ただ、これは子供の人生に関わることで、僕が心から信頼する愛娘の君にしか頼めないのです。
君には、蓮の母親を一度も紹介していませんね。
紹介しないのではなく、できないのです。

妻はいま、夢の世界にいます。我々の生きるこの世界には、生きていません。妊娠してすぐ、彼女の情緒が不安定になることが増えました。僕は気をつけながら様子を見ていましたが、無事出産を終えたと思ったのもつかの間、彼女は著しい産後うつの状態に陥り、現実を見失うようになっていきました。慣れない育児のストレスにくわえて僕自身の忙しさも原因のひとつでしょう。

いま、彼女は入院しています。かれこれ一年になります。医師の見立てによれば、短期での回復は難しいとのことです。いま蓮は、僕とシッターさんで協力しながら育てていますが、僕はもうあと一年も保たないでしょう。

誰ひとり幸せにすることの叶わなかったわが人生と、不甲斐ない自分自身を大いに呪いたい気持ちです。ただ、この期にいたって僕が僕を呪ったところで蓮は生きてはゆけません。

つきましては、春。お願いです。

僕がいよいよ駄目そうだ、となった時には、蓮を君に引き取ってもらいたいのです。そして、彼の未成年後見人として、僕の死後の一切を、取り仕切ってはもらえないでしょうか。その後、蓮と普通養子縁組をするもしないも、君に委ねます。君が信頼する里親が見つかったなら、その方に託してくれてもいい。

なんて無責任な父親だろう、と呆れていることでしょう。しかし、父の最期の願いを、どうか聞き入れてくれないでしょうか。

前向きな返事を、祈って待つばかりです。ただ、父には時間がない、ということだけは、どうかくれぐれもご承知おき下さい。

父より

父が、死んだこと。父が、三回目の結婚をしていたこと。父に、二歳の子供がいたこと。そして、その子がいま、春のもとにいるということ。

ついてゆけない。

知香も同じだろう。春からメールを見せられて、「……噓でしょ」と呟いたまま固まってしまった。そんな母親を放ったまま、「じゃあ、わたし帰る」と言って出ていってしまった春に、秋はもはや清々(すがすが)しさすら感じた。

春が去ってまもなく半狂乱になってしまった知香を宥(なだ)めすかすのに費(つい)やした労苦の代価を、姉にいつ払わせようかと考えつつ、秋は身に起こったこの現実を、どうやって受け入れてゆくべきか考える。

いつもなら、その日に起こった大きな出来事は、すぐに哲大にＬＩＮＥで報告をするのに、今日に限っては、なんとなく憚(はばか)られた。というよりも、どう伝えたらいいのか、わからないのだ。スマホを握りしめたまま、秋は東横線の各駅停車にゆられている。

ふいに、スマホが震える。

Tetsu：いま部活終わった！　どうやった？　大丈夫？

哲大からのＬＩＮＥを既読にしたはいいものの、どう返事をしたらいいものか、考えあぐねてしまう。

画面をぼうっと眺めていると、胸のうちに、名状しがたいわなわなした感じがひろがってゆく。予感。うん、これは何かの予感だ。

Autumn：なんか色々ありすぎて。あとで、家帰ったら話すね。

どうにか哲大に返信をして、秋はふいに湧いた予感の正体と向き合う。

なんだろう。ずっと、生まれる前から決まっていた、運命の分かれ道のような地点についに辿り着いてしまったような、そんな感覚。でも不思議と、悪い感じがしない。こんなにとてつもない事態が降り掛かったというのに、この「予感」は、たぶん悪いものじゃない。

秋は、ゆっくりと目を閉じる。「予感」に、とことん意識を傾ける。

相変わらず頭は混乱している。田園調布の家を出たときから、胸はとくとくとくと素早く鼓動を打っている。


ひらり。


秋は眼裏に、ひとひらの花弁を見た。あわい薄桃色に光る花弁が、たしかにいま、舞い落ちたのだ。

ゆっくりと目を開ける。

鼓動は、いつのまにかゆっくりとしたリズムで打っている。呼吸が、楽になっている。頭が、クリアになっている。

わかったよ。「予感」の正体が、わかった。

秋は、黒いオータクロアの中から、再びスマホを取り出した。

Autumn：哲大、ちょっと大事な話になる。だから、今日はなる早で帰って来て。俺も飲まないで待ってる。

すぐに、「既読」の表示が現れる。哲大の好きなお笑い芸人の、「了解！」というスタンプが送られてくる。

ひょっとしたら、俺の人生が変わるかもしれない。いや、哲大と俺の人生が。

たしかな思いが、芽生える。

哲大は、なんて言うだろう。もし、反対されたら？

秋は、頭をふるふると振って、後ろ向きな思いを打ち消す。

だいじょうぶ。きっと。

自らに言い聞かせるように呟いた瞬間、電車が渋谷駅のホームに滑り込んだ。

ドアが開いた途端、秋はホームへ駆け出す。一目散にタクシー乗り場を目指す。とてもじゃないけれど、のんびり歩いて帰るような気にはなれなかった。


「……ありえへん」

秋から告げられた途端、哲大は呆然と吐き出した。

やっぱり、無理か。

秋は、ひとりで勝手に希望を抱いて熱くなっていた自身を恥じるしかない。

「ごめん、そりゃありえないよね。忘れてくれていいから」

秋は、夢想家だ。時々、現実を忘れてしまう。男同士で、子育てをしながら家庭を作るなんて、夢もいいところなのに。

なんでそんな当たり前のことに、気づかなかったのだろう。あまりに衝撃的な事実を知ったばかりだったから、どこかおかしくなっていたのかもしれない。いつもならば、もう少し、夢と現実の折り合いをつけられるはずなのに。

「とりあえず、なんか飲もっか」と、キッチンの冷蔵庫に向かおうとする秋の後ろで、哲大はまだ「ありえへんわ」と呟いている。

どうやって、この空気をもとに戻そう……。

冷蔵庫の前で考え込んでいる秋の背中が、ふいにぬくもりに包まれる。首筋に、吐息を感じる。

「……どうした？」

おずおずと振り返ると、哲大が涙を流しながら秋の肩に顔を埋めていた。

「ありえへん。ありえへんよ、秋さん。俺、最高に幸せや。もう、諦めとった。子供とか家族とか、そういうの。諦めとったのに」

涙声の哲大が、ゆっくりと顔を上げる。

――破顔！

そうか、こういうのを「破顔」って言うんだな。

哲大の思わぬ言動に驚きながらも、秋はそんなことを思った。

「秋さん、この家に決めてよかったなぁ」

コロナビールで乾杯しながら、改めて今後について話すなかで、しみじみといった風情で哲大が言った。

「どうしたの、急に」

「秋さん。もし、蓮君をほんまに引き取ることになったら、うちら家族にならなあかんやん。この家、場所が絶妙やねん。道一本越えたら、港区やろ。ここ、ぎりぎり渋谷区やで」

飲みすぎたせいだろうか。哲大の言いたいことが、秋にはいまいちわからない。たしかに、このマンションの住所表示は渋谷区東だ。目と鼻の先の六本木通りを挟むと、そこから先は港区南青山になる。

だけど、そのこととこれからの暮らしに、何の関係があるのだろう。

わからない、という顔をしている秋に、哲大がしびれを切らす。

「ああもう、秋さんやったら察しええと思うたのに！　渋谷区やったら、うちら結婚できるんちゃうの？」

ああ！　と、秋はやっと合点がいった。

「パートナーシップ登録できるやつ？」

「そうそう、それや！」

「俺も詳しくは知らないんだけど、あれって法的な拘束力はないんじゃなかったっけ。ただ、区内の病院とか施設では、一応普通の夫婦と同じ感じで扱ってくれるみたいだけどね」

「細かいことはなんでもええよ。もし、蓮君が俺たちの家族になるんやったら。まず、俺と秋さんが家族にならな始まらんやろ」

家族――。

なんて甘くて、頼りない響きだろう。

秋が生まれたとき、大田川家は六人家族だった。祖父がいて、祖母がいた。父と母、そして姉がいた。秋が八歳のとき、父が出て行って、家族は五人になった。その十余年後には、祖父が他界して、四人に。秋が修士課程を終えて会社を始めたのと同じころ、祖母の昭子が認知症になった。昭子が高級老人ホームに入って、家族はいつのまにか三人になっていた。まもなくして、春が結婚し、秋も田園調布の家を出た。

秋の家族は、時間をかけて、少しずつほぐれていった。

はたして俺は、「家族を作る準備」ができているのだろうか。

「家族」という言葉の持つどこか湿った重たさが、秋の心の中のもやのようなものと絡まって、ぐちゃぐちゃになってゆく。

「……哲大」

少し震える声で、秋が呼びかけると、すっかり赤ら顔になった哲大が、機嫌よく「おん？」と顔を傾ける。

「まだ、なにひとつ決まったわけじゃないからね。知香さんと、姉貴にもまだ何も言っていないし。姉貴はわからないけど、きっと知香さんは反対する。それに、俺はまだ家族とかパートナーシップなんて……」

「秋さん、ストップ」

哲大が、秋の切実な言葉をすぱっと遮る。

「また、余計なこと考えてんねやろ」

余計なこと、なのだろうか。わからない。ただ、ひとつはっきりしているのは、つい数時間前まで根拠のない希望に満ちていた秋の胸に、不穏(ふおん)なもやがむくむくと湧いて来ている、ということだけだ。

「なあ、秋さん。俺はな、しょうみ子供はめっちゃ好きやで。せやけど、秋さんと付き合うって決めた時、もうそんなんはとっくに諦めてんねん。もちろん、秋さんと一緒に子育てできたら最高やと思う。でもな、俺は今日、その可能性がある、って思えただけで、ほんまに充分やねんて。

蓮君が、俺たちのところに来れんでも、俺はええねん。俺たちふたりっきりでも、家族になる覚悟はできてんねんて」

諭すように語られた哲大の本音に、秋の心のもやが、ゆっくりと、でもたしかに消えてゆく。

素直な、ほんとうに、どこまでも素直な哲大。

ねえ、哲大。

俺たち、いまひとつになろうとしてるのかな。俺たちを隔てている線が、少しずつ、消えてきてるのかな。

ねえ、哲大。

家族、つくれるかなあ。家族に、なれるかなあ。

「なれるで、秋さん。家族、やってみようや」

がさつで、粗くて、あたたかい。そんな哲大の声に包まれながら、秋はうとうとと船を漕ぎ始める。

「うん、家族やってみたい……」と呟いて、秋はアルフレックスのソファにばたりと倒れこんだ。

いつもは秋より先につぶれてしまう哲大が、今日に限っては、秋の穏やかな寝顔を、目を細めながら見つめている。

指が、動かない。

いつも気楽にメッセージを送っている「大田川家（3）」のグループLINEの画面を見つめたまま、秋はどう切り出したらいいものか、悩んでいる。

少し頭を冷やそうと、ベランダに出る。植栽の奥には、母校のグラウンドが見える。真冬だというのに、半袖に半ズボンの体操着姿の子供たちが、右奥のバスケットコートの近くに整列している。体育の授業だろう。身体がずいぶん小さく見えるから、一年生か二年生かもしれない。

校庭の欅（けやき）は、すっかり葉を落として、幾筋にも重なった立派な枝がむき出しになっている。

ピッ！　という笛の音がして、整列していた子供たちがわあっと声を上げて散らばる。秋は煙草を燻（くゆ）らせながら、そんな懐かしい風景を見ている。

突然、冷たい冬の風がひゅうっと吹きつける。秋のマンションの敷地と、慶心初等科を仕切る緑色のネットが、ばたばたと揺れる。ネットの奥で、突風に驚いた子供たちがわあきゃあと騒（さわ）いでいる。ジャージ姿で笛を吹いていた女性教師が、風に煽（あお）られた長い髪を押さえるのが見えた。

――あ、先生だ。

髪の毛がすっかりグレーになっていて気づかなかったけれど、秋の担任の町田えり子だった。若々しく、颯爽としていた、慶心初等科初の女性担任教諭は、すっかり落ち着いた初老の女教師になっていた。まさか、すぐとなりに、かつての教え子が住んでいるとは思わないだろう。

『みんなと過ごした六年間は、わたしの宝です。まず、わたしはみんなのお父様お母様に感謝します。この学校で初めての女性担任のわたしを受け入れ、支えてくださり、ありがとうございました。でも、わたしは誰よりも、ここにいる四十人のみんなに感謝します。わたしは、あなたたちから多くのことを学びました。たしかに、わたしはあなたたちの先生です。でも、あなたたちもまた、わたしにとって先生でした。多くのことを教えてくれてありがとうございました。そして、中等科に上がっても、これだけは忘れないで下さい。あなたたちの人生は、これからもずっと、あなたたちのものです』

卒業式の日、最後の学級会での「町田先生」の姿がふいに浮かぶ。

三十一歳で秋のクラスの担任になった彼女は、三十代の六年間を、秋たちに捧げたのだ。美人だったから、結婚や出産のチャンスもあっただろうに。小笠原院長による改革が進んだ慶心初等科では、産休や育児休暇だって、取得できたはずだ。それでも彼女は、女性にとっての「ラストチャンス」といえる三十代の六年間を、赤の他人が産んだ四十人の子供のために費やしたのだった。

知香や春が、亜実の受験のために町田としょっちゅう連絡していたのに対して、秋は卒業以来、年に一度の同窓会以外で顔を合わせることがなかった。しかも、起業して、エッセイストとしても忙しくなったここ五年ほどは、同窓会にすら出ていない。二年ほど前に、秋のクラスメイトたちが主催した、「町田えり子先生慶心学院初等科奉職二十五周年記念の集い」は、迷いながらも結局欠席してしまった。

——あなたたちの人生は、これからもずっと、あなたたちのものです。

子供を持つことを諦めた恩師の言葉が、冬の冷たい風の音と混ざり合い、三十四歳になった秋の耳底でこだましている。

きんきんに冷えていたはずの耳朶が、ほんのりと熱を帯びている気がする。

ピッ！

ネットの向こうで、再び町田先生の吹く笛の音が響いた。

秋は、吸いさしの煙草を灰皿へと押し付けて、リビングへ戻ってゆく。まるで何かに導かれているかのように、キッチンカウンターのスツールに座って、スマホを手にとった。

Autumn：ねえ、突然驚かせて申し訳ないんだけれど、お願いがあります。俺に、蓮君を引き取らせてもらえませんか。哲大と熟考した上での判断です。

秋は、静かにスマホの画面と向き合う。「既読2」と表示されるのを待つ。

五分後、「既読1」と表示が出て、程なくして「既読2」になった。

Spring：言うと思った（笑）ちなみにわたしまだ、蓮君の後見人にはなってないから。一応伝えておく。

春の返信が、送られて来る。

知香からは、何も送られて来ない。

窓の外に、夕映えがひろがりはじめる。真っ白な母校の校舎は、西日に照らされて、美しいバーミリオンに染まっている。窓ごしに、下校時刻を知らせる「慶心マーチ」が微かに聞こえて来る。

秋は、あらためてスマホを手にして、LINE画面を立ち上げる。

ん？

違和感を覚えた。

三人のLINEグループ名が、「大田川家（2）」になっている。慌てて、グループ画面を開く。

〈TikaTika が退出しました。〉

冷たい白抜きの文字が、画面の中で光っている。

退出、か。

時間をかけて少しずつほぐれていった大田川家にとって、秋が田園調布の家を出てからの数年来、この三人のLINEグループが「家族」としてのたったひとつの繋がりだった。そしていま、そこから知香が退出したのだ。

なんて、脆いのだろう。スマホのボタンひとつで、大田川家が、またほぐれてゆく。

Autumn：姉貴、ごめん。なんか、俺のせいでまた一人家族減っちゃったかも。

もはやグループの体をなしていない、たったふたりきりの「大田川家（2）」に、秋がメッセージを送る。ほどなくして、「既読1」がつく。

Spring：(笑)

それだけかよ！　と思わず声が出てしまう。

なんだか、秋も笑えて来てしまう。

Spring：減ったなら、増やせばいいよ。それに、そのうちほとぼり冷めるよ(笑)

あまりに楽天的な春のメッセージに続いて、矢継ぎ早に白抜き文字が現れる。

〈Spring が Tetsu を招待しました。〉

〈Tetsu がグループ「大田川家」に参加しました。〉

この瞬間、グループ名は「大田川家」「大田川家（3）」に戻った。

増やせばいい、って……。本当に増やしやがった。

Tetsu：春さん！　なんなんすか突然！　ほんまびっくりしたー！

Spring：哲大くんよろしく。土曜日、あたしヒマだから、ふたりで蓮を迎えにおいでよ。

いつのまにＬＩＮＥを交換していたんだろう、と疑問に思いつつ、秋は呆気に取られる。哲大は、いま頃帰りの電車の中だろう。突然の招待に、びっくりしているにちがいない。きっと、ドアによりかかりながら「嘘やろ」「ありえへん」と呟いているはずだ。

想像すると、いよいよこらえきれなくなって、秋は声を立てて笑い出す。

笑っているのに、涙まで出てくる。

もうすぐ、哲大が帰ってくる。

第二章

3

くさっ。

蒸し暑い七月、新宿駅東口ロータリーの喫煙所から溢れ出てくる紫煙(しえん)に、思わず顔をしかめてしまう。

まったく、笑える話だと思う。

一年半前まで、新宿駅に降り立った途端に喫煙所を目指していたのは、ほかならぬ秋自身だったのだから。

いまでも、時おり紫煙が恋しくなる。

いや、煙草を吸う秋のとなりで「くさっ」と顔をしかめていた哲大の姿が恋しくなるのだ。

この一年半で、秋の生活は大きく変わった。いつのまにか、秋も「くさっ」と言うようになっていた。

迎えに行ったとき、春の後ろに隠れたままなかなか出てこようとしなかった蓮も、見事に素直でかわいい四歳の男の子に育ってくれている。

『イヤイヤ期だからね。覚悟しなさいよ』

脅(おど)かしながらも、どこか楽しげに笑っていた春の顔がいまでも目に浮かぶ。

蓮を引き取ってからは、会社の方はほとんどの業務を部下に任せるようになった。文筆の仕事は相変わらず続けているけれど、かつてのように朝まで執筆して、昼過ぎまで寝ているようなこともなくなった。

家庭裁判所での、蓮の未成年後見人となるための面接の時は、柄(がら)にもなく緊張した。就職活動をしないで大学院に進学し、そのまま起業という道を選んでしまった秋は、いわゆる「面接」というものを受けたことがなかった。大田川家に生まれたことで、経済的に苦労したこともなかったから、アルバイトの面接すら経験がない。

霞(かすみ)が関(せき)の家裁の無味乾燥な部屋で、女性の調査官と相対(あいたい)したときは、緊張のあまり自身のネクタイの柄や服装のことが気になった。なんとなく、ずっと胸元あたりを見られている気がした。

秋の（そして蓮の）父の瀬木修也は、死に際して遺言状を残さなかった。蓮の母親のユリは心を患(わずら)い入院中で、意思の確認ができる状態ではなかった。

修也の生前に、ユリの父親の連絡先を手に入れていた春は、秋が蓮の後見人に名乗りをあげるに当たって、さっそくユリの父親に連絡を取ってくれた。

「娘とは縁を切っている」というユリの父親は、孫の蓮の養育に関しても、「すべてそちらにおまかせする」と言い放って、電話を切ったらしい。

二歳の蓮に代理人弁護士を立てて、蓮本人が申立人(もうしたてにん)となった上で、後見人を選定する方法も考えた。しかし、そこにおいては修也が生前に春に送った、例のメールが問題になった。修也は、メールにおいて明確に、「春が蓮を引き取ってほしい」と書いていたわけで、そこに秋の名前はなかった。メールだから、公正証書としての効力はないとはいえ、親権者の遺志として、修也のメールは無視できないものだった。

春は、一計を案じた。

修也のメールを根拠として、秋に先んじて春が未成年後見人としての面接を受けたのである。そこにおいて春は、思い切り芝居を打った。見事なまでに、後見人として不適格な女を演じたのだ。

かくして、春はめでたく未成年後見人候補者として「不合格」となり、秋が面接を予約した。同性同士ではあるが、秋はすでに哲大の後見人となり、渋谷区のパートナーシップ証明を取得していること。哲大の仕事は公立学校の教師で、きわめて規則正しく、子供の養育に最適なこと。秋自身はフリーランスの文筆業なので、子供の養育のために時間をフルで使えること——。

これらの事実を懸命に伝えた結果、秋は晴れて蓮の未成年後見人として選任されたのだった。なにより、蓮とは「血の繋がり」があるのだ。

『血統の上で「兄」にあたる僕が養育することの合理性は明らかではないでしょうか』

家裁の調査官に言明したときの声は、ひょっとしたら震えていたかもしれない。

つい一年半前の、でも懐かしい思い出に浸っている秋のポケットのなかで、スマホが震える。

Tetsu：打ち合わせ終わった？

Autumn：終わったー。このまま蓮迎えに行って、家帰る。

蓮を引き取ってからは、打ち合わせもなるべく午前中か、午後の早い時間に入れてもらうようにしている。燦々と日が降り注ぐ白昼の街を歩くことの楽しさを、秋は三十代半ばになって初めて知ったような気がしている。

経費で落とせるのをいいことに、タクシーばかり使っていた秋が、いまでは電車やバスによく乗るようになった。

とはいえ、猛暑のなか、新宿から広尾の区立幼稚園まで電車を乗り継いでゆくのは気が引けて、「今日はいいか」と秋はタクシー乗り場に向かった。

「あ、秋さん。仕事終わり？」

区立小学校に隣接した幼稚園の門の前で、声をかけられる。

「うん、今日は打ち合わせ。エマちゃん、元気になってよかったね」

蓮が幼稚園でもっとも親しくしている三崎(みさき)エマの母親の翔子(しょうこ)は、秋にとってはじめての「ママ友」だ。白のロックTシャツにジーンズというラフな格好が、快活な彼女によく似合っている。

「あの子、しょっちゅう熱出すんだよね。もう四歳だから、落ち着くころのはずなんだけど、ちょっとなにかあるとすぐに三十九度。大変だよ」

つい三ヶ月前の四月のこと。入園式で、秋の隣に立っていたのが翔子だった。

教室の前に集められて女性園長の祝辞(しゅくじ)を聞かされていた園児たちは、不安げに教室の後ろで見守る親たちを振り返っていた。蓮も、そのひとりだった。式典の間じゅう、蓮は不安に揺れる瞳(ひとみ)で、何度も後方の秋と哲大を見た。

健気(けなげ)な蓮の様子を感動的な面持ちで見つめていた哲大が、ついに決壊(けっかい)した。

――蓮、大丈夫やからな！　頑張れ！　テツ君も秋君も見とるからな！

哲大が、教室の後ろで大手を振りながら叫んだのだ。

静まりかえっていた教室に突如響いた大阪弁に、保護者たちは皆呆気に取られた。園児もまた、しかり。落ち着きをなくしてざわつきはじめ、騒ぎ出す子や泣き出す子が続出した。哲大の暴走で、滞りなく進んでいた入園式の秩序が、あっけなく崩壊したのだった。

『ちょっと、哲大！　頼むから落ち着いてよ』

慌てて哲大を宥める秋の声もまた大きくて、二人は教室中の注目を集めてしまった。

同性同士の保護者ということもあって、ただでさえ目立つというのに、この入園式をもって二人はすっかり有名人になってしまった。

何組かの保護者が、秋と哲大の方を窺いながら、ひそひそと話しはじめる。秋は大学生の頃から、ゲイであることをオープンにしてきたから慣れている。けれど、哲大はちがう。哲大が撒いた種とはいえ、純真で無垢な「夫」が好奇の視線の渦に巻き込まれてしまうことを、秋は恐れたし、いたたまれない気持ちにかられた。

その時だった。

秋の左隣に立っていた翔子が、げらげらと大声で笑い出したのだ。

『あーもう、マジなんなのあんたたち！　面白すぎるんだけど！』

翔子の隣では、翔子の夫の健介も、同じように腹を抱えて笑っていた。

『あ、突然ごめんなさいね。三崎です。あの、一番後ろでそわそわしてる生意気そうな女の子のお母さん。こっち、旦那の健介』

まっすぐな親愛の眼差しで自己紹介する翔子と健介に、秋はたちまち好感を抱いた。いくら都心の渋谷区の公立幼稚園とはいえ、同性カップルの保護者が受け入れられるのか、本当は不安で仕方なかった。そんな不安を大きな笑い声で拭い去ってくれたのが、翔子だったのだ。

翔子も健介も、ともに秋と同い年だったけれど、年下の哲大とも対等に親しくしてくれる。健介は渋谷に本社を構えるIT広告企業に勤めているけれど、中学高校を通じて野球に打ち込んでいたらしく、野球バカの哲大とたちまち打ち解けたのだ。

いまでは、哲大と健介は男親同士でちょくちょく連絡を取り合っているようで、この間は仕事帰りに渋谷で一緒に飲んで来たらしい。

四月の半ばには、秋と哲大の家で蓮とエマの入園祝いを兼ねたホームパーティーも催した。はじめて秋のマンションを訪れた翔子は、「うわ、めっちゃおしゃれで豪華じゃん。いいなー、うちなんてURだし、めっちゃ庶民的だよ」と素直な好奇心を顕にして、エマと一緒に家じゅうをきょろきょろと探索していた。

『てかさ、秋さんって慶心初等科出身なの？　すごいねー。てか、苗字が大田川ってことは、まさか大田川建設の息子とかだったりして？』

ホームパーティーで、無邪気な様子で訊ねてくる翔子に、どきりとした。大田川家の息子として生きてきて、僥倖もたくさんあったけれど、「まああいつは所詮ボンボンだから」と遠巻きにされることも少なくなかった。有力者の子女が集まる慶心初等科ですらそうだったのだから、翔子からしてみれば、「大田川」という名前はことさら大仰なものに見えるかもしれない……。そんな恐れを感じながらも、嘘をつくのも忍びなくて、「うん、そうなんだよね」とうべなった。「でも、いまは母親とは絶縁状態だけどね」と付け加えることも忘れなかった。

長じてからも、秋が出逢った人々は、秋が大田川の血筋だと知ると、たちまちに下世話な質問やあからさまな好奇心を向けてきたものだった。

――お手伝いさんとか何人いるの？

――普段からすげえもん食ってるんだろうなあ。

――御曹司がゲイじゃ、家のひとも心配だよね。

おまえらに関係ないじゃん、と言いたい気持ちをこらえて、秋はいつも「うん、まあそうかもねー」と乾いた相槌を打ち続けていた。

好奇心旺盛そうな翔子のことだ。きっと彼女も、「大田川家の御曹司」の秋に興味を持ったに違いない――。そう覚悟した秋に、翔子がかけた言葉は、思いもよらぬものだった。

『え！　お母さんと絶縁してるの？　大丈夫？　子育てってさ、なんだかんだで親に助けてもらうこと多いじゃん。それができないってしんどいよね……。何かあったら、いつでもあたしに言って！　あたし、在宅だし、いくらでも融通利くから！』

あまりに予想外のことを言われて、秋は「あ、ありがとう」とぎこちなく応じてしまったけれど、内心には爽やかで新鮮な感動が溢れかえっていた。

こういうひとに囲まれて、哲大と一緒に蓮を育てていきたい。

心の底からそう思った。

以来、翔子は、秋にとって唯一無二の「ママ友」になった。


「あ、蓮君出て来たよ！　あーあ、エマったら、相変わらず蓮君にべったりね」

翔子の声で、秋は顔を上げる。ちょうど蓮とエマが連れ立って、先生に「さようならー」と大きな声で挨拶をして出てくるところだった。エマは、蓮に腕を絡ませている。

「秋くん、こんにちは！」

「エマちゃんも、こんにちは。お熱下がってよかったねえ」

母親ゆずりの勝気な瞳で見上げながら、大きな声で挨拶をするエマに、秋もにこやかに挨拶を返す。エマの横で、蓮は照れくさそうにもじもじとしている。

「ほら、蓮もエマちゃんママにご挨拶しなよ」

「……こんにちは！」

背はすっかり大きくなって、二十人のクラスの中で背の順では一番後ろだというのに、蓮はどこか自信なさげで、ついつい下を向いてしまいがちだ。

「蓮君こんにちは。今日もエマと仲良くしてくれてありがとうね」

腰を曲げて、蓮と目線を合わせながら、翔子がやさしく語りかける。

「エマちゃんママ、髪の毛、きれい」

蓮が、陶然とした様子で、口をぽかんと開けたまま呟く。

「え、あたしの髪？　うそ！　やだあ、なんか照れるね。蓮君ありがとう」

ポニーテールに纏（まと）められた翔子の艶（つや）やかな茶髪は、姿勢を低くしていることも相まって、盛夏の陽光の下できらきらと光っていた。たしかに、きれいだ。

「蓮、これね、〝天使の輪〟って言うんだよ」

てんしのわ……？　と、蓮が不思議そうな顔で聞き返す。

「そう、天使の輪」

秋が改めて言うと、普段はそこまで表情を前面に出さない蓮が、ぱあっと顔を輝かせる。

「エマちゃんママ、天使なの！」

翔子が顔を赤らめる。

「そんなことないよー！　もう、秋君やめてよ、なんか本気で照れちゃう。天使なんて優しいもんじゃないって！　蓮君、エマに聞いてみな。きっと『ママは天使なんかじゃない！』って言うよ」

　翔子の言葉を、蓮はちっとも聞いていない。

「すごい、すごいね。天使だね」と、嬉しそうに繰り返しながら、秋の傍らに駆け寄ってきて、ぎゅっと手を握る。

「そうだよねえ、すごいよねえ」

　蓮の言葉にうべないながら、秋も手を握りかえす。

「じゃあ、帰ろっか」と、秋が言うと、蓮も元気よく「うん」と頷いた。

「エマちゃん、エマちゃんママ、またね」

　蓮が遠慮がちに手を振ると、翔子とエマが爽やかな声で「蓮君、秋君、また明日ね！」と言って別の方向に去ってゆく。

「蓮、だいじょうぶ？　暑くない？」

　幼稚園からマンションまでは、ゆっくり歩いて十分あまりだ。気温は、三十二度ある。猛暑日とまではいかないまでも、小さな子供の体力を簡単に奪ってしまうほどには暑い。

「だいじょうぶ。お家まで歩いて帰る」

　照れ屋で、引っ込み思案気味なのは相変わらずだけれど、最近の蓮は少しずつ自己主張ができるようになってきたし、頼もしさも見せてくれるようになった。

　蓮がたしかな足取りで、夏の日差しが燦々と照りつける駒沢通りへと秋を引っ張ってゆく。握られた手の思いがけない力強さに、秋は感慨を覚える。

いまのふたりは、誰から見てもまっとうな「親子」だろう。

出逢って、一年半。

灼けつくような日差しの下を蓮と手をつないで歩きつつ、秋は今日に至るまでの日々を振り返る。小さいけれど力強いこの手の持ち主が、秋というひとりの大人の人生と価値観を一変させたのだ。

一生やめることはない、と思っていた煙草をやめた。毎晩飲まずにはいられなかった酒も、いまでは付き合いで週に二、三度飲む程度になった。哲大のほうは、毎晩の晩酌をやめる様子はないけれど。

酒も煙草もやらない生活なんて、囚人と同じだと思っていた。

ところが秋自身、みごとな囚人になった。

毎朝七時前に起きて、蓮の朝食を準備する。哲大を送り出したあと、蓮の手を引いて幼稚園に送る。昼間は家で原稿を書き、午後には蓮のお迎えへ行く。哲大と秋のどちらかが用意した夕食を三人で食べて、哲大の晩酌に付き合ってから少しばかり仕事をする。床に就くのは午前零時。

かつての自分が、いまの秋の生活を見たら、大いに顔をしかめつつ、指をさして嗤うことだろう。

――馬鹿だな、信じられないよ！　自ら囚人になるなんて！

ところがいまの秋は、この囚人生活を「悪くない」と思っているのだから、人間は変わるものだと驚かざるをえない。

後見人に就任したとき、蓮はいわゆる「イヤイヤ期」真っ盛りの二歳半だった。

インターネットは、一歳から二歳までの育児はまさしく阿鼻叫喚の日々だという体験記で溢れかえっていた。

——公園に行きたいと言い出したと思ったら、いざ出かけるとなると行きたくないと駄々をこねる。靴は履きたくない、と言ったから抱っこしてみたら、抱っこは嫌だとぐずりだす。突然の発熱、深夜の救急外来。保育園落ちた。日本死ね！

そんな情報を驟雨のごとく浴び続けて、戦々恐々とするなかで迎えた蓮は、拍子抜けするほどいい子だった。ぐずることはなく、恵比寿のタコ公園や神宮外苑に連れ出せば、おとなしく喜んでついてくる。あまりに「いい子」すぎるから、秋はかえって心配だった。

阿鼻叫喚のような日々を経験しなければ、俺は「親」になれないんじゃないか。

そんな強迫観念すら、芽生えていた。なにせ引き取ってから一年以上、蓮の吐瀉物すら片付けたことがなかったのだから。ネットには「子供はすぐ熱を出す」と書いてあったはずなのに、蓮はいたって健康で、インフルエンザが流行った去年も結局罹患しなかった。

とにかく、あまりに順調だった。

自らが腹を痛めて産んだわけではない子の「親」になること。それがこんなに楽でいいはずがない。

困難や苦悩が、つきものであると固く信じていた。

夜遊びに行けないことも、煙草をやめたことも、酒量を減らしたことも。秋にとってなにひとつ苦労ではなかった。

あまりに順調な子育てが、秋の生来の強迫観念をますます強めていった。産んでいない子供の「親」になるにあたって、なにも苦しみがない、なんて。そんなことはありえないし、あってはいけない。もしこのまま何も起こらないならば、将来大きな罰がくだるにちがいない。

――神さま、どうか俺に「親の苦しみ」をお与え下さい。

秋は本気だった。親としての労苦と艱難を、心から欲していた。

今年の二月、三歳半になった蓮が初めて発熱し、嘔吐した。熱は三十八度五分。平熱が三十六度台前半の蓮は、ぼうっとした顔でぜえぜえと荒くて浅い呼吸を繰り返していて、とても苦しそうだった。

晩酌の前だったので、哲大がすぐに対応してくれた。

ダイニングテーブルの天板と、カーペットに飛散した蓮の吐瀉物を「ノロかもしれんから」と言いながら、ゴム手袋をしてビニール袋と消毒液を片手に手際よく片付けてくれた。特別支援学校に勤めていると、子供の急変にあたっては、勝手に身体が動いて即応できるようになるらしい。

片付けをささっと終えて、車のキーを摑んで「秋さん行くで」と玄関のドアを開ける哲大の後ろ姿は、まさしく「父親」そのものに思われて、とても格好がよかった。それにひきかえ、何をすることもできず、ただおろおろするばかりの自分は、まるで親もどきだな、と秋は思った。

広尾病院までの道のりも、哲大が運転してくれた。秋は、後部座席で、相変わらず苦しそうな蓮を抱いて、背中をさすってやっていた。青山の自宅から広尾病院のERまでは、十分とかからない。しかし、具合が悪いなかで車に乗せられた蓮は、明治通りで信号待ちをしているときに、秋の腕のなかで嘔吐した。

咄嗟に蓮の口の前に手を差し出したけれど、ビニール袋を用意していなかった秋は、吐瀉物を半身にたっぷり浴びた。夕食のメニューのトマト味のビーフシチューの残滓が、胃液と混ざって秋のシュプリームの白いパーカーに染み込んでゆく。酸っぱい臭気が、アウディの車内に充満する。

「秋さん、大丈夫か？」と振り返った哲大は、後部座席の秋を見てぎょっとしていた。それもそうだろう。吐瀉物にまみれているというのに、秋はどこか感動したような面持ちで、嘔吐した蓮を見つめていたのだから。

このとき秋は、蓮の無事をひたすら祈るいっぽうで、たしかに感動していた。

恋人や友人が飲みすぎて嘔吐しても、秋は一度として介抱をしたことがなかったし、嘔吐しているひとや吐瀉物に近づこうともしなかった。とにかく、吐瀉物の臭いや見た目が苦手だった。嘔吐している姿を見ていると、自身も必ず猛烈な吐き気に襲われた。

それなのに、嘔吐する蓮に対して、秋は躊躇なく素手を差し出すことができたのだ。

お気に入りのパーカーを汚されても、なんとも思わなかった。

この瞬間、秋は思ったのだった。「親」になれるかもしれない、と。

蓮を、愛している。

あれほどまでに固執していた、自由で、何にも縛られることのない生活を、蓮はいとも簡単に捨てさせた。忌み嫌っていた吐瀉物でさえ、素手で受け止められるようになるほど秋を変えたのも、蓮だ。それを「愛」と呼ばずして、何と呼べばいいのだろう。

「――ねえねえ秋くん」

蓮に声をかけられて、秋は我にかえる。

「どうした？　疲れちゃった？」

自宅マンションまでは、もうあと百メートルといったところだ。蒸し暑い梅雨明けの上り坂は、三十代後半に差し掛かった秋の体力をいとも簡単に奪ってゆく。それに引き換え蓮に疲れは見て取れない。

「ううん、ちがうの。蓮ね、また知香ちゃんのお家遊びに行きたい！　金のくるくるの階段見たい！」

いくら広いとはいえ、遊びたいざかりの四歳児にとって、青山のマンションには走り回れるほどのスペースがない。田園調布の三百五十坪の敷地に建てられた、建坪二百坪の豪邸は、蓮の目には最高に楽しい遊び場に映ったようだ。

「じゃあ今度の日曜日、テツ君も一緒に知香ちゃんのところに遊びに行こうか」

秋の提案に、蓮は「やったあ」と叫んで、繋いでいる手をぶらぶらと大きく揺らす。

ＬＩＮＥグループを退出してから、すっかり音信が途切れていた知香が、突然「大田川家」のＬＩＮＥグループに復活したのは、ふた月半前の五月あたまのことだ。秋と哲大が、蓮を迎えてしっかりと「家族」をやっていることを、春が知香にこんこんと話してくれていたことを知ったのは、知香がＬＩＮＥグループに復活してからのことだ。

しかし、一番の決め手になったのは、一枚の写真だったらしい。

入園式のあった日の夜、区立幼稚園の制服を着て、〈にゅうえんおめでとう〉と書かれた看板の前で恥ずかしげに微笑む蓮の写真を、秋から春に送った。その写真を、春は知香に送っていた。写真を見た知香は、すぐさま春に電話をよこしたらしい。

――ちょっと！　何なのよ！

という知香の第一声を聞いたとき、春はてっきり母は怒っているのだと思ったという。ところがそのあと知香は涙声で、「何なの、この子。小さいころの秋にそっくりじゃないの……」と言ったまま、絶句した。春は知香を、改めて説得した。秋と哲大、そして蓮という「三人家族」にとって、知香の「強さ」が助けになるはずだ、と。知香はあまりにあっさりと、春のことばを受け入れたらしい。かくしてグループのメンバーは哲大も入れて四人になり、表示も「大田川家(4)」になった。

そして先月、ついに蓮を知香に会わせた。

田園調布の実家に着いた当初、蓮は緊張し、そわそわしていた。しかし秋が「ここは俺の生まれた家なんだよ」と説明したら、急に興味を持ったらしく、知香が玄関を開けた途端、挨拶もそこそこに広い玄関ロビーへと駆け出した。

——すごい！　金のくるくるの階段！

田園調布の邸宅の中心には、亡き祖父の征二郎がこだわって設えた、金の真鍮の手すりに、赤絨毯まで敷かれた豪華な螺旋階段がある。低層マンションの一階に暮らす蓮にとって、螺旋階段はすこぶる魅力的だったようで、しばらく階段のまわりをきゃっきゃと走り回っていた。

そんな蓮の様子に、少し戸惑いながらも知香は目を細めた。

『……本当に、小さい頃のあなたにそっくりよ、秋』

しみじみと呟いてのち、知香は大声で、「蓮君！　ご挨拶はちゃんとしなさい！」と蓮を叱った。びっくりした蓮は、一瞬泣きそうな顔になったけれど、どうにかこらえながら震える声で、「こんにちは。瀬木蓮です！」と挨拶をした。

知香は、「よし！　いい子」と蓮の頭を撫でた。蓮は、どう振る舞ったらいいのかわからなくて戸惑っていたけれど、秋が「知香ちゃんはね、俺のママなんだよ」と伝えると、遠慮しつつもおずおずと身体を預け、知香に甘え始めた。

知香は、春と秋の通っていた、都内きっての名門、敬天会幼稚園に通わせるべきだと言った。慶心初等科や、明陵学園初等部などの私立名門小学校を受験する園児ばかりの敬天会は、決して悪い幼稚園ではない。ただ、秋が通っていた当時、幼心にも感じ取っていたマウンティングや親の見栄の連鎖の中に蓮を巻き込むのは忍びないように思われたし、秋自身も、そこで生き抜く自信がなかった。なにより、カトリック系の保守的な幼稚園なのだ。同性カップルの哲大と秋が、保護者として歓迎されるとは、どうしても思えなかった。

いまもしきりに、蓮の今後や敬天会への転園についてＬＩＮＥで伝えて来る知香に、「区立幼稚園の環境を蓮も気に入っているから」と答えつつ、どうにか引き延ばしているのが現状だ。

家に帰って秋は、さっそく「大田川家（4）」にメッセージを送る。

Autumn：知香さん、蓮が田園調布の方に行きたがってるから、日曜日に連れて行ってもいい？

すぐに「既読2」がつく。哲大はいまごろ部活の指導だろう。

TikaTika：わたしもちょうど話したいことあったし、午後二時以降ならOK

Spring：あんたたち、しっかりちゃっかり親子やってんのね～。あたしも日曜日、亜実連れて行こうかな。

Autumn：知香さん了解。姉貴、毎日手探りだっつーの。でもまあ楽しいよ。日曜日、亜実ちゃんもぜひ。

ひと通りやりとりを終えてスマホをキッチンカウンターに置く。リビングでは、アルフレックスのソファの上で、蓮が「しまじろう」の塗り絵をしている。

哲大が几帳面で掃除好きなおかげもあって、家はかろうじて整頓されているけれど、一緒に暮らし始めたころに比べたら、格段に物が増えた。

物書きという仕事柄、秋は蔵書が多いし、取材を受けたりメディア出演の機会も少なくないから、衣装(いしょう)持ちでもある。いっぽう、哲大の物は著しく少ない。場所を取っているのは、せいぜい、同級生のプロ野球選手からもらったサインバットとサインボールのセットくらいだ。かつては寝室の壁に架けられていた背番号入りのスタジャンは蓮が来てまもなく片付けられて、いまでは壁面には、ひらがな五十音表が貼られている。

とはいえ、圧倒的に多いのは、蓮の持ち物だ。クレヨン、絵の具セット、スケッチブック。通園バッグ、スモック、大きな車のおもちゃ類。蓮は工作が好きで、包装紙や破れた紙袋を使って、〝お月さま〟や〝かぶとむし〟を作る。他人が見たらただの紙屑(かみくず)にしか見えない代物も、哲大と秋にとってはどれも大事な蓮の軌跡(きせき)に思われて、どうしても捨てられない。

同年代の平均よりは大きいとはいえ、身長一一〇センチ、体重二十キロ足らずの小さな身体の持ち主が、この家で一番の物持ちだ。

「蓮、知香ちゃんも日曜日に蓮と会いたいって」

秋が伝えると、蓮は「くふふふふ」と不思議な笑い声を出して、嬉しそうな顔になった。

「蓮くんねえ、知香ちゃんにおみやげ持っていきたい！」

「じゃあ、一緒に明治屋寄って、知香ちゃんにお土産買ってから行こうか。そうそう、亜実ちゃんも来るかもしれないって」

亜実の名前に、蓮はますます顔を輝かす。

「じゃあ、蓮くんクルマつくる！　亜実ちゃんのおみやげ！」

そう言って蓮は、さっそく張り切って画用紙をプラスチックのはさみで切りはじめた。

去年の冬、元麻布にある春の家に遊びに連れて行くとき、はじめて会う亜実のために、蓮は哲大に手伝ってもらいながら、ビーズでネックレスを作って持って行った。

亜実に会うや否や、蓮は「これね、亜実ちゃんにあげる」と、ネックレスを手渡した。

ネックレスを受け取った亜実は、一瞬困ったような顔になったあと、秋と蓮を交互に見ながら言った。

――Oh, thanks! But I don't like this kind of girly thing. ごめんね！

突然英語で話しかけられた蓮は、びっくりして一瞬動きが止まっていたけれど、たちまち興奮に満ちた声で「すごおい！　亜実ちゃん英語しゃべれるの！」と讃嘆した。

「亜実！　家では日本語だって言ってるでしょ！」と春に怒られながらも、亜実は得意げな顔でぺろりと舌を出した。

「ただでさえ気が強いのに、インター行き始めたらより強くなっちゃってさあ」と笑う春を見て、秋はつくづくそっくりな母娘だと思った。

家に帰ったあと、蓮に「亜実ちゃんね、女の子っぽいものが好きじゃないんだって」と伝えると、蓮はしょげるどころか張り切って、「つぎはもっとかっこいいのつくる！」と宣言した。

そのチャンスがついにやって来たとあって、今日の蓮はひときわ気合いを入れて、画用紙を切り、青いクレヨンで塗っている。大好きな「しまじろう」の塗り絵は、アルフレックスのソファの上にほっぽり出されている。

ああでもない、こうでもない、と唸りながら工作に熱中する蓮を見ていると、秋も時間を忘れてしまう。気づけば、窓の外から「慶心マーチ」が聞こえてくる時間になっていた。

キッチンカウンターに置いたスマホを見ると、ＬＩＮＥのメッセージが一通届いていた。

Tetsu：秋さん、今夜黒酢酢豚でええかな？　めっちゃ肉食いたい！　あとごめん！　日曜俺無理やねん。久々の野球！

——ああ、そうか。すっかり忘れてた。

蓮を引き取ってから、哲大は週末の定番だった草野球を、あっさりと捨てた。蓮を引き取ることになってからふたりで買った愛車のアウディの後部座席に蓮を乗せて、水族館や動物園を巡るのが、哲大の土日の定番になった。

そんな哲大が、この日曜日に久々に、かつての仲間と草野球をするのだ。二週間前から嬉しそうに話していたのに、日常にかまけるなかで、秋はすっかり失念していた。

昼間、蓮には日曜日の知香宅への訪問を、「テツ君と一緒」と言ってしまった。

——秋さん。子供相手の約束は、大人相手の約束より大事やで。絶対守らなあかん。

蓮に「トンテキを作る」と約束していたのに、仕事の忙しさのせいにして、こっそり夕食のメニューを店屋物で済ませてしまおうとしたことがあった。そのとき、哲大に厳しく咎められたのだ。

以来、どんな小さなことでも、一度約束したことを守れなくなってしまったときは、必ず蓮に正直に言うようにしている。

「蓮、テツ君日曜日忙しくて一緒に行けないんだって。いいかな？」

キッチンカウンターから振り向いて声をかけると、蓮は工作の手を止めずに、「うん、いいよ」とうべなった。

「ただいま！」という大きな声とともに、スーパーの紙袋を持った哲大がリビングに入って来たのは、十五分後だった。

「お、蓮。何作っとんの?」

哲大は帰宅後、かならずまず最初に蓮に声をかける。

「亜実ちゃんのおみやげ!」

哲大に話しかけられても、蓮は顔を上げず、手も止めない。

「ええなあ。今度は亜実ちゃん、きっとめっちゃ喜んでくれるで」

わしゃわしゃと頭を撫でられた蓮が、「やめてよお!」と身をよじる。拒(こば)みながらも、甘えている。

キッチンカウンターのスツールに座る秋のところへやって来た哲大が、秋にこっそり耳打ちする。

「撫でられたときの蓮の反応、撫でられたときの秋さんとそっくりやなあ。やっぱ親子やな」

秋は気恥ずかしさのあまり、「ばかじゃないの」と小さく呟いた。

4

「で、どうするの」

七月のうららかな昼下がりには似つかわしくない、有無を言わさぬ厳しい声で、知香が秋に問う。

「どうするもなにも、入園してまだ三ヶ月だよ? とりあえず、このまま区立でいいよ」

ＬＩＮＥでも幾度となく繰り返されたやりとりも、面と向かって改めてなされると、ますます辟易してしまう。

ついひと月ほど前までは、一年以上にわたって〝絶縁〟していたというのに。そんなこと、まるでなかったかのようにこうして〝孫〟の行く末に物申すことのできる知香の図太さ（バイタリティ、とも言える）は、もはや讃嘆すべきかもしれない。

このバイタリティ（やっぱり図太さ、かもしれないけれど）に、父親の征二郎の威光も加わって、知香はミラノでもパリでも通用する地位を築き上げてきたのだ。

「蓮君があなたと哲大君のところに来たのも後生の縁でしょう。ましてやあなたは後見人なのよ。蓮君に最高の教育を与えて、将来の可能性を広げてあげるのは義務よ」

知香の断定的な物言いは、昔から変わることがない。一度こうと決めたら、頑として曲げることがない。

ふたりの終わらないやりとりを退屈そうに聞きながら、春はダイニングテーブルに片肘をついて、手持ち無沙汰を紛らわすようにスマホを弄っている。

オークの立派な扉の向こうのロビーからは、亜実と蓮がきゃっきゃとはしゃぐ声が聞こえてくる。蓮は相変わらず征二郎の自慢だった〝金のくるくる〟がお気に入りで、飽かずに螺旋階段を廻りながら、亜実と追いかけっこをしているようだ。

「知香さんが蓮のことを思ってくれるのはありがたいよ。でも、蓮は大田川の子じゃないんだよ。もちろん俺も哲大も、実子のつもりで愛情を注いでる。だけど、蓮はあくまでも〝瀬木蓮〟なんだよ。俺たちの子供じゃない。もちろん、敬天会幼稚園の教育は素晴らしかったと思うし、瀬川園長も好きだよ。だけど、俺も哲大も、いまの区立のあったかい感じがすごく気に入ってる。蓮も、毎日楽しそうだし。転園させる必要が、ほんとうにあるのかな」

　この場に哲大がいてくれたら、と思う。

　幼少期に離婚して、女手ひとつで育てられた秋にとって、知香の存在はあまりに絶対的だ。蓮とのいまの幸せな〝家族〟としての生活を守りたい、と強く欲しているいっぽうで、知香の主張の正しさもまた、秋には否応（いやおう）なく理解できてしまう。だから、抗いきれないのだ。

　哲大と蓮との、いまの満ち足りた生活も、知香の主張も、母校の優れた教育も、すべてが正しく感じられる。複雑に混ざり合うそれぞれの「正しさ」が、秋の頭のなかに相克（そうこく）を生む。特に、母である知香の「正しさ」に刃向かうことが、秋にはどうしてもできない。

　哲大なら――。

　きっと自分の信じる「正しさ」を、知香に対しても堂々と主張できるだろう。

「秋、あなたが蓮君を〝瀬木蓮〟のままでいいと思っているのなら、無責任よ。瀬木修也はもうこの世にいない。岡山のご両親や親戚も、誰も残っていないでしょう。〝瀬木〟の苗字を、蓮君ひとりに今後も守らせるわけ？　岡山のあの草ぼうぼうの荒れ果てたお墓を、蓮君ひとりに守らせるわけ？　そんなの、あんまりじゃない」

　知香の「正しさ」が、ますますの堅牢（けんろう）さをもって、秋に迫ってくる。

「じゃあ、どうすればいいんだよ！　俺は、あくまでも蓮の後見人であって、親じゃない。どうしたって、蓮は〝瀬木蓮〟として生きていくんだよ。そのためのサポートはいくらでもする。でも、俺や哲大にできるのはそこまでだよ」

　堂々巡りの議論に口を挟まなかった春が、急に思いついたように言う。

「あ、そっか。じゃあ蓮君を〝大田川蓮〟にすればいいじゃん」

「すればいいじゃん、って……。そもそもどうやって」

「養子縁組すればいいんだよ。ユリさんのお父さんは、蓮君の子育てについてはうちらに一任するって言ってるんだから。ユリさんはもう親権者じゃないし、ユリさんのお父さんが一任してる以上は、養子縁組できるんじゃないの」

妙案を思いついたかのように滔々と語りだす春に、秋は狼狽（うろた）える。

「いや、でも姉貴。そもそも養子ってそんな簡単にできないでしょ」

「いや、簡単よ」

今度は、知香が割り込んでくる。

「あたしが修也と離婚したあと、あなたたちパパの養子になったじゃない。養子縁組なんて、弁護士に頼めば、すぐ終わる手続きよ。離婚よりもよっぽど簡単だったわ」

勝手に進んでゆく議論に、秋はますます狼狽するばかりだ。

「待ってよ！　俺たちの意思は？　それに、蓮の意思はどうなるんだよ。勝手にそんなことトントン拍子で決められたら困る。これは、俺たち家族の問題なんだから」

抗う秋に、知香が冷たい目を向ける。

「家族になるためには、養子縁組が必要でしょ。いまのあなたたちがやってることは、〝家族ごっこ〟じゃない」

秋は、言い返すことができない。

「それに、蓮君にとって大田川姓を名乗ることで損はないわよ。さらに慶心でも出ようものなら、蓮君の人生は大きく開けるじゃない！」

秋の無言を肯定と受け取ったのか、知香はますますヒートアップする。

「ちょっと待って」と、春が知香を止める。

「ママ、ひょっとして蓮君に慶心初等科受けさせるつもり？　それならやめておきなよ。無理だよ。いくら改革したからって、あの超保守的な慶心初等科に同性カップルの子供が入れるわけないって」

半笑いでたしなめる春に、知香が激昂する。

「元はと言えば、あんたが亜実ちゃんの受験に真剣に取り組まなかったせいでしょ！」

すべてが、秋を置いてけぼりにして進んでゆく。

秋は心のなかで、哲大に助けを求める。でも、哲大はここにはいない。

「いくらなんでもさあ、自分が勝手に抱いてる〝慶心一家〟の夢を秋と蓮君に押し付けるのは、あたしは賛成できない。まあ、秋が慶心にそれだけの思いがあるならやればいいと思うけど、あたしは亜実に関してはインターで良かった、って思ってる。ママもさ、いい加減に目を覚ましなよ」

春の言葉に、いつものごとく知香がバンッとダイニングテーブルを叩く。ロビーで遊んでいたはずの亜実と蓮が、いつのまにかオークの扉の陰から、こっそりダイニングの中の様子を窺っている。

「……知香ちゃん、怒ってるの？」

おずおずとした様子で訊ねる蓮に、知香はさっきまでと別人のような満面の笑みを見せる。

「ううん、怒ってないわよ。知香ちゃんはただ、秋と春とお話ししていただけよ」

優しそうな声音（こわね）の知香に、蓮はほっとしたような顔を見せる。蓮の後ろに立つ亜実は、知香の言葉を信じていないのか、訝（いぶか）しげな表情を浮かべている。

「ねえ、蓮君」

ふいに知香が、蓮に問いかける。

「蓮君はさ、秋とちゃんとした家族になりたい？　秋君と哲大君を、ほんとうのパパにしたい？」

「ちょっと、知香さん！」

——やられた。

知香が、先手を打って来た。まず蓮に「うん」と言わせて、秋に納得させようという算段にちがいない。秋の身体がにわかに緊張する。

かぞく……？　と呟いて、蓮は不思議そうな顔で知香を見返している。

「そう、家族よ」と知香が言い含めるように、ゆったりとした口調で蓮に念を押す。

「蓮くん、秋ちゃんとテツくんのかぞくじゃないの？」

不安げな声で、蓮が問い返す。

「蓮君は、秋と哲大君の家族みたいなものだけど、まだほんとうの家族じゃないの。〃ほんとうの家族〃になったら、蓮君は秋と同じお名前を使えるようになって、これからもずっとずっと一緒にいられるようになるのよ」

勝手に話を進めようとする知香に、いよいよ秋は耐えきれなくなって、声を荒らげる。

「知香さん！　いい加減にしてよ！　蓮だって困ってる。それに、四歳の蓮にそんな言い方するなんてフェアじゃない。後見人だって、少なくとも蓮が成人するまでは、ずっと一緒にいられる！」

秋がいくら知香に抗っても、知香は聞く耳を持つ素振りもない。ただじっと、蓮に笑顔を向けたまま、蓮の答えを待っている。

「蓮くん、秋くんとテツくんとほんとうのかぞくになりたい」

無邪気な笑顔で、蓮は断言した。

「ですってよ、秋」

まるで勝ち誇ったかのような顔の知香に、秋は大きく嘆息した。

いつも、こうなのだ。あまりに強く、正しい母に、逆らえたためしがない。器用な春は、まるで知香の言うことを聞いているかのように振る舞いながら、さりげなく、しなやかに反抗してみせる。亜実の初等科受験のときのように。秋には、それができない。

「……とにかく、家に帰って哲大と相談してみないことには何も進まないから」

秋は諦めの色濃い声音で言い捨てて、席を立つ。

「蓮、テツ君も帰って来るし、一緒におうち帰ろうか」

蓮は名残(なごり)惜しそうにしながらも、「うん」と頷いた。

「知香ちゃんまたね！　春ちゃん、亜実ちゃん、さようなら」

礼儀正しく挨拶をした蓮に対して、知香は満足そうに深く頷き、春は、「蓮君またねー」と笑顔でひらひらと手を振った。


帰り道の東横線の車内で、蓮は嬉しそうに亜実と遊んだことや、大好きな「金のくるくる」について秋に語って聞かせる。知香が問いかけた「ほんとうの家族」の話は、すっかり頭から抜け落ちているようだ。

「よかったねえ」と相槌を打ちながらも、秋の心中は穏やかでなかった。

蓮と養子縁組すること自体には、反対ではない。哲大も秋も、蓮のことは「ほんとうの家族」

だと思って接している。でも、知香の目指す「家族」と、秋や哲大の考える「家族」は、根本的に〝像〟が異なっているように思えた。

秋は、蓮に無用なプレッシャーや将来のあるべき像を押し付けることなく、思うがまま自由に育ってほしいと願っている。「大田川」という姓の重さを、いまの蓮に引き受けさせるのは酷にも思える。この苗字が与えてくれる僥倖も煩わしさも、秋は知り尽くしている。

いっぽう、知香は「大田川家唯一の男子」になれる可能性のある蓮に、跡継ぎとしての大きな期待を寄せはじめたのかもしれない——。

知香の父の征二郎が創業した大田川建設グループは、現在は大田川家の遠縁にあたる前嶋社長が、経営を一手に担っている。

征二郎には、知香のほかに子がなかった。その一人娘の知香も、征二郎の生前に、すでに自身のファッションブランドを立ち上げ、国際的なデザイナーとしての名声を築き上げていた。秋が大学生になり、征二郎が死去したとき、後継者の選定に当たってはふたつの選択肢があった。

まず、知香が継ぐことが考えられた。しかし、「TikaTika」の経営と、大田川建設の経営の二足わらじを履くことの非現実性を充分に認識していた知香自身が、社長就任を辞退した。

春もまだ若かったし、秋にいたっては学生だった。

結局、征二郎のもとで長年にわたって番頭を務め、副社長の地位にあった前嶋が社長の座に収まることで落ち着いたのだ。

しかし、最大株主は、征二郎の株式の大半を相続した知香と、春と秋の三人だ。前嶋は、あくまでも雇われ社長に過ぎない。春が結婚し婿を取った暁には、春の婿に禅譲する、という案もあった。ところがいざ結婚してみると、婿養子の寛は、外資系投資銀行でのM&A仲介業務が性に合っているらしく、大田川建設の経営者になる気がさらさらなかった。

秋が、大田川家唯一の男子として、期待を集めたこともあった。しかし、修士課程を修了すると同時に、秋は飲食ベンチャーを起ちあげ、挙げ句にちょっとした余興のつもりでカルチャー誌に寄稿したエッセイが思わぬ反響を呼び、自らの性的指向を明かしながら物書きとして生きる道を選んだ。

以来、大田川建設グループは、大株主である大田川家の意向を忖度しつつ、遠縁の前嶋が無難に経営をしてゆく、という状況が続いている。

とはいえ、前嶋もまもなく古希になろうとしている。前嶋の次は、おそらく川端専務が社長の座に就くことになる。しかし、大田川征二郎というカリスマが一代で築き上げた大田川建設の一万五千人に及ぶ社員たちの間では、「大田川家の凱旋」を期待する声が相変わらず大きい。

そこにいま、蓮という思いがけぬ「男子」が現れた。大田川家と直接的な血の繋がりはないとしても、蓮に大田川姓を名乗らせ、相応の教育を授ければ、もしかしたら……。

知香はそんなふうに思っているにちがいない。

秋は思わず、電車のなかでひとり嘆息した。

青山の家に帰ると、すでに夕食の支度を済ませた哲大が、リビングのソファに寝っ転がって、ビールを飲んでいた。

「遅かったやん。秋さん、麻婆茄子冷めてまうで」

いつもと変わらぬ哲大を目にして、秋は一気にほっとする。ものすごく、安心する。

「テツくんただいま！」

蓮が哲大のもとへ駆け寄ってゆき、そのままお腹の上へダイブしている。

「ぐはっ、ビール吐きそうになるやん！　こら、蓮！」

哲大が、思い切り蓮をくすぐる。蓮は、きゃっきゃと声をあげて、ソファの上ではしゃいでいる。

――秋さん。

――秋くん。

哲大と蓮との三人での暮らしのなかで、秋は「大田川」という姓を忘れていたのかもしれない、と思う。

執筆や講演を通じて、社会のなかで「大田川秋」としての仕事をする。でも、仕事を終えて帰宅すれば、ただの「秋」でいられる日常がある。

この家のなかに、大田川秋は存在しない。中島哲大も、瀬木蓮もいない。

ここにいるのは、秋と哲大、そして蓮という三人だ。それで充分だ、と思って来た。

――家族ごっこ。

知香の冷たく、厳しい声が蘇る。

家族、というのが、同じ姓を名乗る者同士によって成立するものならば、たしかに三人は家族ではない。

ならば、中島哲大と大田川秋、そして瀬木蓮が一緒に暮らすこの〝かたち〟は、果たして何なのだろう。

「秋さん、食わへんの」

気づけば、哲大と蓮は、もうダイニングテーブルに着いている。

「あ、ごめん。手洗って来る」

洗面所に向かおうとすると、ぐっと手を引かれた。いつのまにか、廊下へ出た秋の後ろに、哲大が立っていた。

「なんかあったんやろ」

詰(なじ)るでもない、それでいて優しすぎない声で、まっすぐに哲大が問う。秋は、哲大と目が合わせられない。

「……メシのあとで、話すよ」

かろうじて伝えて、秋は洗面所の扉を閉めた。

鏡を見ると、いままでになく疲れ切った顔が映っていた。下瞼(したまぶた)には大きな隈(くま)ができていて、目は完全に充血している。

こんな顔で、今日は蓮と過ごしていたのか。

察しのいい蓮のことだから、きっと蓮も秋の動揺と疲弊に、気づいていたことだろう。そう思うと、とてつもない無力感に襲われる。

愛用しているジョン・マスターの液体石鹸は、オーガニックのせいか泡立ちが悪い。秋は蛇口の横で何度も両手を擦(こす)りあわせる。常ならば、そろそろ泡立ってくるころになっても、液体石鹸はいつまでも掌(てのひら)のなかでぬちゃぬちゃと音を立てるばかりで、一向に泡立ちそうにない。

ただ、ぬめぬめと光っているだけの両手を見つめながら、秋は泣きたくなる。こんなぬめぬめでぬるぬるの手では、なにもつかみ取れないような気がした。

「で、何があったん」

夕食を終えて、ソファの上でコロナの瓶を傾けながら、哲大が秋に問う。秋は、何から切り出せばいいのかわからなくて、烏龍茶のペットボトルを片手に、考え込む。

ああ、煙草が吸いたい。

途端に、そんな衝動が湧き上がる。煙草を吸っていたころは、一旦この場を立ち上がって、ベランダの夜風に当たりながら紫煙を燻らすことで、なんとなく気分の切り替えができていた気がする。でも、いまとなってはそれもできない。

夕食の味も、思い出せない。辛いものが苦手な哲大の作る超甘口の麻婆茄子が、大好きだったはずなのに。

「何から話せばいいのかわからなくなっちゃった」

秋は途方にくれたように、ありのままを伝える。すると、哲大はティーテーブルに置いてあった自動車雑誌を、やおら手に取った。

「ほな、秋さんが準備完了になったら言うてくれたらええよ」

哲大は、いつも秋のスピードにとことん合わせてくれる。大田川家では、自己主張の強い知香と春が、幼いころから秋をぐいぐいと引っ張って来た。それが、嫌だったわけではない。でも、いまはこうして、スピードを合わせてくれる哲大と一緒にいたい。蓮が加わったことで、その思いはますます強くなっていた。

蓮の歩幅に合わせて歩いてゆこう。哲大が秋に対してしてくれたように——

決意していたはずなのに、ひさびさの家族会議を経て、いま揺らいでいる。

養子縁組のこと。幼稚園の転園のこと。小学校受験のこと。

なにをどうやって、哲大に伝えればいいのか。秋は、一度大きく息を吐き出して、考える。

「今日さ、知香さんに言われたんだけど」

「うん。なんて？」

雑誌を読みながら、哲大は気のない素振りで返事をする。構えられると、秋が言葉を紡（つむ）げなくなってしまうことを、哲大はわかっている。

「俺たち三人は家族じゃなくて家族ごっこだ、って」

「ああ、それはそうかもしれんよなあ。ほんで？」

哲大は相変わらず、雑誌から目を上げない。聞き流すように聞きながら、先を促してくれる。まだ、本題に入っていないことをちゃんとわかってくれている。

「……養子縁組したらいい、って」

「そんなん簡単にできひんやろ」

「うん、俺もそう思ったんだけど。簡単なんだって」

やっと、哲大が秋に顔を向ける。

「んで、どっちの養子になるん」

「え？」

思いがけないことを問われて、秋は答えに詰まる。

哲大の質問は、当然だ。なんで考えなかったんだろう。当たり前のように、蓮が「大田川蓮」になるのだとしか考えていなかった。中島蓮になる可能性だってあるのに。

「秋さんの養子になるのか。俺の養子になるのか。それで全然違って来るやろ」

哲大から呈示（ていじ）された選択肢に、秋は目が覚めるような心地がした。

「……たしかに」

「秋さん、頭ええのに肝心なことほんま抜けとるよなあ」

苦笑しながら、哲大が秋の頭を撫でる。秋はただ、されるがままになっている。

「まあ、それはあとで一緒に考えよ。で、次は？」

「俺、他にもあるって言ったっけ？」

「秋さんの顔見ればわかる。まだなんかあんねやろ」

もはや、哲大の察しの良さには感服するしかない。

「幼稚園、転園したほうがいいって言われた。敬天会幼稚園に」

「敬天会って、秋さんが行っとったとこ？」

「うん」と、秋が頷くと、これについては哲大も少し険しい顔になった。

「なんでいまの区立やったらあかんのやろ。翔子ちゃんもおるし、秋さんも区立気に入っとるやん」

「……そうなんだけどさ。俺もそう思うんだよ。知香さんには俺からもそう伝えたんだけど」

「押し切られたんやな」

知香の押しの強さを知っている哲大が、見通したように言う。顔は、険しさを浮かべたままだ。

「いや、まだ押し切られてない。哲大と蓮の意思もある、ってちゃんと言った」

秋の言葉に、哲大は軽く目を見開いてのち、笑顔になる。

「えらいやん。秋さん、ひとつ大人になったな」

「哲大、年下のくせに生意気」

「生意気で上等や」と言いながら、哲大はいつのまにか落ち着いた顔になっている。コロナの瓶は傍らに置かれたままで、飲む気はないらしい。とことん、話し合うつもりなのだろう。

「ほんで、秋さんはどないしたいん？　俺はな、しょうみ庶民やから、敬天会とか慶心とか、そんなんさっぱりわからへん。ここに関しては、秋さんにしかわからん。せやけど、蓮も来年になったら年中やろ？　移るとしたら、そのタイミングしかないやんな」

　哲大の言う通り、幼稚園の件に関しては、秋しか判断ができないのだ。そしてしっかり二年保育を受けさせるためには、来年四月の年中に上がるタイミングで、敬天会に移るほかない。とはいえ、哲大は知らないが、敬天会幼稚園に入るということにおいてまず、熾烈な戦いがある。

「敬天会幼稚園は、たしかにいい幼稚園だよ。先生たちも熱心だし、子供たちのことをちゃんと見ていてくれる」

「秋さんがそう思うんやったら、俺は反対せえへんよ。亜実ちゃんも敬天会やったんやろ？　あの子見とったら、しっかりした子が育つんやろなあ、って思うわ」

　亜実は、敬天会幼稚園に合っていたと思う。もともと親の春に似て、自己主張のしっかりした子だったし、周りの子を引っ張っていったり、喧嘩の仲裁も進んでできるような度量のある子だ。しかし、蓮に関してはどうだろう、と心配になる。なにより、春から聞かされていた敬天会の保護者たちの間の関係性についての話は、秋の心に影を落としていた。

「いい幼稚園なんだけどさ。なんていうか、いまの区立みたいに和気あいあいとした感じじゃないんだよね。どこの家も、みんな慶心初等科とか、小学校受験する家ばかりだし。姉貴から聞かされたんだけど、マウンティングみたいなのも相当すごいみたい。まあ、みんな仲間である以前に、ライバルだから仕方がないんだろうけど」

　秋の話に、哲大はいまいち要領を得ないような顔をしている。

「ライバルって……。まだ五歳とかやろ？」

「子供同士は仲良くしてたよ。俺も、いまでも連絡する同級生いるし。でも、親同士となるとそうもいかないみたい。それにさ、うちはほら……男同士だから。知香さんは、そういうところまで気が回ってないんだと思うんだけど、俺たちがあの幼稚園の保護者たちのなかでうまく立ち回っていくのって、一筋縄ではいかない気がして」

　とことん話を聞いてくれる気になっている哲大に対して、秋は自分でも不思議なくらい素直に悩みを吐露できている。

「そうなんかなあ」と言いつつ、哲大は左手を顎に添える。真面目に物事を考えるときの姿勢だ。

「たしかに、そういうリスクはあるんやろな。せやけど、俺はやっぱりこれに関してはどうしてもわからんところがある。秋さんが、それでも敬天会はええ、って思うんやったら、お母さんの言う通りにするのも、蓮にとって悪くないんちゃうかな」

　そんな単純なことじゃない、と秋は思う。

　たしかに、敬天会幼稚園の教育自体は素晴らしい。世田谷の一等地にありながら、区立幼稚園とは比べ物にならないほどのグラウンドがあるし、大ホールもある。学芸会では、卒園生のプロのミュージシャンや俳優が、伴奏や指導までしてくれる。

　敬天会系列の教会から派遣されるネイティヴ・スピーカーのシスターが受け持つ英語教育は、とりわけ質が高いことで有名だ。秋が初等科の英語の授業で、外国人教師と臆することなく英語で話すことができたのも、敬天会幼稚園の教育の賜物だった。

　あの教育を受けさせることは、蓮の可能性が大きく広がることにもつながるだろう。

　しかし、秋は、敬天会に仄暗い思い出がある。

　秋の慶心初等科受験準備が大詰めを迎えていた、年長の夏のことだった。

幼稚園からの帰り道、子供に対して決して手を上げることのなかった知香に、頬を打たれたのだ。その日は学芸会の練習があって、ピアノが得意だった秋は、伴奏の一部を任されていた。合唱の場面で、秋自身は完璧に伴奏を弾きこなしたと思ったのに、子供たちの歌の方がついて行かなかった。癇癪（かんしゃく）を起こした秋は、「みんななんでそんなに下手なの！」と大声で叫んだのだった。

そのことを担任の亀井（かめい）先生から伝え聞いた知香が、帰り道に秋を叱った。

『秋ちゃんだけで生きているわけじゃないの。色んなお友達がいるの。みんな、それぞれのスピードで生きているのよ。それを助け合うの。秋ちゃんができるからといって、みんなができるわけじゃない。そういう時は、怒るんじゃなくて、助けなさい』

厳しく諭された秋は、「ごめんなさい」と素直に謝って、知香と一緒に祖父の運転手の三島（みしま）が運転する車の後部座席に収まった。

車に乗って、優しい三島の顔を見たら、秋は先ほどの知香からの叱責のショックからすぐに立ち直ることができた。三島に、学芸会のことや練習のこと、習った英語のことを、一生懸命話して伝えた。三島は、「ぼっちゃんはすごいねえ」と目を細めて話を聞いてくれていた。

ところが知香は、相変わらず機嫌が悪そうだった。

秋が、「クラスでね、ピアノ弾けるの僕だけなんだ」と自慢げに口にしたときだった。知香がとたんに、秋の身体を引き寄せて、自身と向き合わせた。そして、ぽかんとしている秋の左頬を、知香は叩いたのだった。

『なんでそうやってへらへらと楽しそうにしてるのよ！　全然反省していないじゃない！　そんなんだと、お姉ちゃんと同じ学校に行けないのよ！』

三島はバックミラー越しに眉（まゆ）をひそめながらも、見て見ぬふりで車を進めた。

秋は、泣き叫ぶこともできなかった。ただ、全身が氷水を浴びたように、冷たくなるのを感じていた。

成人してから一度、知香にこの件を問いただしたことがあった。知香は、秋の頬を叩いたことなど、すっかり忘れているようだった。

『そんなことあったっけ。わたし、本当に受験でキリキリしてたのね』

悪びれるでもなくさらっと言った知香を、別にいまさら恨んではいない。子供の受験を経験した同級生や、春から話を聞く限り、小学校受験が親にもたらす緊張とストレスは、相当なものなのだろう。事実、秋の初等科合格の通知を受け取った三十年前の晩秋、知香が肺炎で倒れて入院したことを秋はよく覚えている。

まさしく、「修羅場」だったのだろう。姉弟ふたりを慶心初等科に入れるというのは、強くたくましい知香の肉体と精神をも蝕むほどの修羅場だったのだ。

あの修羅場に、哲大を巻き込みたくない、という思いが秋にはある。決してただ受験をするだけではない。受験の前段階の、小学校受験塾の名門と言われるところに入るにあたっても、関門がすでに険しい。綺麗ごとや、正しさでは決して乗り越え得ない、多くの関門が待ち受けている。

蓮をただ、敬天会に通わせる、というだけならば秋もここまで悩まない。ただ、敬天会に通わせる、ということは〝それだけでは済まない〟のだ。今日の家族会議で春が言った通り、知香は敬天会転園の先にある、慶心初等科受験を見据えているように思われた。

養子縁組、敬天会幼稚園への転籍、そして慶心初等科――。すべてが複雑につながっているのだ。各々が独立した問題としてあるのではない。

蓮の将来は、複雑怪奇に絡まった糸の先にある。

「……能天気でいいね」

思わず口をついた秋のひと言に、哲大が無表情になる。秋は、咄嗟に「しまった」と思うけれど、謝る気持ちにもなれない。不穏な気持ちを哲大と分かち合えないことに、秋は苛立っていた。

「本気でそう思うてるん？」

静かな声で、哲大が問いかける。

「哲大はわかってない。本当に、えげつない世界なんだよ。敬天会に入れたら、絶対に慶心初等科を受験する流れに引き込まれることになる。養子縁組も転園も受験も。全部、つながってる。一度転園させたら、再来年の秋の初等科受験まで、哲大も俺も蓮も、ずっと修羅の道を歩むことになるんだよ。哲大にそんな思いさせたくない。それに蓮だって……。俺は敬天会も慶心初等科も好きだけれど、受験は子供にもストレスになる。できれば、このまま区立でのんびり過ごさせてあげたい。小学校だって、別に公立でいいわけだし」

秋の話を聞く哲大の顔は、いつのまにか穏やかになっている。

「でも秋さんは悩んどるわけやろ」

哲大の言う通りだった。

受験はたしかに大変だった。ただ、敬天会や慶心で得た人脈や経験は、秋のチャンスや成功の源泉だ。敬天会と慶心学院で得たものの大きさは、受験の苦労を凌駕(りょうが)して余りあるのも事実だった。

「悩んでる」

秋の答えに、哲大が深く頷く。

「秋さん、俺の考えを言うわ」

ゆっくりと、哲大が言葉を紡ぎはじめる。

「俺はな。登る山は高い方がおもろいって思うとる」

「山？」

「そう。山や。蓮が俺たちの子供になる。俺たちが家族になる。これだけで大きな山やん。さらに慶心学院やで？　すごい学校なんやろ。そこに、男同士の親に育てられた子供が挑戦するんやで。どえらいことやんか。富士山よりも高い山や。その山登ったら、秋さんが見てるんと同じ景(け)色(しき)が見られるんやろ？　蓮に、見せてやりたいと思わん？」

哲大のきらきらとした目に、秋は驚く。

「俺、野球やっとったやろ。雑魚みたいなチーム相手しとってもおもろないねん。大阪やからな、いつも相手は大阪桐蔭(とういん)とかＰＬやった。秋さんわかる？　めっちゃ強いんやで。せやけど、あいつら倒したときの気持ちよさはな、ほんまに言葉にならへん。最高やった。別の世界が見えるんよ」

――住む世界がちがう。

色々な男たちから別れ際に言われてきた「あの言葉」を思い出す。かつては、哲大からも言われるのではないかと怖(おそ)れていた。でも、哲大は「ちがい」を乗り越えようとしている。「ちがう世界」の景色を、見たがっている。

「俺は秋さんと一緒になって、いままで知らんかった世界を見れた。青山のマンションも、イタリアンも、田園調布の豪邸も。俺にとっては別世界やったのに、秋さんと一緒におったら見れてん。俺は公立の世界しか知らんから、慶心のことはたしかにようわからへん。せやけど、可能性があるんやったら、蓮には色んな凄い世界を見せてやりたい。一番高い山のてっぺんからの景色見せたろ、って思う」

——ぱんっ。

秋の心のなかに、花火が上がる。大輪の極彩色の光の粒が、一気に花開いて、全身に広がってゆくような。心なしか、わずかな熱まで感じる。夏の夜空に漂う硝煙の匂いが、鼻腔をつんと走り抜ける。

「……俺も、蓮に見せてあげたいな」

「せやろ」と言って、哲大が得意げな顔をした。

秋は、とことんこの男にはかなわない、と思った。

「それに、まだ受かるかどうかもわからへん。敬天会も由緒正しい幼稚園なんやろ？　俺たちのことを受け入れてくれるかどうか微妙なとこなんちゃうかな。慶心なんか、もっと厳しいんちゃうの？」

「うん。厳しいと思う」

「ほんなら、ダメ元でええやんか。あかんかっても、なんも変わらへん。いままで通りやん。それに、落ちても俺たちは男同士やし、マイノリティやからな。いくらでも言い訳できる。まあ、俺は言い訳は嫌いやけどな」

哲大の言い分には、説得力がある。知香はやる気を漲らせているが、そもそも敬天会が受け入れてくれる可能性は高くないだろう。「ほかの保護者が動揺する」とか「自分たちは不勉強だから受け入れられない」などともっともらしい理由を上げて、蓮を拒むかもしれない。

慶心の受験にしたってそうだ。いままで、同性カップルに育てられた子供が受験したことなどないだろう。願書の段階で門前払いされることは充分にありうる。

それならば、蓮はいままでの漠然とした計画どおりに公立でのびのびと学校生活を送ってもいいし、あるいは亜実のようにインターナショナルスクールという選択肢だってある。

その上で、慶心という〝高い山〟に挑戦すること。なにも、絶対に受かりたいわけではない。

ただ、もしかしたら……。

転園と受験について悲観的に考えていた秋だけれど、哲大と話すことで、胸の中にどこかわくわくとした気持ちすら生まれてくる。

なにより、まだなにも始まっていないし、決まっていないのだ。いまの段階では、すべては画餅にすぎない。

そんな当たり前のことに、秋はいまさら気づいたのだった。

5

「なんで？　なんで別の幼稚園にいくの？」

蓮の無垢な問いに、秋は答えられずにいる。

夏休み、軽井沢にある大田川家の別荘に滞在しているあいだに、蓮に転園の件を切り出そうと考えていた。しかし、哲大と相談した結果、夏休みのあいだは蓮に余計な心配をかけずに、思い切り遊ばせてやりたい、ということになった。

そして二学期がはじまりひと月が経ったいま、秋は哲大とともに、自宅のダイニングテーブルで蓮と対峙(たいじ)している。

「蓮、別にどうしてもってわけとちゃうねん。ただ、敬天会幼稚園はすごいらしいで。蓮の大好きなすべり台なんかめっちゃでかくてな。くるくる回ってんねんぞ」

秋の代わりに、哲大が蓮に敬天会幼稚園の魅力を語る。蓮は、釈然としていないような、それでいて少しばかりの期待もないまぜになったような、複雑な表情をしている。

「俺が行っていた幼稚園なんだよ。このあいだ、テツ君と一緒に見に行って来たんだ。俺がいたころよりずっと綺麗で、おもちゃもいっぱいあったなあ」

哲大が助け舟を出してくれたことで、秋の口からもやっと言葉がすらすらと出てくる。リビングの窓ごしに見える植栽の照葉樹が、秋の長雨に濡れて街灯の光をてらてらと反射させている。

「ふーん」と言って、蓮はダイニングチェアからすたっと飛び降りて、リビングの方へと駆け出してしまった。ソファの上には、さっきまで蓮が夢中になっていた「しまじろう」の絵本が、開かれたままになっている。

秋と哲大は、思わず顔を見合わせて苦笑する。敬天会幼稚園の二年保育向けの入園試験は、三週間後に迫っている。それまでに、蓮を説得しなければならない。あえて説得の労を執(と)らずとも、遊びにゆく、と騙(だま)して蓮を受験会場へ連れて行ってしまうことも可能だろう。でも、哲大も秋も、そういう姑息(こそく)なことはしたくない、と思っている。

四歳とはいえ、蓮の意思を尊重したい——。

そんな思いは親のエゴかもしれない。子供は順応性が高いから、新しい環境にすんなりと溶け込むことだってできるはずだ。しかし、「子供に嘘は通用しない」と信じている哲大は、蓮にしっかり説明した上で納得して受験してほしいと願っているようだったし、それは秋とて同じだ。

「まあ、まだあと三週間あるしな。気長に話すしかないな」

「うん、そうだね」

先週、知香に言われるがまま哲大と一緒に敬天会幼稚園の瀬川園長のところへ挨拶に行ったときには、たしかに驚いた。幼稚園の設備が秋の通っていた当時よりはるかに拡充されていたのはもちろんのこと、戦前に建てられたというアールデコ様式の本館に隣接するかたちで、モダンな新館まで建てられていた。

――まあ秋君。すっかりご立派になられて……。

満面の笑みで秋と哲大を自宅に迎えてくれた瀬川園長は、蓮の転園についてもうすでに知香から相談を受けていたとのことだった。

『お母様からは、春ちゃんや秋君が卒園されたあとも、毎年盆暮れには結構なものを頂戴(ちょうだい)して。ずっとお心遣い頂いて来たわ。新館建設のときにも、大田川建設さんが随分とよくして下さって。他ならぬ大田川家からのお話とあっては、わたくしどもとしてはお受けしないわけにはいかないもの。色々慣れないこともあるけれど、わたくしたちは秋君のお子さんを受け入れます。あくまでも形の上ではお試験を受けていただくけれど、心配しないでね。必ず合格しますから』

知香がすっかり手を回していたことにも驚いたが、熱心なカトリック教徒の瀬川園長が、躊躇なく秋と哲大の子供を受け入れると表明したことが、なにより意外に思われた。そして、秋が卒園してから三十年にわたって、知香が敬天会との縁を保ち続けるべくあらゆる手を尽くしていたという事実も、秋を驚かせた。

転園の件を言い出したのは知香だけれども、秋も哲大も、現在の敬天会の設備や教育方針に触れて、あらためて蓮にとって理想的な環境だと思ったのは事実だった。そして、ふたりで話し合って、蓮を転園させようと決めたのだった。

「でも、ほんまに何も準備せんでええんかな。ああいう幼稚園って、年中くらいでもみんな漢字とか書けそうやんな」

リビングで「しまじろう」の絵本に没頭している蓮の姿を目を細めて見つめつつ、哲大が思いついたように言った。

たしかに、秋自身も敬天会の年中のころには、すでにひらがなはすべて書けるようになっていたし、自分の名前や簡単な漢字も書けていた気がする。

「うん、俺がいたころはそうだったかも。でも、別に筆記試験があるわけでもないし、そもそも面接だけだからね。それに瀬川園長も絶対合格するって言ってたじゃん」

哲大はこきこきと首を鳴らしながら、「うーん」と唸っている。

「せやけど、ある程度できるようになっていた方がええんちゃうかなあ。そりゃ受かるんやろうけど、問題は受かったあとやろ。ほかの友達がみんなできるのに、蓮だけできんかったら、蓮が辛い思いするんとちゃうかな」

あらためて言われると、たしかに心配になって来る。敬天会では、年中組から英語のクラスも始まる。秋の記憶では、英語のクラスが始まる段階で、すでに級友たちは全員アルファベットをAからZまですらすらと言えていた。かくいう秋も、知香に散々(さんざん)教え込まれたのを思い出す。

「俺、明日本屋に行って簡単な教材探してくるよ。ひらがなの書き取りと、ABCくらいはたしかにできるようになっていた方がいいかも」

「うん、それがええかもしれんなあ。まあ、勉強のほうは全部秋さん任せになってまうけど、頼むで。体育ならまかせとき！」

　得意げに笑って、哲大はキッチンにコロナを取りに行った。

　蓮が無事に入園試験に合格するとしても、実際の転園まではあと半年ある。時間をかけて、ゆっくり蓮に勉強を教えてゆけばいいだろう。


――おしい！　もういちどやってみよう！

　リビングに電子音声が響く。

　窓の外は、相変わらず小雨が降っている。秋雨（あきさめ）前線が停滞しているらしく、この一週間ほど、青空を見た記憶がない。

　先々週、蓮にひらがなやアルファベットを教え始めることを哲大と決めた翌日、さっそく秋はインターネットで幼児教材について調べてみた。すると、秋の子供のころとは、すっかり様変わりしていることがわかった。

　いまでは、幼児用のタブレット端末を使った、通信教育がメインストリームになっていたのだ。秋はさっそく最も評価の高かった「やるきゼミ」に資料請求をし、哲大とともに吟味（ぎんみ）した結果、申し込んだ。

　三日後に送られて来たタブレットは、子供が放り投げたり叩いたりしても壊れないように頑丈な作りになっていて、子供の身と機器の双方を護（まも）れるように、水色のゴム製のプロテクションカバーが装着されていた。カバーにはキャラクターのイラストが印刷されていて、子供が親しみやすいデザインになっている。

タブレットをインターネットに接続すると、月に二回、最新の講座教材が配信されて来る。内容は多岐(たき)にわたっていて、動物や植物の名前を教える理科のような科目から、親が家事や仕事をしている間、子供を遊ばせておくためのほとんどゲームに近いような科目まである。

かくいう蓮も、タブレットに付属している白いペン型端末を握りしめながら、さっきから「ひらがな」と格闘している。

画面の上方には、魚のイラストが表示されていて、下方には六つのひらがなが並んでいる。並んだ文字のなかから、「さ」「か」「な」の三つを選べば正解となる。ところが、蓮は何度やってもうまくいかない。

「ほら、蓮。これは『ち』だよ。『さ』はこっち」

秋が助け舟を出してやるけれど、蓮は「うー」と唸ったまま、まだ悩んでいるようだった。

自身が四歳のころは、ひらがなに関してはほとんど問題なく読めていたはずだ。こうして一緒にタブレットで「お勉強」をするようになってまだ一週間足らずだけれど、蓮が字を読むのが不(ふ)得手(えて)なのは、たしかなように思えた。

いっぽう、時計の読み方や数を数える算数のような問題については、すこぶる得意なようだ。字の出てこない、音声とイラストや写真だけの問題に取り組んでいるときは、リビングに「せいかーい！　すごいすごい！」という電子音声が立て続けに響く。

「蓮、もう一回やってみようか。ほら、次の問題出てきたよ」

タブレットの画面の上には、今度は猫のイラストが表示されている。下方には、「こ」「い」「わ」「ぬ」「ね」「つ」の六つのひらがなの選択肢がある。

蓮の握りしめる白いペン端末が、画面の上で迷っている。秋は祈るような気持ちで、蓮が無事

「ね」を選ぶのを待っている。

　ところが、迷いに迷ったすえ、蓮が選んだのは「ぬ」だった。

　――おしい！　もういちどやってみよう！

　もういい加減に聞き飽きた電子音声に、思わず苛立ちそうになるのを、秋は必死でこらえる。蓮は、「うー、うー」と悔しそうに画面を見つめている。

　学習障害……？

　秋の頭に、そんな言葉が浮かぶ。まだ四歳だ、と言い聞かせつつも、どうしても不安が拭えない。

　ふと、敬天会幼稚園の年中組にいた頃の記憶が蘇る。

　敬天会幼稚園では、毎週水曜日の午後に、小学校受験対策も兼ねて、簡単なひらがなや算数の基礎を学ぶ「プレイ＆スタディ」というクラスがあった。秋は比較的(ひかくてき)字を覚えるのが早かったし、問題を解くのも好きだったから、水曜日を楽しみにしていた。ところが、クラスメートのカズヤ君は、いつも水曜日になると憂鬱(ゆううつ)な顔をしていた。

　カズヤ君はとにかく、字を読むのが苦手で、書くのも不得意だった。先生が言った言葉を書き取る問題のとき、カズヤ君はいつも鉛筆を握りしめたまま、動けなくなっていた。隣の席だった秋は、思わず答えを教えてあげたくなったけれど、プリントを解く間は私語は禁止されていたので、ただ歯がゆい思いでそんなカズヤ君を見つめているほかなかった。いま思えば、彼は何らかの学習障害、あるいは難読症(ディスレクシア)を抱えていたのかもしれない。

　ある日、カズヤ君のお母さんが、お迎えのときに園長と担任の亀井先生の前に立って、深刻な顔をしているのを見かけた。たしか、夏休みに入る直前の、一学期最後の水曜日だったと思う。

カズヤ君のお母さんは、いまにも泣き出しそうに見えた。

――おとなは泣かないもの。

そう信じ込んでいた秋にとって、目に涙を溜めたカズヤ君のお母さんの表情は、少しショッキングだった。

『ねえねえ、おとなのひとも泣くの？』

駐車場まで一緒に歩きながら、知香に訊ねた。知香は「そうねえ」と少し困ったような顔をして、結局なにも答えなかった。

夏休みが明けた二学期、教室にカズヤ君の姿はなかった――

いま哲大が担当しているのは肢体不自由児のクラスだけれど、特別支援学校には学習障害や発達障害の子供もいるらしい。

今夜、哲大に相談してみよう。

密かに決めて、秋は「よし、じゃあゲームにしよっか」と蓮に言う。秋の言葉に、蓮が顔をほころばせる。

まだ、四歳なのだ。時間はたっぷりあるはず。

あらためて自身に言い聞かせて、秋は夕食の準備をしようとキッチンへ足を向ける。蓮は、もうすっかりゲームに夢中になっているようだった。

「うーん、俺は医者やないからなんとも言えんけど、LD(学習障害)の可能性はあるかもしれんよなあ」

秋から蓮の学習の様子を聞かされた哲大は、珍しく深刻な顔で答えた。

「病院とか連れて行ったほうがいいのかな」

悲愴感漂う秋の顔を見て、哲大が表情をやわらげる。

「いや、まだ教材始めたばっかりやろ。もう少し様子見てもええんちゃうかな」

「でも……」と、なおも言い募ろうとする秋の頭を、哲大がぽんぽん、とやさしく叩く。

「秋さん、親の不安は子供に伝染するんやって。子供って、俺たちが思うてるよりずっと賢いで。秋さんが不安やと蓮も不安になるし、秋さんがカリカリしとったら、蓮もカリカリする。いまは心配せんでええよ。いざとなったら、俺がなんとかしたるから」

そう言って哲大は、にかっと笑ってみせた。

なんとかしたる、って。医者じゃあるまいし。

呆れつつも、なんだかんだで楽観的な哲大に救われている、と秋は思う。哲大に「心配するな」と言われると、本当に心配する必要がないような気がして来るのだった。


一週間が経って、いよいよ敬天会幼稚園の受験は三日後に迫った。

敬天会幼稚園では、区立幼稚園ではできないような勉強ができること。給食の出る区立と違って、毎日哲大や秋の作ったお弁当が食べられること。なにより、英語の授業があるから、蓮が憧れる亜実のように英語が話せるようになるかもしれないこと。

ひとつひとつ丁寧に説明したら、蓮は満面の笑みを見せて「蓮くん、秋くんの行ってた幼稚園いきたい！　けいてんかいいきたい！」と言ってくれた。苦戦すると思っていた説得も、言葉を尽くして当たれば、ちゃんと伝わったし、蓮は応えてくれたのだ。

勉強も同じことなのかもしれない、と秋は気付かされた。

蓮は相変わらず、幼稚園から帰宅後は、リビングに駆け出して、タブレット端末に夢中になっている。ゲームや理科系科目は楽しみながらこなしているものの、やはり「ひらがな」となると、苦戦が続いている。

「ひらがな」の問題は、一回あたり五問出題される。先週の段階では、何度挑戦しても五問とも全滅だった。「もういちど」のボタンを押して、同じ問題を解かせても、なかなか正解にたどり着けない。秋の焦りは募ったけれど、哲大に言われた通り、心配はしないことにした。気長に根気強く、蓮が納得するまで問題に付き合うようにしている。

かくいう今日も、蓮は白いペン型端末を片手に、アルフレックスのソファの上で、タブレット端末に向き合っている。その傍らで、秋はなるべく口を出さずに、見守ることに徹(てっ)している。

「おしい！　もういちどやってみよう！」の電子音声も、すっかり聞き慣れた。つい先週までは、この声を耳にするたびに、心が沈んだ。蓮はひょっとしたら難読症かもしれない、と思うたびに、蓮の将来に対する不安が秋の胸を覆い尽くした。でも、哲大の「心配せんでええ」のひと言で、秋はこころのゆとりを取り戻した。

蓮が、難読症でもいい。とことん付き合って、根気強く寄り添い続ける。なにがあっても、蓮を守りさえすればいい。

腹を固めてみれば、いままでの心配は果たして何だったのだろう、と思えるほどに気持ちが楽になった。

なにより、いまこうして蓮は自ら、不得手な「ひらがな」に取り組もうとしている。自らの意思で、困難に立ち向かおうとしている。それだけでも、十分のような気がしてくる。

——せいかーい！　すごいすごい！

聞こえてきた電子音声に、キッチンカウンターで原稿を書いていた秋は思わず振り向く。蓮が、満面の笑みを浮かべて、「秋くん、みてみて！」と騒いでいる。

リビングのソファの上に「えっへん」と言わんばかりに立ち上がった蓮が、タブレット端末を両手に持って、秋に向かって突き出してくる。

近づいて見てみると、タブレットの画面の右上に、大きな花マルがあった。クジラのイラストの下に並んだ六つのひらがなのなかから、蓮は見事に「く」「じ」「ら」の三文字を選んでいた。

「すごい！　蓮、やったね！」

思わず蓮を抱きしめる。秋の腕のなかで、蓮は身を捩らせて「やーめーてー！」と言いながらも嬉しそうだ。

すると、「秋くん、見ててね」と言って、蓮は次の問題に取り掛かりはじめる。画面には、うさぎのイラストが表示されている。選択肢として並んでいるひらがなは「ら」「さ」「う」「ざ」「ぎ」「ち」だ。クジラと同様に、濁音があることに加えて形の似ているひらがなが多く、難問だ。蓮は、ソファの上に立ち上がったまま、意気揚々とペン型端末でタブレットの上をなぞってゆく。

迷うことなく「う」を選び、「ち」と「さ」で少し迷ったあと、「さ」をタップする。そしてついに、一寸の迷いもない様子で三文字目の「ぎ」を選んだ。

――せいかーい！　すごいすごい！

無機質に感じられた電子音声が、急にあたたかみを帯びたような気がする。秋は、たまらない気持ちになる。

「すごい。本当にすごいよ、蓮」

涙声になってしまう。蓮が「おとなはないちゃだめ！」と言って、笑いながら秋を指差す。

「大人もね、泣くんだよ、蓮」

相変わらず震える声で秋が言うと、蓮は「ふーん」とやや半信半疑な声で答えてのち、照れくさそうに笑った。

「もっとお勉強する！」と言って、蓮は再びタブレットの問題に取り掛かりはじめる。秋は、蓮の快挙を早く哲大に伝えたくて仕方がない。

時刻は、午後五時半だ。今日は部活の指導はないし、職員会議もないはずだ。リュックを担いで、職員室を出ようとしているころだろう。帰って来てから、夕食の席で伝えるのがいいかとも思ったけれど、居ても立ってもいられず、秋はスマホを手に取る。

Autumn：哲大、今夜はステーキ焼くよ。

Tetsu：どうしたん⁉ めっちゃ豪華やん。なんかあったん？

それは帰って来てからのお楽しみ、と書こうかどうか悩んだけれど、結局我慢ができなくて、
Autumn：なんと！ 蓮が「ひらがな」の問題に全問正解しました！

と送ってしまった。

さっそく「既読」がついたけれど、なかなか返信がない。ひょっとしたら、満員電車のなかで身動きが取れないのか、はたまた駅まで歩いている途中なのだろうか。気長に待とうとスマホをキッチンカウンターの上に置いたそのとき、玄関からがちゃがちゃと音がした。どかどかという足音が、近づいて来る。

「ほらな、俺が言うた通りやろ！ 何も心配いらんねん。気長に待っとればええんやって！」

それみたことか、と言わんばかりの勝ち誇った笑顔を浮かべた得意げな哲大がリビングに入って来る。

「テツくんおかえり！　あのね、蓮くん『ひらがな』ぜんぶできたの！」

　正解の花マルが表示されたタブレットを両手に持って、蓮が哲大のもとへ駆け寄ってゆく。

「おーすごいな、やったな蓮！　さすが俺の息子や！」

　仕事終わりで疲れているだろうに、哲大はリュックを背負ったままで蓮を抱き上げて、くるくると回りだす。蓮は、きゃあと声を上げながら、とびきりに嬉しそうな顔をしている。

「おかえり、哲大。今日早いね」

　声をかけると、哲大は蓮をおろして秋と向き合った。

「秋さん、偉かったな。秋さんが根気強く寄り添ったからやで」

　褒められて、秋は思わず顔を赤らめる。秋は、何もしていないのだ。焦りと苛立ちに囚われかけていた秋の目を醒ましてくれたのは、哲大なのだから。

「そんなことないよ。哲大のおかげだ」

　面と向かって礼を言うのが恥ずかしくて下を向いた秋の両肩を、哲大がいつものようにぽんぽんとやさしく叩いてくれる。

「これでもう心配ないな。入園試験、俺は行けんけど、秋さんは蓮と一緒に思い切り楽しんで来たらええ」

「うん」と頷いた秋の左頬に、我慢していた涙がつうっと伝う。哲大の右手の親指が、そっと拭ってくれる。

「おっし、飯や！　めっちゃ腹減った！　秋さん、蓮も一緒にステーキ焼くで！」

　ずかずかとキッチンに入ってゆき、哲大がじゃばじゃばっと手を洗う。そして一番大きなフライパンを手に取って、秋と蓮に向けてとびきりの笑顔を見せた。

6

「え！　転園しちゃうんだ」

向かいに座った翔子は、切り出された言葉に目をぱちくりとした。

渋谷橋交差点近くのビルの一階にある「レノックス・ダイナー」は、もともと秋がよく蓮の迎えに行く前の時間調整や、原稿執筆に使っていた。翔子との付き合いが始まってから、お互いの家の中間地点にあり、幼稚園にも近かったこの店で、待ち合わせることが多くなった。グラフィティ風の尖(とが)った内装が珍しく、ドラマのロケでもたびたび使われているらしい。

喫煙席のソファは、前衛的なペイントが施(ほどこ)された柱の陰の、窓際にある。

街路樹の柏(かしわ)の葉は、まだかろうじて落ちきれずにいるけれど、十一月に入ってから朝晩は冷え込む日が増えた。街をゆくひとは、すっかり冬の装いだ。亜実の慶心初等科不合格を知らされた、晩秋の家族会議から二年が経ったのかと思うと、時の流れの速さを感じざるをえない。

「うちの親が敬天会に転入させろってうるさくてさ」

困ったように笑いながら秋が言うと、アイコスのカートリッジを白い本体に差し込みつつ、翔子が「敬天会？」と聞き返した。

「俺の出身の幼稚園。小学校受験組が多いんだ」

翔子はさっそく敬天会について、スマホで調べはじめているようだ。

「うわ、すごいね。超名門じゃん。ウチには縁がない感じ」

そんなことないよ、と言いかけて、秋は口を噤む。敬天会に子供を一人通わせるには、年間百七十万円が必要だと言われている。翔子の夫の健介は優秀なＩＴマンではあるけれど、収入的に余裕があるとはいえないだろう。

「でも、大変なこと多いと思うんだ。ウチなんてほら、男同士だし。それにお母さんたちのマウンティングとかすごいみたい。俺が通っていたときも、子供ながらにうすうす感じてたけど」

知香から、敬天会幼稚園の保護者同士の付き合いが大変だった、という話は聞いたことがない。というよりも、知香の場合は自身が慶心初等科出身で、ましてや既にデザイナーとして充分に著名だったから、当たり前のようにヒエラルキーのトップに君臨していたはずだ。そもそも這い上がる必要がなかった知香にとって、周囲の親同士のマウンティングはあくまでも他人事だったのかもしれない。

「うへえ、聞くだけで大変そう。しかもお迎え行くときとか、みんなシャネルスーツとか着て行くんじゃないの？　ロックＴにジーパンなんかで行ったら、あっという間に村八分にされそう」

あはは、いくらなんでもそれはないでしょ、と答えつつも、ひょっとしたらディオールのスーツくらいならありうるかもしれない、と思って秋は背筋が薄ら寒くなる。

「俺もさあ、まさか受け入れてもらえるとは思ってなかったんだ。いくら俺がＯＢでも、保守的な幼稚園だし。でもうちの母が、かなり事前にごり押ししてたみたいなんだよね」

「でもさあ、今となっては秋さんはお母さんが色々導いてくれるからいいよね。あたしさあ、親とは折り合い悪くて。年に一度くらいは江古田までエマの顔見せに行くけれど、本当にそれだけ」

蓮とエマの入園直後のホームパーティーで、秋が知香と絶縁状態に陥っていることを告白したとき、翔子が心底心配そうな顔をして親身になってくれたのを思い出す。あれほどまでに心配してくれたのは、翔子自身が実親とうまくいっていなかったからなのだろう。

「それ、ちょっと羨ましいかも。うち片親だからさ。小さいころから母親に絶対に逆らえないんだ。別に母が俺に何かを強要してきたりとかもないんだけど。ただ、母が嫌いなものは俺も嫌いにならなきゃいけないような気がしてたし、母が好きなものは俺も好きにならなきゃ、って思ってた。そうじゃないと、たったひとりの親に見放されるんじゃないかっていう強迫観念みたいなのが、ずっとある」

　こうして悩みや迷いを素直に吐露できるのは、哲大をおいては翔子しかいない。来年の春からは、翔子とこうしてお迎え前のお茶ができなくなるかもしれないと思うと、秋は不安になる。

「まあ、たしかにあたしは自由かもしれないけれど。でも、秋さんはふたつの家族を持ってるじゃん。羨ましいよ。あたしは、健介と結婚するときに、実家は捨てるって決めたし。いまのあたしの〝家族〟は、健介とエマだけ」

　——家族。

知香は、秋と哲大と蓮の三人ぐらしを「家族ごっこ」だと言い切った。

いっぽう大田川家の三人は、いまとなっては田園調布で一緒に暮らしていない。ただＬＩＮＥグループでつながっているだけの、いつでも「退出」できてしまう家族だ。

「母からは、俺たち三人は〝家族ごっこ〟だ、って言われた。だから、養子縁組もしたんだけどね。でも家族ってなんだろ、って思うよ」

　コーン茶のような匂いがする、アイコスの蒸気をぷわぷわと吐き出しながら、翔子は「そうねえ」と少し考え込んでいる。

「たしかになんだろうね、家族って。でも、あたしは一緒にいてちゃんと呼吸ができるなら、それが家族なんだと思う。うちはね、母親は過干渉だったし、父親とはほとんど話したこともなかったから。ずっと息苦しかったよ」

詳らか（つまび）に語られようとしている翔子の過去の話に、秋は心して耳を傾ける。お迎えの時間までは、まだ一時間近くある。

「秋さんとは真逆。あたしは、両親に逆らってばっかりだった。うちの両親、ふたりとも教師でさ。とにかく世間的に正しいことにこだわった。あたしが美大に行こうとしたのも駄目。健介と結婚しようと決めたときなんて、『カタカナのわけのわからない会社に勤めているような人は認めません』のひとことだよ。あたしは、家で呼吸ができなかった。だから、親の意思とは全部真逆の選択をしてきた気がする」

いつも明るく前向きな翔子の語る葛藤（かっとう）の歴史を、秋は頷きながら静かに聞く。

「全部真逆、か。逆らえるっていうのは、強いね」

秋は素直な思いを口にする。

「……秋さんはさ。お母さんのこと、好き？」

うっすらと微笑みを浮かべつつも、真剣な目で、翔子が問う。

秋は、答えに詰まる。

知香のことを好きかどうか、考えたことがなかった。でも、いざ「好きか」と問われると、果たしてどうなのかわからなくなる。

「わからない。いままで考えたことがなかったから。ひとりきりの親を、好きとか嫌いで判断するっていうことを、思い浮かべたことすらないかも」

「……あたしはね、親が嫌い。父も母も大嫌い。死ぬほど嫌いだよ」

清々しいほど、はっきりとした声だった。穏やかではないことを口にしているというのに、翔子の顔は芯からすっきりしているように見える。

「すごいね」

「だって、こうやって宣言しておかないと、引きずられそうになるんだもん」

「引きずられるって、何に」

「本能、かな」

ほんのう、と鸚鵡返しで呟く秋を見据えながら、翔子が続ける。

「たぶんあたしたちには、親を求める本能みたいなのがインプットされてるんだよ。DNAのなかにね。だから、あたしは親が嫌いなんだ、って繰り返しちゃんと口にしておかないと、ふとした瞬間に忘れそうになるの。親が嫌いなことを。一度許しちゃったら、あたしはたぶんもう二度と、嫌いになれなくなる。それが怖いの」

翔子の言いたいことが、わかるような、わからないような。ぼんやりとした気持ちが秋の胸に芽生える。

「秋さん、お母さんにカミングアウトしてるんだよね」

「もちろん。そうじゃなきゃこんなことになってない」

「受け入れてくれたお母さんに、感謝してる？」

「……してる」

そうだろうね、と言いながら、翔子が二本目のアイコスを箱から取り出す。

憐れむような表情は、親への感謝という至極まっとうな感情を、どこか蔑んでいるようにも思われた。

「いけないこと、なのかな」

反撥したい気持ちを抑えつつ、努めて冷静に翔子に訊ねる。

「いけなくはないよ。でも、あたしは秋さんのお母さんは毒親だと思う。だって、秋さん自由じゃないんだもん」

秋のなかで、ますます腑に落ちない気持ちが募ってゆく。経済的にも自立して、哲大と一緒に生計を立てている秋の、どこが自由じゃないと言うのだろう。

「俺、けっこう自由にやってるほうだと思うんだけど」

翔子が、ゆっくりと首を振った。

「自由じゃないよ。だって秋さんは、お母さんを嫌いになれないでしょ」

自由になれないことと、母親を嫌いになれないことが、なぜ関係があるのだろう。翔子の言わんとすることが、秋にはどうしても汲み取れない。

「ごめん、よくわからない」

深く息を吐きながら、翔子が秋の目をじっと見据えて、口を開く。

「はっきり言う。秋さんが自由じゃないのは、お母さんが嫌いにさせてくれないからだよ」

「ちょっとまって。たしかに俺は母のこと嫌いじゃないけど、それは俺の意思だよ」

「ちがう。秋さんは、親を嫌いになっちゃいけないって思い込んでる。お母さんが嫌いにさせてくれないから。秋さんのお母さんが悪いわけじゃないよ。わざとそう仕向けてるわけでもない。秋さんのお母さんは、強くて優しくて、秋さんを愛してるんだと思う。全部、秋さんにとって良かれと思ってやってるし、言ってくれてる。だけど、その愛とか善意が怖いんだよ。無意識だからこそ、タチが悪いんだよ。そのせいで、秋さんはお母さんを嫌いになる自由を奪われている」

翔子の断定的な物言いが、秋にじわじわと鈍い衝撃をあたえる。心と身体が自分のものではないような感覚に襲われる。

自分の意思で生きて来たと思っていた。でも、それが全部まやかしだとしたら?

ふと、祖父の征二郎の晩年のことを思い出す。

知香はずっと父親にべったりで、征二郎の意思を第一に考えていたきらいがあった。修也との離婚の決定打になったのも、修也が征二郎への不満を漏らしたからだと聞いたことがある。

――秋、あなたがゲイだってことはパパには伏せておきなさい。パパ、きっとショック死しちゃう。

秋が自身がゲイであることを打ち明けたときにも、知香は何よりも征二郎に知られてしまうことを怖れた。「大田川家の唯一の跡取り」として、征二郎は秋を目の中に入れても痛くないほど可愛がった。秋が知香にカミングアウトをしたのは、征二郎がだいぶ年を取り、いくつかの大病も経験して気弱になりはじめていたころだった。

そんな征二郎に追い打ちをかけるようなことを、したくなかったのだろう。

ところが、「パパ」を溺愛(できあい)していたはずの知香の父親に対する態度は、征二郎の最晩年に至って変わった。

七十五歳を超えたころから、征二郎は少しずつ僻(ひが)みっぽくなり始めた。豪放磊落(ごうほうらいらく)で、誰に対しても分け隔てのなかった性格が、ねちねちと暗くなり、重箱の隅を突(つつ)くようなことを言い出すようになった。

癌を患って、いよいよ病状が厳しくなってからは、なおさらその傾向が強まった。おおらかで豪快だった征二郎は、別人のようになった。病気による苦痛や疼痛のせいもあったのだろうけれど、溺愛していた知香や秋に対しても、声を荒らげるようになったのだ。

——お前もどうせ俺が死ぬのを待ってるんだろう！

——遺産狙いなのはわかってるぞ！

元気な頃の征二郎からはとても想像できないような罵声を、日々浴びせかけられるなかで、知香はついに限界を迎えた。

——大嫌いよ、パパ！　誰がいまのパパの面倒を見てあげてると思ってるの！　会社の人たちもみんな、いまのパパには呆れてるわよ！

叫んだ時の知香の顔は、涙に濡れつつも、どこかすっきりしているように見えた。

それでも、いよいよ征二郎が息を引き取る段にあたっては、知香は医師や看護師が仰天するほどの大声で征二郎の身体にすがって泣いた。

病院から遺体を搬出して、田園調布の自宅まで運ぶ車中で、知香が秋にぽつぽつと語った話を思い出す。

——わたし、パパが晩年嫌なヤツになってくれてよかった。そうじゃなかったら、たぶんわたしは耐えられなかった。パパが因業ジジイになってくれたのは、愛情だったのね。

何もかもから解放されたような知香の表情が、忘れられない。

「……翔子ちゃんの言うこと、少しだけ、わかった気がする」

「さすが秋さん。頭いいもんね」

にっこりと微笑んだあと、翔子が時計を見て、「あ、時間だ」と呟いた。蓮のお迎えの時間が迫っていた。

「じゃあ、行こうか」と言ってふたりはレジに向かう。いつもどおり割り勘にしようとする翔子を制して、秋はクレジットカードを差し出した。

「え、なんか悪いよ」

「いいよ、今日は。授業料」

なおも現金を渡そうとする翔子に、秋はやさしく微笑みかけた。翔子は、秋の笑顔を見て驚いたような顔をしたあと、うっすらと頬を染めて下を向いてしまった。


哲大が帰ってくるまでの間、秋はリビングで、昼間の翔子とのやりとりを思い出していた。蓮は、相変わらず「しまじろう」の塗り絵セットに夢中だ。

知香が敬天会に根回しをしてくれていたのは、善意からだろう。瀬川園長との縁を絶やさずに紡ぎ続けてきたのも、いつか春や秋の子供たちが再び敬天会の門をくぐることがあるかもしれない、と予見した上での「善意」といえる。バイタリティあふれる知香は、いつもこうして、歩きやすい「道」を用意してくれていた。

無論、いくら知香とて秋が子供を持つことなど、想像していなかっただろうけれど。

中学や高校時代には、人並みに反抗期もあった。煙草を覚えたのは中学三年生のときだ。

『変なことをして、パパを失望させないようにしてね』

口癖のように言っていた知香を、困らせてやりたかった。だから、学校帰りに自動販売機で、キャビン・マイルドを買って吸ってみたのだ。

田園調布の桜坂近くの公園で、こっそり吸ってみたはじめての煙草は全然おいしくなくて、ただむせ返っただけだった。それでも、人生ではじめて知香の意思に逆らって「悪いこと」をした、という達成感があったのは、事実だった。

秋の通学バッグから煙草の箱が覗いているのを知香が見つけたのは、それからひと月ほど経ったころだろうか。

――あんた、煙草吸ってるでしょ。

ある日、学校から帰ると、入れ違いにパーティーへ出かけようとしていた知香に、ふいに声をかけられた。怒られる、と思った。そして、どこかでそれを期待していた。ところが、知香が発した言葉は思いもよらぬものだった。

――クスリとか人殺したりするくらいなら、煙草なんてかわいいもんよね。

そう言い残して、知香はバーキンを片手にさっそうと玄関を出て行った。秋が二階の自室に入ると、ベッドのサイドテーブルに、見慣れないものが置いてあった。花柄のジノリの灰皿だった。

隠れて吸うくらいなら、堂々と吸いなさい――知香

ご丁寧に、一筆箋(いっぴっせん)に書き置きまでされていた。

つくづく、知香にはかなわない、と思った。

「……秋くん、おなかすいた」

スツールに座って思索(しさく)にふけっていた秋のTシャツの裾(すそ)を、蓮が遠慮がちに引っ張る。外はすっかり暗くなっていた。キッチンカウンターに置いたスマホが光っている。

Tetsu：ごめん！　生徒が急病になって病院付き添わなあかんくなった。何時に終わるかわからへんから、先にご飯食べといて！

一時間ほど前に、哲大からメッセージが届いていた。

「ごめんごめん。テツ君、今日は遅くなるって。いまご飯用意するから待っててね」

「わかったー」

素直で、聞き分けのいい蓮を、とても可愛いと思う。

蓮のためを思って決めた敬天会への転園は、果たして蓮にとって本当に「いいこと」なのだろうか。翔子に悩みを吐露したことで、秋の心は軽くなるどころか、より深い悩みのなかへ沈みつつある。

「ねえ、蓮」

再び塗り絵に取り掛かっている蓮に、キッチンから声をかける。顔を上げずに蓮は、「なあに」と聞き返す。

「蓮は、来年から新しい幼稚園にいくの楽しみ？」

「うーん、わかんない」

秋の話に耳を傾けつつも、蓮は気のない返事をするばかりだ。

「エマちゃんは一緒じゃなくなっちゃうけど、大丈夫かな」

「わかんないー」

蓮の反応は正しい。新生活は、始まってみない限りなにもわからないだろう。入園試験のあと、あらためて蓮を連れて敬天会幼稚園へ挨拶に行った時には、蓮は少し緊張しつつも、真新しく豪華なホールや広いグラウンドに興奮して楽しそうにしていた。とはいえ、仲の良いエマや、他の友達がいない環境で、果たして蓮は本当に楽しくやっていけるのだろうか。秋の不安は尽きない。

「蓮、もし嫌だったらやめてもいいいんだよ。秋くんもテツくんも、蓮が嫌なことは絶対にしたくないから」

いつのまにか、すがるような声になっていた。蓮のためを思って言っているつもりなのに、翔子と話したあとでは、まるですべてが自分が「いい親」であるための、自分本位な言い分に思えて来る。

蓮の意思を尊重するため。蓮の意思を確認するため——。

言い聞かせるほどに、自分の言葉が独善的で、欺瞞に満ちているような気がしてくる。

「……蓮くん、いやじゃないよ。だって、秋くんの行ってた幼稚園なんでしょ」

蓮の言葉に、秋は胸をなでおろす。大丈夫。蓮だって、嫌じゃないと言っている。でも、四歳の子供に、果たして確固たる意思があるのかどうか。願書は出してしまったし、瀬川園長にも挨拶に行ってしまった。でも、まだ形ばかりの「試験」は受けていないし、入園の辞退だって可能だ。

人参を刻みながら、秋の心の迷いが増幅してゆく。こんな時に限って、哲大がいない。このままでは、自身の胸中の不安が、蓮に伝わってしまうのではないか。不安の連鎖が起こってしまうのではないか。悪い癖だとわかりつつも、秋は考えるのを止められないでいる。

「……エマちゃんにも、また会えるよね？」

案の定不安げな様子で訊ねてくる蓮に、秋は力強く頷く。

「会えるよ。だって、エマちゃんは蓮の一番のお友達でしょ。お家もすぐ近くだから、蓮が会いたいときにいつでも会えるよ」

「じゃあだいじょうぶ！　蓮くん、秋くんとあたらしい幼稚園見に行ったでしょ。お庭が大きくて、大きいピアノもあって、すごいと思ったの」

　秋は、蓮を抱きしめたい衝動にかられた。

　哲大が帰宅したのは、結局深夜十一時過ぎだった。

「大変やったわ。発作起こした子がいてな。急に呼吸できんくなって……」

　普段は疲れた様子を見せない哲大が、明らかに疲れていた。

「それで、その子大丈夫なの？」

「うん、とりあえずは大丈夫やと思う。せやけど、しばらく登校は無理やろな」

　見ず知らずの子供のことだけれど、秋は胸を撫で下ろす。

「蓮はもう寝たん？」

「うん、もうぐっすり。哲大メシは？」

「ああ、さっき腹減って死にそうやったから、松屋寄って食うて来てん」

　そう言って哲大は、ジャージを脱ぎ捨ててソファにごろんと横になった。秋がコロナの栓を開けて持っていくと、「さすが秋さんはわかっとるなあ」とにやりと笑って、哲大はうまそうにコロナを喉に流し込む。

「今日さ、翔子ちゃんとお茶して来た。転園のこと、伝えて来た」

「そうかあ。翔子ちゃんなんて言うてた？」

「知香さんが〝毒親〟だ、って話になった」

「……は？」

　哲大はわけがわからない、という顔をする。今日の翔子との話の内容を、詳らかに説明するのは、いまの秋には難しいような気がした。なにより、疲れている哲大に聞かせて気持ちのいい話ではないだろう。

「まあ、詳しくは明日話すよ。明日は早く帰って来るんでしょ？」

「明日休み取ったわ。教頭が、休めって言うてな。俺は働く気まんまんやったんやけど」

「じゃあ、明日一緒に蓮を送りに行って、ランチでもしよっか。何食いたい？」

「焼肉」

「……昼から？」

「俺に何食いたいか訊いたら答えひとつしかあらへんの知っとるやろ」

答えながら、哲大はうつらうつらしている。常ならば十時には寝てしまうのだ。平日の十二時近くに起きているのは、相当しんどいだろう。

哲大が床に入ったのを見届けて、ダイニングで原稿を書いてから眠るのが秋の日常だ。けれど今日は、仕事をする気になれそうもない。

「哲大、俺も一緒に寝るから、ベッドいこ」

ソファの上で寝落ちしてしまった哲大を揺さぶって、無理矢理起こす。

「んあ……」と寝ぼけながらも、哲大はよろよろと立ち上がって、寝室に向かう。セミダブルのベッドをふたつ繋げた大きな寝床の真ん中で、蓮が小さな寝息を立てている。普段なら、必ずシャワーを浴びてから床に入る哲大も、今日はさすがに限界らしく、Tシャツにジャージ姿のまま、歯も磨かずにベッドに倒れ込んでしまった。

哲大ががあがあと鼾(いびき)をかきはじめても、蓮は起きそうにない。

ふたりの寝姿を確認して、秋は歯を磨きに洗面所に向かった。

「なるほどなあ。翔子ちゃんどえらいこと言うたな」

大好きな「トラジ」のユッケを嬉しそうにかき混ぜながら、哲大が感心したように言う。

「哲大はどう思う？　俺ってやっぱり知香さんに縛られてるのかな。蓮のため、って言いながら、結局俺は知香さんに嫌われないように、転園のこととか決めたのかな、って思えて来て」

ユッケをずるずると口に掻き込みながら、哲大が「あー最高！　うま！」と唸っている。ちゃんと聞いているのだろうか。

「ねえ、聞いてる？」と秋が口を尖らせるのを右手で制しつつ、哲大は黒烏龍茶をがぶがぶと飲んでいる。さすがに、昼からハイボールは自重しているらしい。

「あんな、転園のことは俺と秋さんで決めたことやんか。別に、お母さんに言われたから決めたわけとちゃうやん。お母さんの提案を、俺たちふたりが蓮の将来を考えつつ真剣に話し合って決めたんや。それ以上でも、それ以下でもあらへん。大丈夫や」

哲大に「大丈夫」と言われると、たしかに大丈夫な気がしてくる。でも、今回に関しては、秋の胸のなかのもやは、なかなか消えそうにない。

「転園の件はそうかもしれないけど……。でも、俺が不安なのは、俺たち三人のこと。てか、蓮のこと。翔子ちゃんの言うことには、一理あると思ったんだよ。俺は知香さんを好きなわけじゃなくて、嫌いにならせてもらえないだけなのかもしれないって。俺は自分で考えたような気になっているだけで、実は全部知香さんの意向を忖度しているだけなのかもしれない。知香さんに嫌われたら、俺にはもう親はいないから。そして、知香さんは無意識のうちに俺が親離れできないようにして来たんじゃないかって」

切々と語る秋をよそに、哲大は特上ネギタン塩を焼いている。生焼けのタンをつやつやの銀シャリの上に乗せて、目を輝かせている。

「ほんれ、ほれはれんほはんほはんへーは……」

「哲大、何言ってるかわからない。ご飯飲み込んでから言って」

秋がたしなめると、再び哲大は黒烏龍茶のグラスに手を伸ばして中身を呷った。

「ごめん。ほんで、それが蓮とどんな関係があんねん。秋さんとお母さんの関係はとりあえず置いとくとして、やで。なんで蓮がそこで出てくるん」

秋は一呼吸置いて、哲大に思いの丈を打ち明ける。

「だって、俺と蓮もいまとなっては親子だもん。俺が蓮のためを思ってやってることが、蓮にとって重荷になっていくかもしれない。転園のことも、初等科受験のことも……。俺が色々やってあげればあげるほど、蓮が俺に何も言えなくなっていくんじゃないかって。俺が、知香さんに対してそうであるようにさ。俺は、蓮を縛りたくない。蓮に、俺を〝嫌いになる自由〟をちゃんと残してあげたい、って思って。そしたらなんかぐるぐるしちゃって。何が正しいのかわからなくなった」

秋の話をふんふん、と聞きながら、哲大は今度は上ロースを網にのせる。さっきから食べているのは哲大ばかりで、秋はちっとも箸が進まない。

「秋さん、まずひとつ言うとくわ。蓮は秋さんの子供になったんとちゃうで。秋さんと俺の子供になったんや。たしかに直接養子にしたんは秋さんやけど、俺たちふたりの大事な子供やんな？そこ確認な」

まるで教え子に諭すように、哲大に言われて秋ははっとする。秋と哲大は渋谷区のパートナーシップ証明書の交付を受けているけれど、正式な夫婦にはなれない。蓮と直接的に養子縁組をして養親となったのは秋ひとりだ。とはいえ、パートナーシップ証明を通じて、哲大は蓮とちゃんとつながっている。

「ごめんなさい。言葉足らずでした」

「よろしい」

教師らしい顔で満足げに頷いた哲大が、さらに話を続ける。

「で、翔子ちゃんの話は俺もわからんでもないけどな。俺たちの場合はたぶん大丈夫や」

根拠なく断言する哲大の顔は、自信で充ちている。

「なんでそう言い切れる？」

「秋さんのところはな、お母さんが強すぎ。いくら金持ちでも、女手ひとつで子供ふたり育てるって、相当気張ってたんとちゃうかな。秋さんと春さんを不安にさせたらあかんって思うて来たんやろうな。強く完璧でおらなあかん、って。でも俺たちはちゃうやん。秋さんは蓮に不安な顔ちゃんと見せてるし、俺も蓮にとってはめっちゃ頼りない親父や。ふたりともダメダメやん。せやけどそれでええねん」

果たして、本当に「それでいい」のだろうか。男同士の親なのだ。蓮が引け目を感じたり、辛い思いをすることがあるかもしれない。だから、普通の親の何倍も努力をしなければならない。

そう信じてきた秋は、間違っているのだろうか。

いっぽう、翔子の論に従うならば、秋や哲大が「駄目」であることは、決して悪いことではないのだろう。少なくとも、蓮から「親を嫌いになる自由」を奪うことにはならない。翔子によれば、強く、たくましい知香に守られて来たことで、「知香を嫌いになる自由」を秋は奪われているのだから。秋は、ますます何が正しいのかわからなくなる。

「駄目だ。俺、どんどんわからなくなる。どうやって蓮を育てるのが正しいのか」

哲大は、肉とごはんを口いっぱいに頬張りながら、「ちゃうちゃう」とでも言いたげに顔の前で手を振った。黒烏龍茶で口のなかのものを喉に流しこんで、言葉を続ける。

「たしかに俺たちは蓮を育てとる。せやけど、俺と秋さんも蓮に育ててもろうてんねん。そういう、ギブ・アンド・テイクの関係やろ。とことん頼りなくてええ。お互いに支え合って、学び合っていけばええ。うちら、初心者親子やもん。それに男同士やで。『正しさ』なんか求めてたら、やっていかれへん」

昨日、蓮は「じゃあだいじょうぶ！」と秋に言ってくれた。あれは、秋の不安を察した蓮が、助け舟を出してくれたのかもしれない、と秋は思う。

ずっと、蓮を導くことばかりを考えてきた。どうやったら、蓮を幸せにできるのか。どうしたら、蓮の可能性を広げられるのか。

でも、それだけじゃなかった。秋も、そしておそらく哲大も、蓮に導かれて来たのだ。教えられて来たのだ。

「……ありがとう」

ここにはいない蓮に向けて、秋は心からの礼の言葉を言った。

「なんや、改まって言われるとむず痒（がゆ）いわ」

自分に向かって言われたのだと勘違いした哲大が、照れたような顔で銀シャリをガツガツと掻き込んでゆく。

第三章

7

てんをみあげるおかのうえ
かみをうやまうぼくたちは
ただしいみちをあゆむため
きょうもげんきにいのります
けいてん　けいてん　けいてんかい

創立者の瀬川公造(こうぞう)先生が作詞したという園歌の流れるなか、子供たちが胸像の前にならぶ。担任の吉田(よしだ)えつこ先生の「それではみなさん」という掛け声にあわせて、蓮の所属する「ほしK組」の二十五人が、一斉に「理事長先生さようなら」と声を合わせて銅像に頭を下げる。

蓮が敬天会幼稚園に転園してから、二ヶ月が経った。当初は異様に思えた、お迎えの際の一連の儀式にもだいぶ慣れてきた。

えんじ色の制帽に、ベージュの制服を纏った蓮の姿も、かなり板についてきたように思える。毎日秋が迎えに現れるたび、蓮は「秋くん！」と満面の笑みで駆け寄って来る。区立幼稚園にいたころは、幼稚園から帰るのが名残惜しそうな様子だったのに、転園後の蓮は、前よりも甘えん坊になったような気がする。大人にくらべてはるかに順応力が高いとはいえ、四月から始まった新しい生活に、いまだ少し緊張しているのかもしれない、と秋は少し心配に感じている。

「蓮、今日は幼稚園どうだった？」

「きょうはねえ、デボラ先生といっぱいお話しした！」

デボラ先生は、年中組と年長組あわせて四クラスの英語を受け持つシスターだ。秋が在園していた当時は三十代だったデボラ先生も、今年古希を迎えるらしい。蓮が転園して一週間ほど経った頃、お迎えのときに正門前でばったり出くわした。ニューオリンズからやって来た純然たる白人の老女が「コキ」という単語を盛んに口にするのが、なんだか不思議な感じがした。というよりも、秋が通っていた頃は、一切日本語を話さなかった彼女が、実は日本語を話せたということを、秋は保護者になってはじめて知った。

「デボラ先生、元気だった？　秋くんも、昔デボラ先生とたくさんお話ししたなあ」

「ぼくね、亜実ちゃんみたいに英語話せるようになりたいの。だから、デボラ先生と明日もいっぱいお話ししようってやくそくしたの」

「そうかあ。蓮はおりこうだね。じゃあ帰ろうか」

敬天会に転園してから、蓮は自分のことを「ぼく」と言うようになった。

昨秋の形ばかりの入園試験の面接の折、瀬川園長に対して蓮は「蓮くんはね」と、いつものように自分を名前で呼んだ。試験後、ほかの受験生たちが皆帰ってゆくなか、秋は瀬川園長に呼び止められた。

――蓮君のことですけどね。とてもいい子だと思いますけれど、ご自分のことを名前で呼ぶのは、改めて頂いた方がいいわね。うちの園では、年中組にもなって自分を名前で呼ぶような子はいませんから。

その晩、哲大と話し合って、入園までに蓮が自身を一人称で呼べるように、直すことに決めた。

『蓮。大きくなったらな、自分のことを名前で呼ぶのはかっこわるいで』

夕食のとき、哲大に諭された蓮は、恥ずかしそうに顔を赤らめた。でも、次の日からつとめて「ぼく」と言うようになってくれた。四月の入園式のころには、すっかり「ぼく」が板についていたのに、いまでも時おり甘えたいときには、「蓮くんね」と言う。そして秋は、それを咎められずにいる。

「先生さようなら！」

秋と繋いだ手をほどいて、蓮は律儀に担任の吉田先生のもとに走ってゆき、頭を下げている。

「はい、蓮君さようなら。また明日ね」

白いトレーナーに、タータンチェックのプリーツスカート姿の吉田先生が、笑顔で蓮に手を振る。

会釈（えしゃく）をして、蓮と一緒に門を出ようとしていた秋に、「あっ、大田川さん」と吉田先生が声をかける。

「なんでしょう」

「すっかり御礼が遅くなってしまって申し訳ありません。先日は、高価なものをお贈り下さって……。本当にいつもお気遣いありがとうございます」

本人も敬天会出身だという吉田先生は、上品なショートボブのヘアスタイルがよく似合う。育ちの良さそうな彼女が、育ちの良さそうな微笑みを浮かべて、秋に丁寧に頭を下げる。

——なんのことでしょう?

口をついて出てしまいそうになったひと言を飲み込む。寝耳に水の話だけれど、秋は咄嗟に「いいえ、とんでもないです。いつもお世話になっていますから」と話を合わせた。

知香が、何かを手配したのだろう。

毎年六月には、ウィーンのスペイン乗馬学校で舞踏会がある。主催者のスペイン乗馬学校理事長が「TikaTika」ブランドのオーストリアでの総代理も兼ねているということもあって、知香は毎年招待を受けている。

おそらく、現地で買ったブランド品かなにかを、秋の名義で瀬川園長と吉田先生に宛てて送ったにちがいない。

「秋くん、帰ろうよ」

蓮が退屈そうに、正門前のタイル張りの床を蹴っている。

「うん、帰ろう。じゃあ吉田先生、また明日もよろしくお願いします」

改めて会釈をして、秋と蓮は正門を出る。

敬天会幼稚園にはスクールバスもあるけれど、大多数の親は自家用車か徒歩で迎えに来る。秋も、幼稚園の斜向かいのコインパーキングに車を停めている。

区立幼稚園時代は、自宅から徒歩で迎えに行けた。青山の自宅から敬天会幼稚園までは、車では十五分ほどかかる。負担にならない、と言えば嘘になるけれど、この道程にもだいぶ慣れた。

でも、ただひとつ慣れないことがある。

お迎えに来ている保護者たちのなかで、男性は秋ただひとりなのだ。

そもそも、入園式のときにすでに、秋と哲大の姿は充分に目立っていた。区立幼稚園に続いて二回目の入園式ということもあって、哲大が騒ぐようなことはなかったけれど、まるでカラスの群れのようにダークカラーのスーツを着た保護者たちの中で、男同士のふたりはどうしても目を引いた。蓮を引き取ってからは、秋は雑誌やテレビにはなるべく顔を晒(さら)さないようにしていた。連載や書き下ろしの仕事は引き受けるけれど、メディアに出る仕事は、軒並み断ってきた。親が無用な注目に晒されることで、蓮のストレスになってしまうことを避けたかったからだ。

それでも、かつてテレビや雑誌にたびたび出ていたこともあって、入園式では何人かの保護者が秋の顔を見てひそひそと話をしていた。

視線を感じるたびに、神経質に身を震わせる秋の背中を、式典の間じゅう、哲大はこっそり撫でてくれていた。

自分が噂(うわさ)されるのはかまわない。ただ、蓮だけは——。

秋の祈りが通じたのか、いまのところ蓮はあからさまなイジメや嫌がらせにあっているような様子はない。瀬川園長は、秋たちの〝家族〟が特殊であることを充分にわかってくれているし、ひときわ蓮に気を配ることを約束してくれている。吉田先生とも、しっかりと情報共有をしてくれている。

それでも、この「お迎え」でのたったひとりの男親、というポジションは、やはりどことなく居心地が悪い。区立幼稚園のときと違って、周りの保護者たちも秋を遠巻きに見ている雰囲気で、なかなか打ち解けることができずにいる。

でも、焦ってもしかたがない、と秋は自身に言い聞かせる。

秋ひとりが、蓮を育てているわけではないのだ。家に帰れば、哲大がいる。翔子の一家とも、以前と変わらぬ付き合いが続いている。

なにかあれば、相談できる相手がいること。

それだけでも、恵まれていると思う。少なくとも、知香が春や秋を、女手ひとつで育てていたときよりは。

帰宅してさっそく秋は「大田川家（4）」のＬＩＮＥグループにメッセージを送る。
Autumn：知香さん瀬川園長と吉田先生になんか贈った？
五分ほどして、さっそく返信が来る。
TikaTika：あ、ごめん。伝えるの忘れてた。ウィーンで買ったエルメスのストール贈っておいた。カシミヤよ。
エルメスのカシミヤのストールといえば、いくらヨーロッパで買ったとはいえ、十万円はする。
Spring：知香さん相変わらずだね（笑）亜実のときも、ずいぶん勝手に色々贈り物してたでしょ。いきなり御礼言われて何のことだかわからなくて困ったもん。
春も、どうやら同じ目に遭って来たらしい。
Autumn：ほんと事前に言ってくれなきゃ困るよ。てかそんなに贈り物とかしなくても、園長も吉田先生もちゃんと見てくれてるから。必要なときは俺たちでちゃんとやるから知香さんあんまり心配しないで。

本当は「出しゃばらないで」と言いたいところだけれど、知香がまたヘソを曲げてややこしいことになるのも困るので、やわらかく伝えておく。

昨秋、翔子と渋谷橋のカフェで話をしてから、秋は子育てについてなるべく知香に頼らないように心がけてきた。それでも知香のバイタリティはなんだかんだでありがたいし、敬天会で気を使ってもらえているのもやはり知香の力によるところが大きいのは否めない。

TikaTika：あんたも哲大君も忙しいでしょ。だからこうしてわたしがわざわざやってあげてるの。感謝されこそすれ、文句を言われる筋合いはありません。

案の定、知香は機嫌を損(そこ)ねたようだ。やれやれ、と思いつつ、秋は返信する。

Autumn：だから、ありがたいと思ってるし感謝もしてるよ。ただ、話の辻褄(つじつま)が合わなくなると困るから、ウチの家族に関わることに関しては、ちゃんと事前に報せて下さい！

伝えるべきことを伝え切って、スマホをキッチンカウンターの上に置く。

最近では、禍根(かこん)を残さないぎりぎりの言い方で、知香に物申すこともできるようになった。

哲大は、「秋さん、成長中やな」と言ってくれる。三十七歳にもなって母親に恐る恐る自分の意見をやっと伝えられるようになったのが「成長」だと言われると、いささか情けない気持ちになる。

翔子に知香が「毒親」だと指摘(してき)されたあの日から、秋はこれまでの知香との親子関係の歩みについてたびたび振り返るようになった。

知香があれこれと気を回して、秋が生きやすいように、すべてのレールを準備してきてくれたこと。

秋がゲイであることを、受け入れてくれたこと。

ひょっとしたら、初等科受験前に秋の頬を打ったことも――。

すべてが知香の「善意」によってなされたことだからこそ、翔子は秋が知香を「嫌いになること」ができず、「自由」が奪われてきたのだ、と言った。

最近も、翔子とたびたび会っている。でも、昨秋のお迎え前のお茶の時間を最後に、「親を嫌いになる自由」についての話題が再び出ることはない。

ただ、翔子に「蓮君どうしてる?」と訊かれるたびに、秋はどことなく居心地の悪さを感じる。養子縁組も、敬天会への転園も、「蓮のため」を思って哲大と話し合って決めたことだと言いつつも、結局は知香の思い描いたビジョンの通りにことが運んでいる。

もし蓮が新しい環境に適応できなかった場合には、いまのままならば「知香さんの意思に従ったのに」と言い訳ができてしまう。それこそが、最近翔子と過ごすときに感じる居心地の悪さの本質なのかもしれなかった。なにより、敬天会への転園という選択がいよいよ「失敗」だったとなった時、その責任を知香になすりつけようという小狡（こずる）い「甘え」の気持ちが、心のなかにたしかにあるような気がしてならないのだ。

瀬川園長や吉田先生への知香の贈り物攻勢を本気で止める気がないのも、結局は「すべては知香のせい」という逃げ道を塞（ふさ）がないようにするための、姑息な動機によるのかもしれない、と秋は思う。

俺は、なにも「成長」していない。

そんな思いにとらわれながら、秋は夕食の支度をはじめる。

心のなかにもやが立ち込めはじめたときは、哲大に相談するようにしているけれど、この名状しがたい不安な気持ちは、まだ哲大にはうまく説明ができない気がする。

区立幼稚園に通っていたときにはなかった、若干の違和感。

蓮が、なにかを我慢しているような、予感。

これらのモヤモヤは、哲大と共有することで早く打ち消さなければならない。けれど、いまの秋では、すべてを知香のせいにして、逃げてしまう気がする。そう思うと、秋の口はどうしても重くなるのだった。


インターのママ友と広尾でランチをしていた、という春から呼び出しがあったのは数日後だった。

「近かったからね。亜実のお稽古(けいこ)終わるまで時間あってさ。ヒマなの、あんたしか思いつかなかった」

悪びれもなく言う春は、亜実が三年生に上がったこともあってか、前よりもさらに余裕があるように見える。夫の寛は成果主義の外資系に勤めていることもあって九時五時に縛られることもなく、積極的に育児に参加してくれているらしい。

広尾の駅前のカフェで、ベージュのケリーバッグを横において、カプチーノを啜っている春の姿は、絵に描いたような満たされた女そのものに見えた。

「亜実ちゃんはどう？」

「めっちゃ元気。やっぱりインターが合ってたみたい。あたしの目に狂いはなかったな」

こうして自分の選択を自賛できてしまう強さが、いまの秋にはとてもまぶしく見える。かつては秋と同じように、征二郎と知香の庇護(ひご)のもとで育って来たはずの姉が、こんなに自分の意思を押し通すようになったのは、いつ頃からだったのだろう。

寛との結婚も、突然だった。慶心学院大学の文学部を卒業してから、形ばかりの就職活動を経て、大田川建設のメインバンクに就職した春は、持ち前の地頭(じあたま)の良さとコミュニケーション力の高さもあって、法人営業部でそれなりの戦力になっていたようだった。就職七年目に青心会(せいしんかい)連合総会の幹事を引き受けたとき、同じ部会で親しくなったのがいまの夫の寛だ。

春が寛を知香に紹介したのは、式場の予約も何もかも済ませた、結婚半年前の段階だった。当初呆気に取られていた知香も、寛の爽やかなルックスと、春を立てながらもしっかりとした語り口にすっかり安心したようで、事後承諾ながらふたりの婚約を祝福した。

春とは姉弟として仲がいい方だと思うし、連絡も密にしてきたと思う。それなのに、秋は春の「親離れの瞬間」に気づくことがなかった。春は、いつのまにか見事に独立した女性になっていた。それにひきかえ、自分はどうだろう。物書きとしてもコンサルタントとしても成功はしているし、経済的に自立はできている。それなのに、秋はいつまでも知香から「解放」されない。

「あんたの方はどうなの。敬天会でうまくやれてるの」

「俺はうまくやってるつもりなんだけど。蓮の方は、まだちょっと慣れきれてないのかもしれない」

「まあねえ、あそこは独特だからね」

「でも別に、姉貴が言ってたみたいなマウンティングの感じとかはまだない気がする。ちょっと距離感はあるけど、保護者もみんな意地悪ではないよ。瀬川園長もよくしてくれるし」

強がりでも、嘘でもない。事実として、秋は嫌がらせめいたものはなにも受けていないし、蓮にもイジメの形跡は見られない。けれども、それがむしろどこか不安に思われるのも事実だった。

「あんた鈍感だからなあ。まだ二ヶ月ちょっとでしょ。夏休み明けには、嫌でも色々聞こえてくるよ。塾とかも本格的に始まるしね。ママが贈り物してるのとかだって、絶対にもう噂になってる。あんたが気づいてないだけでさ。ましてやあんたのところなんて男同士だし、嫌でも目立つでしょ。年長に上がるころになったら、絶対もっと殺伐としてくる。頑張りなよ」

脅かされて、秋はますます不安が募る。

「姉貴も色々言われた?」

秋の素直な問いに、春は一瞬苦虫を嚙み潰したような顔をしてのち、頷いた。

「そりゃあね。ただでさえ大田川だし。でもまあ、あたしは早いうちにインター宣言したからな。亜実が年長に上がるころには、とっくにお受験組から離脱してたから楽だったよ」

春の話に、少なからず驚く。亜実が年長に上がるころと言えば、哲大を家族に紹介した時期だ。食事の場では春は慶心初等科の受験対策に怠(おこた)りがないように振る舞いながら、その実すでにインターへ行かせることを決めていたというのだから。

「……すごいね姉貴。よく知香さんを騙し通せたね」

「ふふ。あんたも騙されてたでしょ」

不敵に笑う春に、秋は思わずこくりとうべなう。

「それでも、受験だけはしようと思ったのよ。ママが勝手に町田先生にも色々話してたしね。でも、あんたも知っての通り、町田先生は相談には乗ってくれるけど、別に受験に手心加えてくれるわけじゃないんだろうなってあたし気づいてたし。ただ受験しなかったらさすがの知香さんも納得しないでしょ。だから、受験はするけれど、本格的に対策はしないことにしたの」

「姉貴、慶心嫌いだったの?」

「ううん、慶心は好きよ。あたしはあの学校に行ったことを後悔してない。寛もそうだと思う。あいつは中等科からだけどね」

「だったらなんで……」

「慶心の校訓、もちろん覚えてるよね？」

「篤き信仰、清き独立？」

「そう」

なぜここで慶心の校訓の話を出してきたのか、秋にはわからない。

「あたしは、アレを実践しただけ。特に、〝清き独立〟をね。ご存じの通り我が家は浄土真宗だから〝篤き信仰〟はどんなに言われても無理。でも〝清き独立〟の方は可能でしょ。あんたもさ、初等科の頃町田先生から言われなかった？　自分の力で考えなさい、それこそが精神の清き独立だ、って」

「うん、一年生の最初の授業で言われたのがそれだった。当時はよくわからなかったけど」

たしかに町田先生は、〝篤き信仰〟の方についてはそこまで語ることはなくて、〝清き独立〟の普遍的価値についてたびたび言い聞かせた。

『まずは全てを疑いなさい。そして、自分の頭で考えるのよ』

六歳の秋の頭には、それはひどく観念的な言葉に響いて、意味を深く考えたこともなかった。

「あたしの担任の西村先生もさ、よく言ってた。でもさ、いまの慶心って〝清き独立〟してるかな、って思ったの。親も子供もさ、慶心以外のこと何も目に入らないじゃない。慶心が一番だって、信じ切っている。ＰＴＡもなければ、誰も学校に文句も言わない。あれじゃまるで、〝清き盲従〟じゃん」

春の言っていることはすこぶる正しい。問題は、それに〝どこで気づいた〟のか、だ。秋が知りたいのはそこだった。

「姉貴、いつからそう思ってたの」

「銀行のとき。あたしの上司さ、東大からMITでMBA取ったひとでさ。そりゃあまあエリート臭むんむんで超嫌なヤツだったんだけどさ。悔しいことに仕事はできるの、やっぱり。一方でさ、行内でも慶心出身者は固まってたんだけど、みんな心のどこかで東大出の奴らにコンプレックス感じながらも、一生懸命自分たちで固まって世界作って、コンプレックスから逃げてたんだよね。それ見てたら、なんかものすごい虚しくなった」

いま秋の目の前にいる春は、エルメスのバッグに、デザイナーズブランドのカジュアルなワンピースを身に着けた、完璧な慶心出身の有閑マダムの姿をしているのに、その体のなかにこれほどまでに磨き抜かれた観察眼が眠っていたことに、秋は改めて驚きを禁じ得ない。

「それで、やっぱりインターはいいもん？」

「わかんない。まだ三年だし。でも、良かったかどうかは、亜実がこれからあの学校でどう過ごして、どう生きていくかによるでしょ。ただ、とにかく自由なのよ。自分がどうしたいのか。何がやりたいのか。どう思うのか。亜実は毎日それればっかり訊かれてるって。あの子の場合はもともと意思が強くて頑固だから、向いてはいると思う。ただ、あの年齢から自由を求められるのって、逆に厳しいよね。だって、自由に選んで、自由にやるってことは、その分の責任も伴うわけでしょ。あたしがあの年齢だったら無理だな。我が子ながら、亜実はなかなかよくやってると思うよ」

――自由。

翔子とのあのお茶の時間以来、ずっと秋の中に巣くっている言葉が、再び胸中で首をもたげ始める。春は、知香からも「自由」なのだろう。まさしく精神の「清き独立」を勝ち取っているように見えた。

ぴりりりりり……

聞き慣れない音に、リビングで原稿を書いていた秋のからだがびくりとする。実家にある防犯システムのガス漏れ検知時の警告音に似ていたから、思わずキッチンに目を向ける。

この家に防犯システムはない。

取り付けたことさえすっかり忘れていた、家の固定電話の呼び出し音だった。

最近では連絡はすべてスマホかメールで済んでしまうから、電話の呼び出し音を長らく聞いていなかった。キッチンの隅の収納スペースに置かれている子機が、青く点滅(てんめつ)している。

秋は急いで駆け寄って、電話に出る。

「もしもし」

久々の固定電話へのコールということもあって、思わず訝しげな声が出てしまう。

「大田川さんのお宅でしょうか」

「……はい。どちらさまでしょう」

聞き慣れない初老の女性の声に、秋の声はますます怪訝になる。

「敬天会幼稚園の瀬川です」

思いがけない名前に、秋は慌てて居住まいを正す。まさか、園長本人から電話がかかってくるとは思ってもいなかった。

「瀬川先生でしたか。すみません、電話だと少しお声が違ったように聞こえたもので。秋です」

つとめて丁寧に応対しながらも、秋の胸に嫌な予感が過る。蓮は今朝、幼稚園に送って来たばかりだ。いまは、毎週水曜日の午後恒例の「プレイ&スタディ」の時間のはず。外部委託をした有名幼児教室の指導者が幼稚園にやってきて、小学校進学に備えてひらがなや簡単な算数の勉強を、遊び感覚で子供たちに教えてくれるのだ。

平日の、まだ課業時間中に園長から直々に電話があるということは、決して穏やかな状況とは思えない。

「あの、もしかして蓮になにかありましたでしょうか」

園長に問いかける声が、どうしてもわずかに震えてしまう。

「いえいえ、蓮君は今日も元気にしていますから、どうかそこはご心配なく。ただね、ちょっと電話ではお話ししづらいことがあるんです。秋君、今日のお迎えのとき、少し早めに幼稚園に来られるかしら。受付には伝えておくので、直接園長室に来ていただいてかまいません。三十分ほどお話しがしたいの」

電話では話しづらいこと、と聞いて、秋の背中に緊張が走る。心臓が、とくとくとくと素早く鼓動を打ち始める。園長の口ぶりからして、決していい話ではないことが窺えた。

「……わかりました。そのようにさせていただきます。ちょうどいま仕事もキリがいいところなので、いまから幼稚園に向かいます」

秋はできるかぎりの平静を装いながら、園長に伝える。

「そうしていただけると助かります」と、淡々と言って、園長は電話を切った。

秋は、ノートパソコンの電源も落とさずに、車のキーとヴィトンのトートバッグだけを引っ摑んで、急いで駐車場に向かう。

ブルーのアウディA6が、勢いよく駐車場を滑り出る。低層マンションの一階で良かった。タワーマンションの機械式駐車場だったら、車が出てくるまで少なくとも数分は待たされる羽目になる。エレベーターに乗らずに駐車場に駆け込んで、そのままシャッターを開けてすぐに出ることができるのは、急いでいるときにはすこぶるありがたい。

別に、蓮が怪我をしたわけでもない。急病になったわけでもない。

蓮はいま、いつもどおり元気に幼稚園にいるということはわかっている。それなのに、この焦燥感(しょうそうかん)はいったい何なのだろう。

平日の昼間の駒沢通りは空いていて、深沢(ふかさわ)方面に向かって秋はスピードを上げる。

いつもなら十五分はかかる敬天会幼稚園までの道のりに、十分とかからなかった。

まったく、何を慌てているんだか。

自嘲(じちょう)してみるけれど、焦る気持ちが抑えきれない。お迎えの時間ともなると、すぐに満車になってしまう幼稚園の斜向かいのコインパーキングには、お迎えまでまだあと一時間近くあることもあって、車は一台も停まっていない。

駐車してロックをかけると、秋は小走りで幼稚園の正門へ向かう。見慣れた顔の警備員が軽く会釈をして、門を開けてくれる。秋の姿に気づいた男性事務長が受付の小窓を開けて顔を出す。

「園長から聞いておりますから、どうぞそのまま園長室へお進みください」

秋は丁寧にお辞儀を返して、そのまま園庭の奥に佇(たたず)む小さな園長室棟へと向かう。

淡いピンク色に塗られた木のドアには、「在室中」という赤い札が架かっている。ドアの前に立ち止まり、秋は軽く息を吐いて、気持ちを整えようとする。でも、胸の素早い鼓動は、まったく収まってくれそうにない。

——こん、こん。

意を決して、ゆっくりと二回ノックをすると、扉の向こうから「どうぞ」という上品な声が聞こえた。

「失礼します」と言いながら、秋は園長室に足を踏み入れる。

オフホワイトのブラウスに、白地にグリーンの細やかな柄があしらわれたエルメスのストールを巻いた瀬川園長が、やわらかな笑顔を秋に向ける。

「ごめんなさいね、急にお呼び立てして。どうぞおかけになって」

笑顔を崩さないまま、園長は秋に着席を促す。秋は、もう一度軽く息を吐いて、オレンジ色のモケット張りのクラシックなソファへ、浅く腰を下ろした。瀬川園長も、秋の向かいにゆっくりと座る。

「そうそう、このストール、贈って下さってありがとう。とても気に入っているわ。お母様のお見立てかしら。さすがのセンスでいらっしゃるわね」

秋が緊張しているのを察して、気を利かせてくれたのだろう。園長は本題に入る前にまず、ストールへの礼の言葉を口にした。

「いいえ、とんでもないです。蓮のことでは本当に園長にはよく気にかけて頂いていますから。ところで、お話というのは……」

秋は幼少のころから、嫌なことは先延ばしにできない性分だ。悪い報せならば、なるべく早く聞きたい。社交辞令もそこそこに、秋の方から本題に入るように促す。

「ええ。それがね、少し申し上げにくいのだけれど……」

口の重そうな園長の様子に、緊張感が否応なく高まる。

「どなた、とはお教えできないのですけれど……。『ほしK組』のひとりの保護者の方がね、蓮君をちがうクラスに移してくれないかってわたくしに直接訴えてこられたんです」

思いがけぬ話に、秋は混乱する。いったい、どういうことなのだろう。蓮が、クラスの誰かを虐めているとでも言うのだろうか。そんなことは、ありえない。あの優しく、どちらかと言えば引っ込み思案な蓮が、誰かに悪意を向けることなど、三年間ともに暮らして成長を見守ってきた秋には、想像もつかないことだった。動悸に加えて、若干の冷や汗が秋の額に滲みはじめる。

「あの、それはいったいどういう……。その、蓮が誰かを虐めているというようなことなのでしょうか」

単刀直入に訊く。どういうことであれ、とにかくこの動悸と冷や汗をなんとかしたかった。

「いえ、そういうことではないんです。蓮君は少しおとなしいところもありますけれど、とても優しくて、素晴らしいお子さんよ。よくあなたと哲大君でここまでお育てになった、ってわたくし感心しているんです。ただね、問題はその保護者の方なのね。親子代々敬天会に通って下さっているご家族で、わたくしと同じ信仰を持つ方なの。お子さんの進学先は、あなたと同じ慶心初等科を目指してらっしゃって」

そこまで告げて、園長は「ちょっと失礼」と言って、テーブルの上のマグカップに手を伸ばす。喉を潤してから、核心を語ろうとしているのだろう。秋の不安な気持ちは、徐々に苛立ちへ変わってゆく。早く、早くしてほしい——。

「……その方がね、秋君と哲大さんのような〝特殊〟な家庭の方が同じクラスにいると、ご自身のお子さんの教育の上でも受験の上でも悪影響がある、って強くおっしゃるの」

秋は、返す言葉を喪う。怖れていた事態がいま、降りかかろうとしている。どこかで、「ありえない」と高をくくっていた。転園以来の二ヶ月間、順調に来ているように思っていた。でも、この間の「お迎え」のときに感じた違和感の正体はこれだったのか――

秋の心に、暗澹たるものがもくもくとひろがってゆく。

「それで、僕たちはどうすれば……。園長はどのようにお答えになったのでしょうか」

目を伏せたまま、どうにか秋が言葉を発する。

「わたくしはね、神のみ旨においてはどのような方も平等です、と申し上げました。あれだけ純粋で、心やさしい蓮君が、お子さんに悪影響を与えると本気でお考えですか、と」

「それで、先方は納得されたのでしょうか」

「すんなりと、とはいきませんでした。でも、わたくしなりに思いの丈を伝えました。あなたが敬天会の出身でしっかりなさっていること。慶心初等科から大学院まで学業も優秀で、いまでは社会的にも影響力のある大きなお仕事をされていること。そういう方々のお子さんを迎え入れることは、神のご意思に反するわけでもないし、神の御教えに逆らうわけでもない、と。結果、なんとかご納得はいただきました」

園長の言葉が、秋の胸に迫った。かつて三歳のとき、はじめてこの幼稚園の門をくぐったときにこの人に対して抱いた好感は、決して間違っていなかったのだ、と改めて思った。

「……園長、ありがとうございます。そんなふうにおっしゃってくださるなんて」

涙声で礼を言う秋に、園長は少し困ったような顔を見せた。

「いえ、わたくしは当然の対応をしたまでです。あなた方をお引き受けする、と決めたときから、覚悟はしっかりと定めておりますから。ただね、少し心配でもあるの」

園長の声のトーンがふたたび深刻の色を帯びる。秋はあらためて居住まいを正して、園長に向き合った。

「秋君もご存じの通り、うちは慶心初等科を目指す方が多いの。学年の半分以上はそうかもしれません。わたくしに直訴してきた保護者の方はね、ご本人は慶心初等科には行けなかった方なんです。お子さんをどうしても慶心へ、という思いがとても強いの。いまはまだ年中の一学期ですし、そんなに皆さんが焦っている時期ではないけれど……。夏休みが明ければ皆さんお受験の準備を始められます。そのときにね、その方が同じクラスにいたら、あなたや蓮君に対して再び穏やかならぬ感情を抱きはじめるのではないかと」

——夏休み明けには、嫌でも色々聞こえてくるよ。

春の忠告めいた言葉が、まざまざと蘇る。とはいえ、蓮はまだ初等科受験を決めたわけでもないし、そもそもいまの秋には蓮の小学校受験対策について考える余裕はない。無用な誤解を招かないためにも、事実は瀬川園長に伝えておきたい。

「あの、園長。僕たちはまだ蓮の進学先について慶心初等科とは思い定めていないんです。もちろん、僕の母校ですし選択肢のひとつとは考えていますが……。それでもやはり、その方からしたら、僕たちは目障りな存在なのでしょうか」

秋の言葉に、今度は園長が目を丸くする。

「……わたくしは、秋君のお母様から蓮君は慶心初等科を目指す旨、しかと伺っていますよ。秋君も哲大君もそのつもりだ、と」

知香が？

蓮の転園についての話のとき、知香は「慶心初等科受験」の可能性についてたしかに口にしていたけれど、あくまでも秋と哲大で話し合って決める、ということで納得したはずだった。それなのに、転園の相談の段階ですでに、瀬川園長に慶心初等科を目指すと断言していたとは。

はじめて聞いた話に、秋は気が遠くなるような心地がした。

園長との話を終えた秋は、園庭のベンチで蓮を待つ。動揺は、なかなか消えてくれそうにない。

瀬川園長は、いくつかの提案をしてくれた。

ひとまず、一学期の間はいまのクラス編成でゆくこと。

二学期に入って、もし件の保護者が秋や蓮に対して穏やかならぬ様子を見せるようであれば、その段階で改めてクラス替えについて考慮すること。

慶心初等科への進学を決めたわけではない、ということを保護者たちの間に少しずつ広めることで、鎮静を保つべく図ること。

瀬川園長が秋や蓮に対して真に心を砕き、思いを寄せてくれていることには、深い感動と感謝の気持ちを覚えた。瀬川園長に率いられている限り、敬天会幼稚園の教育方針が間違った方向へ進むことはないだろう、とも思う。いっぽうで、敬天会への転園が正しかったのか、秋はますます悩みはじめた。

もしあのまま、区立幼稚園に通っていれば、このような事態とは無縁だったのは間違いない。翔子や健介、エマの家族と和気あいあいと楽しく過ごしていたことだろう。

なにより、知香が慶心初等科受験を勝手に宣言していたことが、秋には衝撃だった。知香の一本気な思い込みの強さはいまに始まったことではないとはいえ、このことに関しては以前の「家族会議」で、秋と哲大に一任されたと思っていた。

秋が知香に対して明白な反論をしなかったこと。秋が知香に逆らえないこと。秋が知香を〝嫌いになれない〟こと。

それが蓮を、ピンチへと追い込んでしまうかもしれない。

「蓮君、元気にしてる？」と問うたときの翔子の目が、秋の眼裏にちらつく。

――秋さん。わたし忠告したよね。秋さんが親離れしないことで、蓮君が苦しむんだよ。

秋を詰る翔子の声が、聞こえたような気がした。

「秋くん！」という声が聞こえて、いつものように蓮が走り寄って来る。蓮に続いて、たくさんの園児たちが教室から出てくる。

ブレザーの袖口や、半ズボンから覗く蓮の手足に、秋は注意深く目を凝らす。

傷や、痣はない。

今度は、蓮の表情をまじまじと注意深く見る。何か言いたげな様子や、訴えかけるような表情があったなら。

「秋くん、どうしたの。怖い顔してる」

はっとする。気づけば、目の前で蓮が心配そうな顔をして秋を見上げていた。

「ごめん、蓮。ちょっと考え事してた」

蓮と手を繋いでベンチから立ち上がる。正門に向かうと、そこにはいつもどおりたくさんの母親たちが、お迎えのために立ち並んでいた。落ち着いた暗色のワンピースに、ヴィトンの大きなカバ・アルトを持った母親。スキニージーンズに、ブランドもののTシャツ姿の、カジュアルな母親。

このなかの誰かが、俺たちを追い出そうとしている。

これまで無難に付き合って来た保護者たちに対して、秋はどうしても疑心暗鬼になるのを抑えられない。一様に笑顔を貼り付けて、親しそうに会話に興ずる彼女たちが、異形(いぎょう)の生き物に見えてくる。

おしゃべりの輪のなかにいたひとりの母親が、秋に目を向けて会釈をする。白いニットに紺色のゆったりとしたガウチョを穿(は)いて、エルメスのガーデンパーティーを左手にぶら下げている。蓮と同じ「ほしK組」にいる松田由美香(まつだゆみか)の母親、朋子(ともこ)だ。

クラスの保護者メーリングリストの管理人を任されていて、入園式の日、哲大と秋に最初に声をかけてきたのも彼女だった。

秋も、こわばった笑顔で会釈を返す。すると、朋子が秋の方にやって来た。

「大田川さん、三十日の日曜日、ご予定ありますか」

丁寧な、それでいて親しげな声で問われる。

もしかしたらこのひとが？

秋は繋いでいる蓮の手を、ことさら強くぎゅっと握りしめる。

心底ひとの良さそうな雰囲気の朋子に対してすら疑いを抱いてしまうほど、秋の心は動揺していた。

「えっと……。家に帰って確認しないとわからないんです。なにかあるんでしょうか」

おずおずと訊き返した秋に、朋子はますます明るい笑顔を見せる。

「後ほど詳細はメーリスの方にお送りしますけど、うちのクラスの合同お誕生会をやろうと思うんです。『ほしK組』って、五月から七月のあいだの生まれのお子さんがけっこう多いんです。

夏休みに入ってしまう前に、親睦会も兼ねてやろうか、ってほかのお母さん方とも話していて。蓮君もたしか五月がお誕生日でしたよね。よかったら参加されませんか。場所は『バイブル・クラブ』になると思います」

親睦会、という響きに、秋は身震いがした。おそらく、「ほしK組」二十五人の保護者のほとんどが、参加するのだろう。そのなかには、秋たちのことを瀬川園長に直訴した親も確実に参加するのだ。そんな相手と、どう「親睦」を深めればよいのだろう。

「考えさせてください」と言いかけて、秋は言葉を飲み込む。

ここで欠席をすれば、秋たちはますます「ほしK組」のなかで浮いてゆくことになる。ただでさえリスクを背負わせてしまっている蓮に、さらなる〝危険〟が迫ることになる。でも、月末の日曜日は、たしか哲大は修学旅行の応援で不在だ。参加する場合、秋ひとりが親として参加することになるのだ。

しかし、今後敬天会に通い続ける限り、保護者同士の付き合いは避けては通れない。秋に、「欠席」という選択肢は許されていないも同然だ。

「わかりました。ぜひ参加させていただきます。あとでメーリスも確認しますね」

声が裏返りそうになるのをどうにかこらえて、秋もぎこちない笑顔で返事をした。朋子は心底嬉しそうな笑顔で「よかった!」といい、「では、また後ほど詳細ご連絡しますね」と、おしゃべりの輪のなかへ戻って行った。

朋子の後ろ姿を見ながら、秋は小さく息をつく。

少なくとも、朋子が秋たちについて園長に直訴をするようなことはありえない、と思った。リーダーシップもあるようだし、気配りもできる。なにより、最後に見せた笑顔は、本物だ。

「またお誕生日できるの？」

会話を横で聞いていた蓮が、嬉しそうな顔で秋に問いかける。

「うん。みんなで一緒にまたお誕生会やるんだって」

蓮は嬉しくてたまらないとき特有の、「くふふふふ」という声で笑った。

先月の蓮の誕生日当日は、蓮がずっと行きたがっていた八景島（はっけいじま）シーパラダイスに連れて行ったあと、夜は哲大と合流して、横浜の「スカンディヤ」でハンバーグを食べながら祝った。翌日には、自宅マンションに翔子たちの一家と、春の一家を招いてパーティーをした。蓮は二日間にわたって、ずっと笑顔だった。夜に寝付けないほど、興奮していた。

誕生日の、あの楽しい興奮が、小さな胸のなかで蘇っているのだろう。

楽しそうな蓮の様子を見ていると、胸を覆っていた黒いもやが、少しだけ晴れたような気がした。

8

駒沢公園裏手の住宅街に佇む、緑に囲まれたハーフティンバー様式の洋館を、秋は懐かしい気持ちで見上げていた。

「バイブル・クラブ」に来たのは、慶心高等科の卒業謝恩会以来だ。

卒業生や慶心関係者の集会のため、学校法人慶心学院によって運営されているこの会館は、事前に予約をすれば慶心関係者以外でも利用することができる。大小計八部屋のバンケットルームのほかにも、キリスト教関連の書籍が並ぶライブラリーがある。使い勝手がよく、ケータリングサービスの評判も良いので、小規模な結婚式や結納の会食などにも人気だ。

場所が近く、慶心出身者が多いこともあって、敬天会幼稚園の保護者たちもしばしばこの施設を利用するらしい。

「お、秋じゃん。入園式以来？」

本館の車寄せで、突然声をかけられた。慶心初等科で隣のクラスだった望月智人は、初等科から大学にいたるまで一貫して花形のラグビー部で活躍していただけあって、相変わらず立派な体躯を誇っている。一歩下がったところに立つ妻の倫子が「ほら、蓮君にごあいさつしなさい」と長男の蒼に促している。

「こんにちは、蓮くん！」

父親に似たのか、蒼は快活で、「ほしＫ組」の児童のなかのリーダー的存在だ。

蓮は、蒼よりも少し小さな声で恥ずかしそうに、「蒼くん、こんにちは」と挨拶を返している。

「ひさしぶり。そうだね、四月以来かも。倫子さんには毎日会ってるけどね」

入園式で智人とばったり顔を合わせたときには少し驚いたけれど、意外とは思わなかった。三十半ばを過ぎた秋の年齢を考えれば、同級生たちが蓮と同年代の子供を育てているのは普通だし、慶心初等科への進学者が多い敬天会幼稚園で、保護者として再会するのも自然なことだった。「ほしＫ組」の保護者のなかでは秋の慶心での同級生は智人だけだが、隣の「ほしＴ組」の保護者にふたり、慶心初等科からの同級生がいる。

ただ、敬天会幼稚園の保護者のなかの秋の同級生は全員男子で、普段のお迎えや保護者会などで顔を合わせることはほとんどなかった。会うのは、同級生の妻たちばかりだ。現に、智人の妻で蒼の母親の倫子とは、毎日のお迎えのたびに顔を合わせている。

倫子は「ほしK組」の母親たちのなかで目立つほうではない。美人だけれど、ファッションはいつも控えめで、これみよがしなブランドもののバッグなどを持つことも少ない。秋や智人よりも二つ年下で、女子高等科から慶心に入った後輩だ。

「秋さんとはいままであまりお話できなかったので、今日はご一緒できて嬉しいです」

倫子は秋に向かってわずかに微笑みながら、丁寧に頭を下げた。クラスの幹事役である朋子のような明るさや社交性には乏しいけれど、育ちが良さそうで好感の持てる母親だと思う。

「僕もいままであんまり溶け込めてなかったんで、こうやって倫子さんと話せるの嬉しいですよ。二年保育で転園組同士なのも心強いし」

思うがままを伝えると、倫子もまた「そうですね」と爽やかに応じた。

「秋のところの蓮君、夏生まれなの？」

「夏っていうか、うちは五月。蒼君は七月だっけ」

秋と智人が他愛(たわい)もない会話を交わしながら廊下を進むあいだ、子供たちは建物のなかを一緒にきょろきょろと見回しながら、あちこちを走り回っている。

「ほら、蓮君も蒼も迷子になっちゃうから早く戻ってらっしゃい」

いまにも建物内でかくれんぼでもはじめてしまいそうなふたりを、倫子が咎めてくれていた。

「倫子さんすいません。ついつい智人と話し込んじゃって」

「いえいえ、大丈夫ですよ。それから、慶心で先輩だった秋さんに敬語使われるとなんか恐縮です。よかったら気軽に話して下さいね」

幼稚園の「ママ友」として出逢ったせいか、ついつい敬語になってしまっていたけれど、後輩に敬語はおかしいかもしれない。

「それもそうですよね。おいおい、慣れていくようにするよ」

秋の少しくだけた口調に、倫子は再び楚々とした様子で笑った。

「あら、秋君と……。たしか望月君かしら」

小宴会場のある二階に上がろうと階段ホールに差し掛かったところで、思わぬ人物に声をかけられた。

町田えり子先生だった。

「あ、町田先生。お久しぶりです。クラス会、全然顔出せていなくてすみません」

とはいえ、秋はまったく久しぶりな気がしない。青山のマンションのリビングに響く「慶心マーチ」と、植栽越しに垣間見える町田先生の姿は、秋にとっては日常の風景の一部になっている。

「そちらは、お子さん？　でもあなたはたしか……」

つややかなグレーヘアを、昔と同じようにポニーテールに纏めた町田先生が言いよどむ。秋がゲイであることは、慶心には知れ渡っている。そんな秋が子供を連れていることに、戸惑っているのだろう。

「詳しい事情はいずれお話ししますけれど……。いま、一緒に家族として暮らしているんです。蓮っていいます。今年から敬天会の年中に転園しまして。ほら、蓮。俺の小学校の先生だよ。ご挨拶して」

町田先生に説明しつつ、蓮に挨拶を促す。

「こんにちは。大田川蓮です」

相変わらず気恥ずかしそうではあるけれど、はっきりとした口調で蓮が挨拶をする。

「こんにちは。はじめまして。秋君の担任だった町田えり子です」

町田先生は腰をかがめて、丁寧に自己紹介をした。秋の在学中も、町田先生は一貫して子供たちに目線を合わせてくれていたことを懐かしく思い出す。褒めるときも叱るときも、町田先生はいつも腰をかがめて、子供たちの視線と向き合っていた。

「望月君も久しぶりねえ。あなたはたしか、N組だったかしら。内山先生の……」

「そうですそうです！　いやあ、懐かしいっす。こっちは嫁の倫子で、長男の蒼っす。先生、全然変わんないっすね」

智人の体育会仕込みの快活さと人懐っこさはさすがだ、と思いつつ、秋は目を細める。いっぽう、倫子の方はずいぶんと緊張しているように見えた。

「でも先生、今日はどうしてこちらへ」

「あなたたちの六つ下の代の教え子のね、結婚の内祝いのお食事なの。時が経つのは早いわね。あなたたちの卒業がついこの間だった気がするのに、わたしの二回目の担任の子がもう結婚だなんてね」

「そうだよなあ。俺たちももうアラフォーだもんな。でも秋はずるいんすよ。自由業だから見た目も若いし。俺なんか由緒正しいサラリーマンですからね。腹はどんどん出てくるし、嫁にも臭いとか言われて散々っす」

智人の自虐に、大人たち四人が声を合わせて笑う。ただ、倫子は相変わらず控えめで、智人の一歩後ろで口元に手を当てながら、小さく遠慮がちに笑い声を立てただけだった。

「あら、倫子さんたちもう着いてたの？　あ、秋さんも」

水色のワンピースに、同系色の三十センチのバーキンを持った松田朋子が、由美香の手を引いて階段ホールに現れた。秋や智人と談笑する白髪の女性を怪訝な顔で見つつ、小さく会釈をする。

「それじゃあ、わたしはこれで……。秋君、いつでも連絡ちょうだいね。お母様にもくれぐれもよろしくね」

朋子に会釈を返して、町田先生は奥のラウンジに向かって去って行った。

「ごめんなさい。わたし邪魔しちゃったかしら」

朋子が申し訳なさそうに言う。

「いや、全然大丈夫ですよ。僕の、小学校時代の担任なんです」

朋子の表情が、にわかに緊張を帯びた。

「え、いまの方慶心初等科の先生なの！　ちゃんとご挨拶させていただけばよかった」

「あら、ひょっとして受験対策？　松田さんとこ、慶心狙いだもんな」

からかうような智人の言い方に、場の空気が凍りついたのが、秋にもわかった。倫子は「ちょっと！　あなた……」と言って智人の袖を引いている。当の本人は、「え？　俺なんかマズった？」と何もわかっていない様子だ。

「もう、望月さんたら気が早いんだから。まだ何も決めてないですよ。それにウチなんか、受験したとしても記念受験にしかならないですから」

表情をこわばらせていた朋子が、途端に相好（そうごう）を崩して、その場を取り繕（つくろ）う。

秋も倫子も、合わせてとりあえず笑った。ただ、階段ホールに一瞬漂った名状しがたく気まずい空気の残り香（が）は、消えていないような感じがした。

「それでは、夏に生まれた皆さん、お誕生日おめでとう。乾杯！」

朋子の乾杯の発声で、合同誕生日会が始まった。青心会館が請け負う「バイブル・クラブ」のケータリングサービスには、子供向けのメニューもある。かくいう今日も、重厚な雰囲気のバンケットルームにそぐわない、唐揚げやハンバーグといった子供好きのするメニューが、中央の大きなダイニングテーブルの上にところ狭しと並べられている。

結局集まった子供は、「ほしK組」の約半数の十三人で、保護者も入れると三十五人というそれなりの規模の宴会と相成った。

大人たちのために、ワインやビールも何本か用意されていたけれど、手を付けているのは家族サービスに飽きてしまった男親たちばかりで、母親たちはみなおしなべて、ソフトドリンクを手に談笑している。

蝶(ちょう)ネクタイやワンピースでおめかしをした子供たちも、いまはおとなしく壁際の椅子に座って食事に夢中になっているけれど、じきに勝手に遊び出すだろう。

智人は窓際の肘掛け椅子に陣取って、ビール片手に他の父親たちと豪快に笑い声を上げている。男親のグループにも、女親のグループにも馴(な)染(じ)めずに暖炉の脇のスペースに陣取っている秋が手持ち無沙汰に見えたのか、倫子が歩み寄って来た。

「秋さん、先ほどはうちの主人がすみません」

「いや、大丈夫だよ。智人のああいうところ、面白くていいじゃない」

倫子も、なんだかんだであまりこの空間に馴染めていないのかもしれない。他の保護者たちは話に夢中で、手元のグラスがまったく減っていないのに、倫子の持つ烏龍茶のグラスは、ほとんど空になっていた。

「でもデリケートな時期なのに平気であんなこと言うなんて……。今夜家帰ったら叱っておきます」

こんな話が交わされているとはゆめゆめ思っていないらしく、窓際の智人はますます楽しげだ。

「まだ夏休み前だし、みんなそこまでピリピリしてないだろうから、平気でしょ」

始まって一時間近くが経って、宴会はさらに盛り上がりを見せている。倫子の言葉に生返事をしながら、秋は先日の瀬川園長との面談のことを思い出していた。

クラスの半分が参加しているということは、いまこの場にいる保護者のなかに、蓮と秋を「ほしK組」から追い出そうとしている人物がいる可能性は、充分に高い。暖炉の横の、少し奥まったこのポジションは、保護者たちと子供双方の様子を観察するのにうってつけの場所だった。けれども、倫子が寄って来たことで相手をしないわけにもゆかず、秋は密かに苛立っていた。

「うちは蒼のことは主人が『まかせろ』って言うから何もやってないんですけれど……。松田さんのところはずいぶん色々頑張ってらっしゃるみたいなんで、あんな言い方されたら朋子さん、いい気持ちしないと思うんです」

倫子の言葉が、急に心に引っかかった。

「……松田さんのところって、やっぱ慶心初等科狙いなの」

声のトーンを落とした秋よりも、さらに声をひそめて、倫子がささやく。

「わたしはあんまり詳しくは知らないんですけれど……。主人が松田さんのご主人とラグビーの関係でお付き合いがあるんです。ご主人、わたしと同い年の方なんですけれど、代々慶心のお家の方みたいで。でも、ご本人は初等科が駄目だったそうなんです。結局中学も慶心には行かずに明陵学園に行かれて、そのまま大学まで。だから、どうしても由美香ちゃんは慶心に行かせたいみたいなんです」

秋の背筋に、冷たいものが走る。

瀬川園長の言っていた、直訴して来た保護者のバックグラウンドと、朋子の家のそれは見事に合致しているように思われた。

倫子の言葉に「へえ」とだけ返して、秋は視線を朋子に向ける。元キャビンアテンダントというだけあって、細く長い脚（あし）をきれいにそろえて、向かいの母親と相変わらず楽しげに談笑している。

今度は、蓮に目を向ける。

入り口の左側の舞台スペースに、子供たちが集まって遊んでいる。

秋は、倫子に「ちょっと様子見てくるね」と告げて、舞台の方へ足を向ける。子供たちの会話がぎりぎり明瞭（めいりょう）に聞こえる程度に離れた場所に陣取って、耳をすませる。

――だれが先生やる？

――わたし！

――由美香ちゃんおべんきょうできるもんねえ。

どうやら、「学校ごっこ」をしようとしているらしい。最近の蓮はますますしっかりして来ているけれど、こういうグループ遊びのときには相変わらず自己主張が弱く、先生役を取り合うクラスメートたちをただにこにこと眺めるばかりだ。

「よし、じゃあ由美香ちゃんに先生やってもらおうぜ」

蒼のはきはきとした声が響く。普段の教室でも、蒼がこうしてリーダーシップを発揮しているのだろうと想像できる。

由美香は自身が先生役に決まったことに「当然」というような顔をしながらも、やはり嬉しそうで、張り切って見える。

「それでは皆さん、きょうはテストをします」

長い黒髪をお団子にまとめてアップにした、紺地に白いリボンのついたワンピース姿の由美香が、舞台の上に置かれたホワイトボードの前に立ち、いかにも「先生」といった感じで他の子供たちを睥睨（へいげい）する。

宴会場内の電話の横に置かれていたメモ用紙を勝手に持ってきたのだろう。由美香がひとりひとりにメモ用紙を配りはじめる。

蓮は、舞台の端っこのほうに同じクラスのけんと君と一緒に座って、顔を見合わせている。

「ねえ！　おかあさま！　えんぴつちょうだい！」

舞台の上から、由美香が朋子に叫ぶ。「おかあさま」という呼び方に、秋の過去の記憶が喚起（かんき）される。敬天会幼稚園の年中のころまでは、秋は知香のことを「マミー」と呼んでいた。外国かぶれだった、という修也の影響もあるのかもしれない。でも、年長に上がるころ、知香から急に「今日からはマミーのことは〝おかあさま〟と呼びなさい」と言われた。そして、一緒に暮らしてもいない父親の修也についても、話をするときは「おとうさま」というように、と。結局、秋は、初等科を卒業するまで知香を「おかあさま」と呼び続けた。もはや存在すらあやふやだった父親について語るときも、律儀に「おとうさま」と言い続けた。いま思えば、あれも〝受験対策〟の一環だったのだとわかる。

談笑を邪魔された朋子が、向かいの母親に「ごめんねえ」と言いながら、由美香に向かって「色鉛筆しかないわよ」と答えた。

「それでだいじょうぶ！」と言う由美香が舞台から降りて朋子に駆け寄る。朋子は、水色の大きなバーキンのなかからぺんてるの十二色入りの色鉛筆セットを取り出して、はい、と由美香に渡した。満足そうに受け取った由美香は、意気揚々と舞台へと戻ってゆく。

「はい、それでは〝ひっきようぐ〟をくばります」

気を取り直した由美香が、居丈高(いたけだか)な様子で子供たちに向き直る。蓮は耳慣れない「ひっきようぐ」という言葉に、ぽかんとした顔をしていた。最近では子供の「おえかき」にタブレットを使う家も多いらしい。メモ用紙と色鉛筆というアナログな組み合わせを見ていると、牧歌的な懐かしさのようなものを感じる。

「きょうのテストは〝かぞく〟についてです。いまくばった紙に、みなさんのかぞくの絵をかいてください。せいげんじかんは五ふんです。よーい、はじめ！」

はっきりとした、それでいてやや冷淡さを孕(はら)んだ由美香の口調を聞いていると、本当に教師に向いているような気がしてくる。倫子の言う通り、もうかなり受験対策を進めているのかもしれない。受験塾などで、こうしたテストをすでに受けた経験があるからこそ、リアリティを伴った〝教師〟になりきれているのだろう。

子供たちは皆真剣な面持ちで、舞台に這いつくばってメモ用紙に絵を描いている。

それにしても、よりによって「かぞく」とは。

秋は、自分も由美香の「テスト」を受けさせられているような気持ちになった。

――はい、しゅうりょうです。ひっきようぐを置いてください。

「テストをあつめます」

由美香が淡々と、メモ用紙を回収してゆく。さすがに「答案」という言葉は知らないらしい。

でも、大人びた由美香の様子を見ていると、そういう言葉を知っていてもおかしくないような気がしてくる。
何気なく窓の外に目を向けると、空が曇りはじめている。今年の梅雨は空梅雨で、かなり暑い。降水量も例年になく少ないらしい。でも、この分だと今夜あたりから雨が降るかもしれない。幼少期から軽井沢の別荘や、ハワイのコンドミニアムなど自然のなかで過ごすことの多かった秋は、「雨の匂い」に敏感だ。家を出るときの空気で、その日に雨が降るかどうかがだいたいわかる。だからいままで、傘を持たずに出かけて急な雨に降られたことはほとんどない。とはいえ、今日に限っては秋の体感レーダーが鈍っていたのかもしれない。窓の外の景色はどんどん灰褐色に染まっていて、いまにも大粒の雨が降り出しそうに見える。

「はい、それでは〝さいてん〟のじかんです」

凜とした由美香の声に、秋はわれに返った。ホワイトボードの前に立ちはだかった由美香が、集めたメモ用紙を小さな手のなかでぱらぱらと捲りながら、厳しい顔で「うーん」と唸っている。

「まず、もちづきあおいくん」

「はい！」

いつのまに近くに来ていたのか、すっかり赤ら顔になった智人が「おう、蒼！　がんばれよ！」と声をかけている。

「もちづきくんの〝かぞくのえ〟はおかしいところがあります。今日のもちづきくんのおかあさんはしろい服を着ているのに、このえのなかでおかあさんは茶いろになっています。てゆーか、かぞく全員が茶いろです。おかしいので、もちづきくんの〝てんすう〟は三十てんです」

満点が何点の設定なのかはわからないが、無情にも「三十点」を告げられた蒼は、由美香に猛抗議をはじめる。

「えー、しょうがねえだろ。だって由美香ちゃん、茶いろのえんぴつ渡して来たんだから。茶いろしかかけないいっつーの」

　明るく、元気な口調での〝抗議〟に、様子を見ていた大人たちも思わず笑顔になる。それでも秋は、どうしても笑う気になれない。洋服の色について細やかに指摘する由美香が、大人たちが思う以上に洞察力のある〝教師〟に思われてならなかった。

「つぎは、よしかわりんちゃんです。りんちゃんの〝かぞくのえ〟はとてもじょうずです。ふとっているおとうさんの〝とくちょう〟をよくつかんでいます。りんちゃんは百てんまんてんです」

　吉川凛は、由美香がクラスで一番仲良くしている女の子のはずだ。なるほど、この採点には多分に〝忖度〟と〝贔屓（ひいき）〟が機能しているらしい。ということは、由美香とそこまで仲良くない蓮の点数は、きっと蒼と同じく三十点か、あるいはそれ以下がいいところだろう。

「ところで、なまえをかいていないテストが何枚もあります。なまえのないテストはほんとうはゼロてんですが、きょうはとくべつに〝さいてん〟してあげます」

　すると、どうやら名前を書き忘れたらしい男の子が手をあげて〝抗議〟する。

「せんせい！　テストの紙に〝なまえ〟をかくところがありませんでした！　なのでせんせいがわるいとおもいます」

「いいえ。わたしの行っている〝お教室〟では、テストになまえをかくのはあたりまえです。がっこうでもあたりまえです」

　有無を言わさぬ由美香の論理に対して、男の子はなにも言えずにすごすごと上げた手をおろした。由美香は「お教室」と言った。おそらく、小学校受験対策の幼児教室だろう。

「それでは、なまえのかいてないテストの〝さいてん〟です。このみどり色でかかれた〝かぞくのえ〟です。これはおかしいですねえ。かみの毛のみじかい男のひとがふたりいるようにみえます。おかあさんがどこにもいません。おかあさんのいない〝かぞく〟なんておかしいです。かみさまはそういう〝かぞく〟をゆるしません。なので、このえは〝かぞくのえ〟ではないのでゼロてんです。これをかいたのはだれですか」

秋の脳髄が一瞬にして冷えた。のち、みぞおちのあたりがカッと熱くなる。なにも、考えられなくなってゆく。

蓮が、ゆっくりと手を挙げるのが見えた。

蓮、やめろ！

と、叫びたかった。

「ぼく、です」

「おおたがわれんくん、ですね。なんであなたはおかあさんのえをかかないんですか」

残酷なほどにまっすぐな由美香の問いかけに、蓮がなんとか答えようとしている。

——答えなくていい。いますぐ、逃げておいで、蓮。

助け舟を出してやりたいのに、声が出ない。グラスを持った左手も、トートバッグを持った右手も、情けないほど小刻みに震えている。

「ぼくのいえには、おかあさんがいないからです。秋くんとテツくんが、ぼくのかぞくです」

もう、やめてくれ。

言いたいのに、どうして声が出ないのだろう。

「どうしておかあさんがいないんですか」

「……わかりません」

これ以上見ていられなくて、舞台から目をそらす。すると、母親たちの輪のなかで談笑していたはずの朋子が、じっと舞台を見つめているのに気がついた。

「わからないんですか！　おおたがわれんくん。あなたはあたまがわるいですねえ。おかあさんがいないのに〝かぞく〟だなんて、かみさまがおこっていますよ。かみさまをおこらせたら、〝たいがく〟です。あなたはこのがっこうにいてはいけませんね。お教室からでていってください」

容赦（ようしゃ）なく蓮に〝退学〟を宣告する、由美香の声が聞こえた。

秋は、再び舞台に目を向ける。

由美香は、腰に手を当てて蓮を指差しながら、笑っていた。ぱっちりとした二重瞼（ふたえまぶた）の目をきらきらとさせながら、白く小さな歯を輝かせて。

眩しいばかりの笑顔は、母親の朋子にそっくりだった。

「由美香！　こっちへいらっしゃい。そろそろみんなでごちそうさまするわよ」

朋子が、舞台にいる由美香に声をかける。

「はい、おかあさま！」

由美香が舞台から降りると、ほかの子供たちも、みなそれぞれの親元に駆け寄ってゆく。舞台の上にはただ呆然とした様子の蓮だけが、ぽつりと取り残されていた。

秋が、つかつかと舞台に歩いてゆく。

気づいた蓮が、秋に向かって小さく呟く。

「あのね、蓮くん、〝たいがく〟になっちゃった」

深くうなだれる横顔が、ぼやけてゆく。こめかみと、鼻の奥がツンと痛み、秋は下唇を嚙みしめる。

「……蓮、帰ろ」

差し出された秋の左手を、蓮は痛いほど強く握り返してから立ち上がった。

「秋くん、どうしたの。だいじょうぶ？」

「だいじょうぶだよ。だいじょうぶだから、蓮、早く帰ろう」

全然、大丈夫じゃなかった。声は裏返り、涙は止まりそうもなかった。

誰にも気づかれずに、この場を早く立ち去りたい。そして、一刻も早く家に帰って、蓮を抱きしめてやりたい。今夜は修学旅行の応援を終えて、哲大が帰ってくるはずだ。早く、三人の家に帰りたい——。秋の頭のなかは、それでいっぱいだ。

「でも、みんなでいっしょに〝ごちそうさま〟しないとだもん」

蓮はそう言うと、自らぽんっと舞台から飛び降りて、子供たちの輪のなかへ入って行く。

取り残されたのは、秋のほうだった。

「そんなことがあったん」

特別支援学校の修学旅行は大変だ。学校には重度肢体不自由児もいるようでもしもの時がないよう入念に準備しているという。人工呼吸器が夜中に止まってしまったら、教え子は命を落とすことになる。宿泊学習や修学旅行ともなれば、引率教員は一睡もしないのが当たり前だ。

帰宅した哲大は、案の定疲れ切っていた。

そんな彼に、昼間のできごとを話すのは憚られたけれど、話さずにはいられなかった。

「俺、正直もう敬天会で蓮を守っていく自信がないかもしれない」

昼間、秋の感じた雨の予感は案の定当たって、深夜十一時のバルコニーからは、ぴとん、ぴしゃん、と雨だれの音がする。

「秋さん、そんなところにひとりで行かせてもうて、ほんまごめんなあ」

申し訳なさそうに哲大が言う。

「でも蓮は強いよ。ちゃんと由美香ちゃんたちと一緒に〝ごちそうさま〟までいたんだもん。俺のほうが無理だった。朋子さんの顔、まともに見れなかった」

涙を堪えきれなかった秋の心配までして、ちゃんと会の最後まで堂々としていた蓮の勇姿の頼もしさを、しっかりと哲大に伝えておきたかった。そして、蓮や秋を「ほしK組」から追い出そうとしている〝犯人〟が、おそらく朋子であることも。

「いや、秋さんはえらいで。俺やったら、たぶんブチ切れとったわ」

「俺は、なにも言えなかった自分が情けないよ」

哲大は眠そうで、話を聞きつつも、時おり瞼が落ちそうになっている。

「秋さんは間違ってへんよ。ことを荒立てたら、蓮が幼稚園でやっていきづらくなるやろ」

あんな思いをしてまで、敬天会幼稚園に在園しつづけることに、拘泥すべきなのだろうか？

そんな思いが胸をよぎる。

「……幼稚園、区立に戻りたいな」

思わず本音が口をつく。

いまにも寝落ちしそうになりながらも、哲大は「うん、うん」とかろうじて話を聞いてくれている。

「でもなあ、蓮はちゃんと向き合おうとしてるんとちゃうかな。敬天会の環境とも、由美香ちゃんとも。それに、ここでいま辞めたら、それこそ追い出そうとしてるひとの思う壺ちゃうの」

たしかに、そのとおりだ。それに、一学期の終業式まではあと二週間。ひとまず、様子を見るのが正解なように思われた。

気づけば、哲大はソファの上ですっかり眠りこけていた。

今日は早起きをしたというのに、秋はちっとも眠くならなかった。


お迎えに行くのが、こんなに憂鬱だったことはない。

朋子と顔を合わせることを考えると、手のなかに汗がじわりと滲んでくる。蓮が幼稚園に行っている昼間の五時間は、秋にとって貴重な仕事時間なのだけれど、今日はまったく手につかない。女性誌から頼まれている十枚のコラムの締切は五日後だというのに、結局一文字も書くことができなかった。

キッチンカウンターの上で、無機質な白い光を放っているMacBookを閉じてから、一度大きく息を吐き出し、秋は立ち上がる。

車のキーは、リビングのソファセットのサイドテーブルに置いてある。たった三メートルの距離を進むのが、億劫に感じられて仕方がない。

大きな窓の向こうには、夏の陽光にきらめく照葉樹の植栽越しに、変わらぬ母校のグラウンドが見える。青々と茂った大きな欅の横で、子供たちがフットベースに興じているのが見える。

慶心初等科では、一年生と二年生の体育は担任教諭が担当するけれど、三年生以上は体育専門の教員が指導する。低学年のうちは、球技はドッジボールのみ。三年生になると、フットベースが始まる。欅の下で涼みながら、笛を首にぶら下げて子供たちの様子を見ている白髪のがっちりした体軀の男性が見える。あれはきっと、体育の瑞慶覧先生だろう。たしかそろそろ六十五歳の定年のはずだ。

初等科時代、秋は体育が大嫌いだった。

いや、町田先生が指導してくれていた一年生と二年生のあいだは、体育を苦手だと思ったことはなかった。体育の授業がある日を憂鬱に感じるようになったのは、三年生になって瑞慶覧先生が担当するようになってからだ。

沖縄出身の瑞慶覧先生は体育大学卒で、水泳が専門だ。筋骨隆々とした浅黒い身体の上には、三白眼気味の鋭い眼が光っていた。

〝徳心は獣身の裡にのみ育まむ〟

慶心初等科創立以来のモットーは、瑞慶覧先生の口癖でもあった。

徳にあふれる心は、獣のごとく鍛えられた身体のなかに育つ——。

なるほど、慶心初等科という学校は、体育教育を重視していた。卒業するまでに、四十五分以内に千メートルを泳ぎきらなければならない。縄跳びは、ビニール製ではなく昔ながらの麻のものが指定されていた。二重跳びなら二十回以上、駆け足跳びは五分以上。後ろ二重は十回で良かったけれど、エックス跳びや五段跳びなど、複雑で難しい課題がたくさんあった。それらをクリアするごとに、級が上がってゆき、成績にも反映される。

運動も集団行動も苦手だった秋に、瑞慶覧先生はとにかく厳しかった。縄跳びでは、放課後じゅう特訓させられたこともあった。サッカーの授業で、ルールについて質問されて答えられなかったときは、容赦なく頭を叩かれた。秋は怖くて、泣くことさえできなかった。

気づけば、瑞慶覧先生の体育の授業がある日は、ベッドから起き上がるのさえ苦痛になった。支度は緩慢になり、朝食もほとんど食べられなかった。心配をかけたくなくて、知香に相談することもできなかった。

いよいよ体育の時間となり、教室で体操着に着替えていると、手が震え、脂汗が出た。

でも、耐えるしかない、と思った。

修也と正式に協議離婚してからの知香は、秋や春の成績に対してより一層、一喜一憂するようになっていた。

――聞いて、パパ。秋が二重跳びを三十回も跳べるようになったのよ。

――パパ、春は今学期の成績オールAですって！

――春は六年間皆勤賞よ！

征二郎も昭子もいた五人家族の食卓で、知香は長男長女の成績や成果を、夜ごと嬉しそうに語るのだった。離婚して独り身となった上、デザイナーとしてますます多忙になっていた自身が、それでもしっかり子育てできていることを父親の征二郎に示すことで、知香は安心させたかったのかもしれない。

そんな知香を前にして、とても「学校に行きたくない」とは言えなかった。体育のある日の憂鬱とストレスに、結局秋は卒業まで耐えきった。

蓮のお迎えに向かおうとしているいま、秋の胸にはあの瑞慶覧先生の体育の記憶が、まざまざと蘇っている。あのときの胸が潰れるような緊張感と憂鬱が、三十年近い時を超えて、ふたたび秋の心身を支配しようとしている。

「今日もありがとうございました」

引き攣りそうになる顔を隠しつつ、秋は吉田先生に頭を下げる。「いえいえとんでもありません。それじゃあ蓮君また明日ね」とにこやかに応じる吉田先生に、蓮も笑顔で手を振りながら、「せんせいまたあした！」と元気に答えている。

正門を入ってすぐの、胸像の前の定位置で、朋子を中心とした五人の母親たちが輪になって話に興じている。秋は、高鳴る鼓動を抑えつつ、目を伏せて通り過ぎようとする。

「あら、秋さん。もうお帰りですか」

朋子が声をかけて来る。傍らでは、相変わらず勝気な目をした由美香が、じっと母親たちの話が終わるのを待っている。美少女、と言って差し支えない顔立ちは、朋子にそっくりだ。ぱっちりとした両の目の下にある、小さく愛らしい口に、目が行ってしまう。先週末「バイブル・クラブ」で、あの口が残酷な言葉を放ったのだ。朋子と由美香の姿を見ているだけで、体温がすうっと下がってゆくのがわかる。

朋子の言葉に「ええ、それでは」とかろうじて答えて秋は去ろうとするけれど、朋子はなおも秋に話しかけて来る。

「秋さんと蓮君は夏休みどうされるんですか。わたしたち、いまちょうど話していたところなんです」

朋子の笑顔は、合同誕生会に誘って来たときと変わらず、屈託がない。この笑顔の裏で、娘の由美香に秋の家族は「神様が許さない家族」だと教え込んでいたのだと思うと、秋はますます寒気を感じる。

ひとの信仰にとやかく言うつもりはないが、この笑顔を見ているかぎり、朋子と由美香は本当に秋たちが許されざる存在だと信じているのかもしれない。とにかく無邪気で、屈託がないのだ。明確な悪意があれば、怒りをぶつけることができる。でも、そこに悪意がないならば？　この行き場のない思いを、どう消化すればいいのだろう。

「夏休みは特に何も考えていませんよ。軽井沢の別荘にでも行って、のんびり過ごそうと考えています」

話の輪にとどまる意思はない、と言うように、秋は敢えて抑揚のない、冷たい声色で早口に答える。

「まあ、素敵。大田川家の別荘でしたら、さぞかし素晴らしいんでしょうね」

皮肉を言われたのかと思ったけれど、朋子の表情は相変わらず明るく悪意など微塵も感じられない。

「朋子さんのところはどうなさるんですか」

遠慮がちな声で、倫子が訊ねる。倫子はいつも通り控えめで、華やかな朋子を中心とした母親たちの輪の中では、相変わらず目立たない存在だ。わずかばかり口角を上げて、どうにか笑顔らしきものを顔に浮かべている。

「うちはね、ボツワナに行こうと思っているの。由美香が動物が好きでしょう。一度本物のサファリを見せておきたくて。ボツワナってアフリカだけど、とても安全なの。うちの主人のお父様がね、以前バカンスでボツワナに行ったんですって。ラグジュアリーホテルもあって、素晴らしいところだったって言うのよ。わたしもクルー時代、アフリカは行く機会がなかったから行ってみたくて。サファリへのツアーも、全部コンシェルジュが手配してくれるらしいわ」

哲大が聞いたら、腰を抜かすだろうな、と秋は思う。

――ライオンも象も、動物園におるやんけ！

呆れながら言う哲大の顔が目に浮かぶ。

「さすが朋子さんのお宅ね。すごいわ。うちなんて、せいぜいハワイがいいところ」

倫子の右隣にいた母親が讃嘆の声を上げる。彼女はたしか「ほしT組」の保護者で、子供の受験は青天学舎（せいてんがくしゃ）小学部を狙っている、と噂で聞いたことがある。雰囲気と話しぶりからして、そこまでの素封家（そほうか）ではないのだろう。夫は、商社マンか銀行員といったところか、と秋は勝手に予想する。

「ハワイもいいじゃない。でもね、子供に〝本物〟を見せておくのは大事みたいよ。それに、どこを受験するにしても、子供がどれだけ豊かな経験を積んでいるかは大切だ、って言うし。倫子さんは？」

朋子に話を振られた倫子は、どぎまぎとした様子で愛想笑いを浮かべつつ、「うちはそんな……」と言葉を濁している。

「うちは夏休みの予定もすべて主人任せで……」

恥ずかしそうに下を向いた倫子に対して、朋子は困ったように笑いながら「まあ倫子さんのところはそうよねえ」と言う。

「倫子さんのところは慶心一本狙いでしょう？　智人さん、初等科ご出身ですものね。うちなんて慶心初等科なんか夢のまた夢だけど、倫子さんのところはその点智人さんのおかげで確実だから羨ましいわ。智人さんの力で、蒼君の将来は安泰ね」

朋子の悪気（わるぎ）なさそうな物言いに、周囲の母親たちもみな「ほんとね」、「羨ましいわ」と同調して笑い出す。倫子は、相変わらず下を向いていてその表情は窺えない。

「じゃあ、帰りましょうか」

朋子のひと言で、母親たちがそれぞれ「じゃあまた明日」と言って散り散りになってゆく。

秋も、やっと緊張感から解放されて、「では」とひと言発して蓮の手を引いて正門へ向かう。

そのときだった。

さっきまで下を向いていた倫子が、わずかに顔を上げたのが見えた。傍らの蒼の手を握りしめたまま、倫子はその黒い前髪のすき間から、能面のような冷たい怒りを宿した目で、朋子を睨(にら)みつけていた。


秋は、不眠症になった。

蓮を引き取るまで、長らく昼夜逆転に近い不規則な生活を送って来たせいか、元来自律神経は乱れがちだったけれども、「バイブル・クラブ」での合同誕生会と、先日のお迎えを経て、秋の不眠はなおさら顕著になった。

床に就くと、途端に激しい動悸に襲われる。息が苦しくなって、呼吸が浅くなる。やっとうとうとしはじめたと思ったら、あのときの由美香の声と、一瞬垣間見えた倫子の冷たい目が蘇って、目が冴えてしまうのだ。

眠れない日が続くと、疲れがたまる。肉体と精神に着実に蓄積してゆく疲労と呼応するように、思考はますます後ろ向きになってゆく。

学期末ということもあって、哲大も忙しい。

いままでは、心に溜まった澱(おり)をその日のうちに哲大に吐き出すことで、心身のバランスを保って来た。

でも、ここ数日の哲大は、仕事を終えたらそのまま外で食事を済ませて、帰宅後は疲れ果ててすぐに就寝してしまう。朝、出掛けに二三の言葉を交わすことはあっても、じっくりと顔を突き合わせて話をする時間がなかなか取れない。

一昨日、久々に会って打ち合わせをした担当編集者には、開口一番「疲れてますね。大丈夫ですか」と心配された。

とはいえ、秋本人とて、いまの自身の状況が大丈夫なのか否か、判断がつかない。

今日も、どうにかいつもどおり蓮を幼稚園まで送り届けた。一旦帰宅して、ソファに横になる。眠れないなりに、体を休めておけば、体調も多少はましになるような気がする。

——ぶぶぶっ、ぶぶぶっ。

サイドテーブルの上に置いたスマホが、着信を告げる。せっかく浅い眠りに落ちかけていたのに、覚醒(かくせい)を強いられる。表示されている番号に、見覚えはない。

「……はい」

眠気と不機嫌さを隠すことなく、画面をスワイプして電話に出る。

「あ、秋さんでいらっしゃいますか」

明るく、甲高い声に、秋の胸の動悸が激しくなる。

どちらさまですか、と訊くまでもなかった。明らかに、声の主は朋子だった。

「なんで、しょうか」

日頃の秋からは想像できない、低い声が出た。

「突然すみません。松田です。先週のお誕生日会、ありがとうございました。うちの由美香も蓮君と一緒に遊べて喜んでいました」

――しらじらしい！

言ってやりたいのに、喉の奥が震えて言葉が出てこないのは、この間の合同誕生会のときと一緒だ。かろうじて「いえ……」と相槌を打つ。

「今日お電話したのは本当に無理なお願いでして。もし難しければご放念頂きたいんです。ただ、どちらにしろ今日お電話差し上げたことは、ほかのご父兄の方々にはどうか内密にお願いしたくて。よろしいですね」

お願い、と言いながら、「よろしいですね」というのは果たしてどういう神経をしているのだろうと訝りたくなる。

合同誕生会での由美香の言動は、あの日からずっと、昼夜を問わず秋の心を苦しめている。

おそらく、朋子は夜ごと由美香に言い聞かせているのだろう。

――蓮君のご家族はね、〝まちがった家族〟なのよ。男同士で〝夫婦〟になることはね、聖書でしっかりと戒められているのよ。

想像が、膨らんでゆく。想像とともに、先日味わった悔しさとやるせなさが、秋の脳裏に鮮やかに蘇る。

いっぽう、朋子が「内密に」と念押ししてくるということは、余程のことなのだろう。場合によっては、朋子の〝弱み〟を握ることになるかもしれない。蓮と秋が敬天会で生き抜く上で、それは助けになるかもしれない。

逡巡の果てに、秋は「お約束します」と答えていた。

「そうおっしゃっていただけて良かったです」

「それで、お願いというのは」

秋は、打算と憎しみ、そして悔しさで溢れかえる心を隠しつつ、問い返す。

電話口で、朋子が息をのんだような気がした。

「単刀直入に申し上げるんですが……。今度の慶心初等科連合同窓会に私と由美香を連れて行って頂きたいんです」

「連合同窓会、ですか」

「ええ、そうです」

「なぜ?」

「由美香を、慶心初等科に入れたいからです」

朋子は悪びれもせずに言った。

秋の在学中からルールが変わっていないとすれば、慶心初等科の教員が、受験生やその保護者と面会するのは〝ご法度〟だ。とはいえ、実際には少なくない受験生の保護者が、子供を現役教員に会わせている。

慶心初等科の入学試験においては、複数の教員が「試験委員」として立ち会う。各教員は、担当した科目の合否の裁量権を持っている。慶心学院初等科ウェブサイトの「受験について」のページには、「最終的な合否の判定は試験委員を務める教員の合議によってなされます。特定の教員の意向に依(よ)ることはありません」とあるが、それは建前だ。事前に子供を教員に会わせ、「顔を覚えてもらう」ことは慶心初等科受験における「常識」とすら言われている。そして受験生の保護者たちは、子供を現役教員に会わせるための「ルート開拓」に躍起(やっき)になっている。

六十年近く前の知香の受験のときも、大変だったらしい。大田川家の係累には、慶心出身者はおろか、高校を卒業した者さえいなかった。そのようななかで、征二郎は知香を慶心初等科に入れたのだ。当時、青心会会長を務めていた、さる経済人を通じて知香を現役教員に面会させるべく、征二郎は並々ならぬ苦労をしたという。

その点、秋や智人のような卒業生は、圧倒的に有利だ。慶心初等科で年に一回開催される連合同窓会には、卒業生はもちろんのこと、家族も自由に出席することができる。担任や、専科で教えを受けた恩師に、堂々と子供を紹介することも可能だ。秋自身、敬天会幼稚園にいた頃、知香に連れられて慶心初等科の連合同窓会に訪れたことを覚えている。

連合同窓会には、家族のほかに、一組までなら友人を連れてゆくことも許されている。この「友人枠」は、子供を慶心初等科に入れたいと願う保護者にとって、まさしく「垂涎の的」となっていた。

——十年前。

この「友人枠」がインターネットのオークションサイトで売りに出たことがあった。慶心初等科の卒業生のもとに届く連合同窓会の出欠確認のための、卒業生氏名と学校印入りの返信はがきが〝マーケット〟に出たのだ。返信はがきには「招待者氏名（一組まで）」という欄があり、ここに名前があれば「友人枠」として慶心初等科連合同窓会に参加できる。一万円を売出価格としてスタートしたオークションは、大いに沸騰した。最終的に、たった一枚のはがきが、百二十万円で競り落とされたのだった。

「オークション」はまたたく間に話題になり、翌年には二十枚近くが「出品」され、〝最後の一枚〟の最高価格は三百五十万円にまで高騰した。

オークションが始まって三年目、ついに学院監督局が本件を問題視し、理事会の議題として俎上に載せられた。理事会と評議会を経て、「友人枠」は廃止されることになった。

その友人枠が、昨年から「復活」したのだ。「卒業生本人と必ず同伴のこと」という、但し書きが加えられた上で。

朋子は、その「友人枠」を狙っている。

「……なぜ、僕なんでしょう」

秋は敢えて、朋子が答えに窮するような質問を繰り出してみる。

朋子は、敬天会幼稚園の保護者のなかではかなり顔が利くほうだ。秋の同級生だけでも、三人もの慶心初等科出身の保護者がいるわけで、上や下の代もくわえれば、かなりの数になるだろう。朋子ならば、彼らにアプローチすることも容易いはずだ。「ほしK組」には智人・倫子夫妻もいる。朋子にとって倫子は、秋よりもはるかに親しい存在だ。それなのになぜ、秋に頼むのだろう。なぜ、園長に直訴して追い出そうとまで企てている秋に。

「町田先生を、ご紹介いただきたいんです。秋さんの担任でいらっしゃったんでしょう?」

「町田先生を?」

「だって町田先生、次期〝科長〟候補の筆頭じゃないですか。慶心初等科を目指す保護者なら、いま一番お目にかかりたい方だと思いますよ」

知らなかった。

町田先生がいまとなってはそんな〝重鎮〟になっているとは。

朋子の話を聞きながら、秋は先日の合同誕生会が「バイブル・クラブ」で開かれた理由についても、見当がついたような気がした。あの時、町田先生と秋がばったり出くわしたように、「バイブル・クラブ」には慶心学院の教員たちも頻繁に出入りしている。敬天会幼稚園の保護者たちがこぞって「バイブル・クラブ」を利用したがるのは、決して立地やサービスだけが理由ではあるまい。むしろ、慶心初等科の関係者との「遭遇」こそが目的なのかもしれない。

朋子はあの時点で、町田先生の顔を知らなかったのだろう。知っていたならば、無理矢理にでも話の輪に加わって知己を得ようと躍起になったにちがいない。朋子にとってあの日、町田先生を「スルー」してしまったことは、おそらく大きな失点なのだろう。それを挽回するために、こうしてプライドや意地をかなぐり捨てて、秋に電話をかけて来たのだ。

とはいえ、園長に直訴するほどに忌み嫌う相手に、こうして平然と頼みごとができる神経が、秋にはどうしても理解ができない。

「たしかに町田先生は僕の担任ですが。ただ、『ほしT組』にいる五十野さんと三浦さんも町田先生の教え子ですよ。松田さん、親しくされているじゃないですか。あちらに頼まれたほうがいいと思うんですが」

率直に伝える。すると、電話口から笑い声が聞こえて来た。

「秋さん、何おっしゃってるんですか。あのお二人に頼めるわけがないでしょう。秋さんじゃないと無理です」

どういうことなのだろう。朋子の言わんとしていることが、わからない。

「どういうことですか」

素直に疑問をぶつけた秋に、朋子は半ば呆れたような口調になった。

「だって、蓮君は慶心初等科を受けないでしょう」

なぜ朋子は蓮が受けないと断言できるのか。怒りや苛立ちを通り越して、秋の頭のなかは疑問符でいっぱいだ。

「あの、僕はたしかにまだ蓮の将来については決めかねていますが、なぜ松田さんは僕たちが慶心初等科を受けないと断言できるんです？」

「……なぜ、って。それは秋さんがおわかりなんじゃないですか」

「正直に言います。まったく見当がつかないです。教えていただけますか」

言葉遣いは丁寧さを保ちつつも、どうしても口調はつっけんどんになる。

「だって、聖書の教えを重んじる慶心が、神のみ旨に逆らうような家族を受け入れるわけがないですから」

——かみさまはそういう〝かぞく〟をゆるしません。

舞台の上で、由美香が蓮に言い放ったとき、無邪気に笑っていた理由がわかった気がした。そして、朋子の物言いからいっさいの「悪気」が感じられない理由も。

朋子の信仰は純粋で、保守的なのだろう。その信仰は、そっくりそのまま娘の由美香にも受け継がれている。

言葉を失った秋に、電話口の朋子が勝手に話を続ける。

「というわけで、お受けいただけますよね。蓮君も、由美香がご一緒させていただいた方が楽しいと思いますし。五十野さんや三浦さんがご一緒だと、どうしても〝ライバル〟になってしまいますから、ギスギスしちゃうと思うんです。その点秋さんと蓮君はライバルにならないですから、わたしも気楽ですし、心強いわ」

朋子のうきうきとした声に、秋は人生ではじめて、本物の「怒り」を抱いた。先日のお迎えのとき、無邪気に屈託なく笑う朋子と対峙して、消化しきれなかった感情が、いま明確に「怒り」

という形を成した。

「……申し訳ありませんが、お話はお断りします。ただ、お約束どおり今日お電話頂いたことは他言はしません。その点は心配なさらないでください」

「え？」

今度は、朋子が絶句する番だった。

電話口の向こうから、「どうして……」という声が聞こえてくる。相変わらず、いっさいの悪意がない。朋子は本気で、秋がなぜ断るのかがわからないようだった。

「わかりませんか」

意趣返しのように、朋子に問いかける。朋子はおろおろした声で、ひたすら「なんで……」と繰り返している。

「はっきりと申し上げておきます。蓮は、僕の母校、慶心学院初等科を受験します。蓮は僕の後輩になる予定です。松田さん、あなたは僕のライバルなんですよ」

秋の宣言に、朋子は二の句を継げずにいる。

「では、僕はそろそろお迎えに行かなければならないので失礼します。由美香ちゃんのご健闘、お祈りしていますね」

迷いのない目で、秋はスマホの通話終了ボタンを押す。

スマホを握りしめていた左手が、汗に濡れて、てらてらと光っている。全身が、不思議なくらい熱かった。

9

「学校法人慶心学院基金部」と印字された大判の茶封筒が届いたのは、敬天会幼稚園の一学期終業式が十日後に迫った、暑い金曜日の真昼だった。

さっそく封を切る。中には、A4サイズの紙が二枚入っている。

〈大田川蓮様
このたびは「初等科教育充実資金」指定寄附のお申し出を下さり、ありがとうございました。頂いたご寄附は、必ず有意義に使わせていただきます。取り急ぎ、御礼と併せて領収書をお送りいたします。ご査収の上、ご質問等ございましたら、基金部までお問い合わせ下さい。

学校法人慶心学院基金部〉

二枚目のA4用紙は少し厚手で、学校印が捺(お)された領収書となっていた。

〈金10000000円〉

金額を確認して、秋はふうと息をついた。

先日の朋子からの電話のあと、秋は知香にさっそくLINEを送った。

Autumn：知香さん、やはり蓮を初等科に入れたいと思います。つきましては、色々ご指南下さい。

「既読」がついた瞬間、知香から着信があった。

『あなた、大学院卒業してから一回も寄附してないわよね。今からでも間に合うと思うから、今年と来年は惜しまず寄附金積みなさい。一回一千万で充分よ。その代わり用途指定じゃないと駄目。必ず初等科向けの用途指定寄附にしなさい。あとは、お教室ね。あたしはやっぱり「田島会」が一番だと思うわ。少数精鋭だし、相変わらず指導も厳しく丁寧よ。田島先生には、あたしから連絡しておくから、あなたもすぐに挨拶に行けるようにしておきなさい。それから……』

知香は、まるで水を得た魚だった。矢継ぎ早に次々と指示を出す声には、やる気と活力が漲っていた。亜実を慶心初等科に入れることができなかった「失敗」を挽回しようと、躍起になっているのが電話越しにもひしひしと伝わってきた。

九月の「連合同窓会」には、当然ながら哲大と蓮のみを連れてゆくつもりだ。町田先生以外の教員にも、しっかりと蓮の顔を売っておかねばならない。苦手だった瑞慶覧先生にも、いまならば気兼ねなく話すことができるだろう。蓮に慶心初等科合格という栄光を授けるためならば、過去の葛藤など、取るに足らないものだ。

町田先生には、別途、一緒に食事をする約束を取り付けた。知香の指示と自身の判断力を頼りに、秋は着々と蓮の受験の準備に邁進（まいしん）している。

朋子とは、電話の翌日にさっそく幼稚園のお迎えで顔を合わせた。秋がとびきりの笑顔で会釈をすると、朋子は気まずそうに顔をそらして、そそくさと母親たちの輪の中へ去って行ってしまった。

痛快だった。

蓮と秋を追い出そうとしたことの報いを、必ず彼女には受けてもらわなければならない。とはいえ、卑怯な真似はしない。蓮を確実に、慶心初等科に入れること。それこそが、朋子に対してもっとも効果覿面な毒矢にちがいない。

来週には、秋と春もかつて学んだ小学校受験塾の名門「田島会」へ蓮を連れて挨拶へゆく。十一月から通いはじめて、一年間みっちりと仕込んでもらえば、来秋の受験には充分に間に合うはずだ。

「田島会」は秋の受験の時代から、名門として名高かった。徹底した少人数主義は、結果として丁寧な指導につながり、慶心初等科合格率は、名だたる受験塾のなかで圧倒的だ。

入会にあたっては厳しい面接がある。親の身上書提出はもちろんのこと、子供の適性や言動にいたるまで、厳しい目でチェックされる。

敬天会幼稚園のときと同様、知香は春と秋の受験が終わってから今日にいたるまで、代表の田島典子先生に盆暮れの贈り物を欠かしたことがなかったし、一年に一度は食事をする関係を保ち続けてきた。だから、亜実の時もすんなりと「田島会」に入ることができたのだという。蓮に関しても、おそらく問題ないだろう。ただ、田島先生自身が非常に保守的な人物で、秋と哲大という同性同士の親を受け入れてくれるかどうかに関しては、若干の不安があった。

とはいえ、知香が春や秋の受験を経験してから、すでに三十年以上の月日が流れているのだ。昨今の小学校受験を取り巻く状況は、様変わりしている部分もある。「田島会」が駄目だったときのために、いくつかの新興の受験塾についてもかなり細かく調べを進めてある。

敬天会幼稚園の母親たちは、頼りにできない。なにせ、朋子の息がかかっているのだ。今回の秋による蓮の「初等科受験宣言」は、朋子によってほとんどの保護者に流布されているにちがいない。そうなれば、敬天会の保護者たちは皆ライバルだ。誰ひとりとして、秋と蓮の受験に協力をしてくれることはないだろう。

――孤独な戦い。

月並みな言い方だけれど、秋にはそれ以外の言葉が見つからなかった。哲大は最大限のサポートをしてくれるだろうけれど、彼は慶心の空気や小学校受験の知識とは本来無縁なのだ。慶心という世界の「空気」を知っていて、受験の経験があるのは、ほかならぬ秋だ。

頼れるのは、俺自身の経験と人脈だけだ。

秋はあらためて身を引き締めた。

「秋さん、これなに」

蟬の鳴き声がうるさい日曜の昼下がり、フィットネスクラブのプールから帰って来てすっかり疲れていた蓮を寝かしつけたあと、哲大が秋に問いかけた。手には、歳月屋(さいげつや)百貨店の包装紙の巻かれた桐箱(きりばこ)が握りしめられている。

「ああ、それ商品券」

「これ、受験と関係あるん?」

開け放したバルコニーの窓から、熱風が吹き込んでくる。窓を閉めようとソファから身を起こして、秋は「そりゃ関係あるよ」と答えた。

「明日、幼稚園のあと蓮を連れて田島会に挨拶行くんだよ。その時の手土産」

事もなげに告げる秋の様子に、哲大はどこか納得がいかないような顔を崩さない。

「いくら分入ってるん?」

まるで尋問のような哲大の口調と、リビングに吹き込む夏の湿った空気の不快さが相まって、秋は若干の苛立ちを覚える。

「いくらって……。五十万だけど」

ごじゅうまん……と呟いて、哲大は呆然としている。

「なあ、秋さん。小学校受験ってほんまにそんなにお金かけなあかんもん？」

バルコニーのサッシをぴしゃりと閉める。エアコンのリモコンを手にとった秋は、天井のセンサーに向けてボタンを押す。が、なかなかスイッチが入らない。よく見ると、リモコンの液晶が消えかかっている。電池切れかもしれない。秋はますます苛立つ。

「かかるんだよ。知香さんに訊いたら、姉貴のときは寄附金とか、塾への御礼とか、会ってくれた先生へのお車代やらお茶代やらで三千万はかかったってさ」

声が、ますます尖ってゆく。

「いや、そんなんおかしいやん。俺、こないだ学校のホームページ見てん。先生は受験生に会うたらあかんし、金品は受け取らへんって書いてあった。それやのに、そんなんしたらあかんやん」

めんどうくさい――。

秋はため息をつきたい気持ちをどうにか堪えて、哲大に向き合う。「バイブル・クラブ」での誕生会のときも、「家族会議」のときも、あんなに焦がれた哲大に対して、いまは苛立ちしか感じないのが、わがことながら不思議だった。蓮の受験に本気で取り組むと心に決めてから一週間あまり、哲大を愛しいと思えなくなって来ている気がする。

「あのね、みんなやってるんだよ。ホームページに書かれてることなんか、建前なんだ。本当はみんな、めちゃめちゃ色々やってんの。そして、それが暗黙の了解。そういうもんだよ、この世界は。田島会だって、本当は入るのには数百万積まなきゃいけない、って言われてんの。でも、知香さんのおかげで五十万の商品券でどうにかなりそうなんだよ」

憮然としている哲大に「とにかく俺にまかせてよ。知香さんの言う通りにしてれば、必ず受かるから」と言い放つ。哲大はなにも言わずにリビングを出て行った。

秋の苛立ちは、収まりそうもない。自身が頑迷だとも思わない。そもそも、「登る山は高いほうがいい」と言ったのは哲大だ。

山登りは、無料では済まない。エベレスト登山に高額な入山料や、シェルパへの法外なガイド代がかかるように、「慶心初等科」という高い山を登るためには、どうしても金が要るのだ。

自分自身に言い聞かせながら、秋はダイニングテーブルに置かれた桐箱を見つめた。


富ヶ谷の閑静な住宅街のなかにある瀟洒な一軒家は、秋が通っていた三十年前と変わらぬ真っ白な壁と、前庭に植えられた茶樹の葉のきらめきが美しかった。門を入って石段を登るにつれて、うっすらと白檀の香りが漂って来るのも、あの頃と同じだ。

「まあ秋君、ご無沙汰ですわね」

かつて教室として使われていた部屋は、いまは応接スペースになっていて、クラシックな革張りのソファセットが置かれている。かつて黒々していたショートヘアは、すっかり白くなっているけれど、田島典子先生は往時と変わらぬ大島の着物姿で秋と蓮を迎え入れてくれた。白檀の香りの源は、見事な西陣の帯に挿された扇子だ。

やわらかな微笑みを湛えながら、その実目が笑っていないところも変わらない。

「ご無沙汰しております」

「せんせいこんにちは。大田川蓮です」

「まあまあ、そんな堅苦しくしなくていいのよ。あなたが蓮君ね。はじめまして、田島です。さあ、おかけになって」

やさしい声で着席を促しながらも、秋の隣に緊張した面持ちで佇む蓮の一挙手一投足を、田島先生は厳しい眼光で見つめている。

「しかしびっくりしたわねえ。まさかあなたがお子さんを持つなんて」

「自分でもびっくりです。保護者としてこちらに伺うことになるとは思いませんでした」

知香いわく、田島先生自らが教室に立つのはいまとなっては週に二日ほどで、ほとんどのクラスは一人娘のゆかり先生が受け持っているらしい。かつてはこの応接間を使って開かれていた教室も、建物を増築して教室専用のスペースを新設したという。

「あなたとはすっかりご無沙汰していたけれど、春ちゃんと亜実ちゃんには去年まで毎日のように会っていたから、なんだかあなたとも久々の気がしないわね」

春と亜実の名前を出されて、どきりとする。慶心初等科への高い合格率こそが、「田島会」のブランドを支えてきた。しかし、結局春は受験を半ば途中で放り出したかたちで、亜実をインターナショナルスクールに進ませたのだ。田島先生にとって、春の選んだ道は、決して愉快なものには映らなかっただろう。

「姉と姪（めい）の件ではご迷惑おかけしました。まさか僕も、姉が亜実をインターに入れるとはゆめゆめ思わなくて」

「いいのよ、その件は。春ちゃんが亜実ちゃんの将来を考えてのことなんでしょうから」

伏し目がちにお茶を啜る田島先生の声から、本心は読み取れない。

「ところで蓮の件なのですが」と、秋が切り出すと、田島先生は「ええ、ええ」と二度深く頷いた。

「お母様からしかと伺っていますよ。知香さんには、あなたがたご姉弟が初等科に入られたあとも、ずっと良くして頂いて来ましたからね。このあいだも素晴らしいところへお食事に連れて行っていただいたわ」

ニューオータニの「トゥール・ダルジャン」で田島先生と食事をしたことは、すでに知香から知らされている。まさにその食事の帰り道に、田島先生のもとへ挨拶に行くように、と電話で指示をくれたのだ。

「もちろん、他ならぬ大田川さんからのお話ですからね。わたしでお役に立てるのならば、できる限りのことはするつもりです」

「ただ……」と言いにくそうに、田島先生が続ける。

「わたしはどのような家族であっても、お子さんに一心に愛情を注ぐことだけが大切だと思っているけれど、果たしてあの慶心学院があなたたちを受け入れるかどうか……」

「僕たちが不利であることはわかっています。でも、どうしても挑戦したいんです。蓮には、あの慶心の厳しくもおおらかな教育を受けてほしいんです。そのためには、田島先生のお力添えがどうしても必要です」

多分にためらいの響きが籠もった田島先生の言葉に、秋は力強く答える。

「泣き虫だったあなたがこんなに強くなるとはねえ。でも、あなたが受験した頃とは、いまはもうだいぶ変わっていますよ」

大人同士の話に入れない蓮が、不安そうな顔で秋を見上げてくる。それでも秋は、田島先生から視線を外さない。夏の盛りということもあって、窓が開け放たれていても室内はかなり暑い。

「冷房は子供を弱くする」という信念のもと、エアコンを使わない主義も、あの頃と変わっていないのだろう。緊張も相まって、秋は額に汗が浮かぶのを感じている。

「それも、わかっています。色々と調べました。いまはもう、ペーパーテストはないそうですね」

秋が受験した頃は、慶心初等科の入学試験には、ペーパーテストがあった。

〈なかまはずれを◯でかこみましょう〉

短いひらがなの文章の下に、五羽のアヒルと、一匹のキツネのイラストが描かれていた。秋は落ち着いて鉛筆を手に取り、キツネのイラストを丸で囲んだ。

——なんだよ、こんなの簡単じゃん！

秋の前の席に座っていた受験生の男の子が、得意げに言った。その子は誰よりも早く問題を解いて、「できましたっ」と勢いよく手を挙げた。全部で五問あるうちの三問目に、秋がやっとの思いでたどりついたときのことだった。

〈いちばんおおきなしかくはどれでしょう〉

微妙に大きさのちがう四角形のイラストが四つ並んでいた。

男の子が声をあげたことで、秋は焦った。焦ると、四角形はどれも同じ大きさに見えた。

どうしよう……。

うんうん唸っているうちに、試験監督の先生の「鉛筆を置いてください」という無情な声が響いた。結局二問しか解くことのできなかった秋は、途方に暮れた。途方に暮れたまま、素直に鉛筆を置いた。

——ぼくは、おねえちゃんとおなじ学校にいけなくなる。

子供心に、自分が試験に落ちたことを悟った。そして、誰よりも早く問題を解いた利発そうな男の子が、慶心初等科の紺色の制服と、金のロゴ入りのランドセルを背負っている姿が目に浮かんだ。

悔しかった。

ところが、入学式であの時真っ先に問題を解いた男の子の姿を見かけることはなかった。

「そう。ペーパーテストはもうないの。あなた、ペーパーは苦手だったわねえ。まあ、あのテストは、あくまでも子供の行動観察をする上での補助的なものでしたけどね」

田島先生の端正(たんせい)な声に、秋ははっとして向き直る。

「実はペーパーは嫌いじゃなかったんです。むしろ僕は〝お豆はこび〟が苦手でした」

苦笑しながら告白すると、田島先生は「ええ、覚えていますよ」と微笑んだ。

入試の本番には〝お豆はこび〟はなかったけれど、「田島会」の教室ではさんざんやらされた。小さな紙コップに入れられた小豆を割り箸でつまんで、隣の空っぽの紙コップへ移してゆくのだ。たしか、制限時間は五分ほどだっただろうか。

「あの〝お豆はこび〟はね、いまでもうちのお教室ではやっていますよ。でもね、あれも結果は大事ではないの。たくさん運べばいいわけじゃないのよ」

田島先生の言葉に、秋の脳裏に再び幼いころの記憶が蘇る。

おとなしくて、騒ぐことのなかった秋が、ただ一度きり田島先生に怒られたのが、〝お豆はこび〟のときだった。

『はい、それでは皆さん。わりばしを手に取って下さい』

教室に居並ぶ十五人ほどの児童に向かって、田島先生が指示を出した。ひとつでも多くの小豆を運んでやろうと意気込んでいた五歳の秋は、割り箸を手に取るとすぐにパキッと割って態勢を整えた。

その時だった。

『大田川秋君！　わたしがいつ割り箸を割っていいと言いましたか！』

田島先生が、厳しい声で秋を叱りつけたのだ。幼い秋は背中に冷たいものが走るのを感じながら、必死で言い訳をした。

――だって、せんせいがわりばしをとってください、って言ったから。

『わたしは〝わりばしをとって〟と言っただけで、わりばしを〝わってください〟とは言っていません』

先生の冷静で厳しい声に、秋はただ、下を向いて「ごめんなさい」と言うしかなかった。

割り箸を割ってしまった秋をよそに、田島先生は「それではみなさん、いまから〝おはしの体操〟をします」と言った。割る前の割り箸を使って、手の体操を行うのだ。みんなが〝おはしの体操〟をするなかで、ただひとり割り箸を割ってしまっていた秋は、〝おはしの体操〟に参加できず、見ていることしかできなかった。あの時の屈辱(くつじょく)は、いまでも秋の心に巣くいつづけている。

「〝おはしの体操〟ですよね。覚えています。僕の、一番の失敗体験のひとつです」

「そうだったわねえ。あれもね、あくまでもちゃんと指示に従えるかどうか。指示をしっかり聞いているかどうかが重要だったのよ。決して、結果ではないの。でも、あの件以降、あなたは一気に伸びたのよ。そして、あなたは初等科に合格した。それがすべてなの」

秋とともに思い出を振り返る田島先生が、心なしか懐かしそうな表情を見せた。

「ところで蓮君、あなたは好きなものはありますか」

突然話を振られた蓮が、まるで助けを求めるかのように困った顔で、秋を見上げる。秋は、蓮に優しく微笑みかけて、答えを促す。

「ぼくは……。ぼくは、うみのいきものが好きです」

「どんなうみのいきものが好きですか？」

落ち着いた声で続けられる質問に、蓮は一生懸命答えようとしている。

「えっと……。チョウチンアンコウが好きです」

「どうしてチョウチンアンコウが好きなのかしら」

夕方だというのに、室内の気温は下がりそうもない。田島先生と蓮のやりとりを見ている秋の掌は、汗でぐっしょりだ。それなのに田島先生は、胸元の扇子を取り出す素振りもなく、変わらず涼しい顔をしている。

「〝しんかいぎょ〟にきょうみがあるからです。海のふかいところには、たくさんのかわったいきものがすんでいます。しんかいにすんでいるお魚には、ふしぎなところがたくさんあります。ぼくはそれにきょうみがあります」

「そうなのね。蓮君、あなたはとても物知りですね」

褒められて、蓮はどう答えていいのかわからず、もじもじしながら小さな声で「ありがとうございます」と言った。

「とても、悧発（りはつ）で聡明（そうめい）なお子さんね。同じころのあなたより、よっぽどご優秀」

冗談とも本気ともつかぬ田島先生の言葉に、秋は曖昧な笑みを返すほかない。とはいえ、蓮が褒められてよかった。いまの何気ない会話は、「入会試験」だったのだから。これだけ手放しに褒めてくれたということは、蓮は無事、「田島会」に入ることができるはずだ。

「先生、つきましては今後、蓮のご指導をお願いできますでしょうか」

単刀直入な秋の質問に、田島先生はやっとにっこりと笑ってみせた。

「ええ。これだけ優秀なお子さんならわたしもやりがいがあります。実はね、前は十五人のお子さんを見ることにしていたんだけど、今年から人数を減らして十人にしたのよ。昨日、九人目の方が決まって、あなたが最後のひとりよ。滑り込みセーフだったわね」

満を持しての〝合格判定〟に、秋は一気に胸をなでおろした。

「ありがとうございます！　田島先生が見てくださるなら、百人力の気がしてきます」

喜びを隠しきれない秋に釘を刺すように、田島先生が再び厳しい顔に戻って忠告する。

「ただね、絶対に油断は禁物です。先ほども申し上げた通り、慶心は厳しい学校です。あなたは、特別な家族のかたちだから、ミッション系の慶心に合格するにはかなり不利です。そしてなにより、ご家庭での躾こそがすべてなの。わたしたちができるのは、あくまでも補助的なものです。挨拶、御礼、謝罪。こういう当たり前のことを、ご家庭でしっかりと教えておいていただかなければ、どんなにわたしたちが頑張っても、合格はできませんからね」

厳しい口調ながらも丁寧に諭してくれる田島先生に、秋もまた真剣な顔で向き合って、「はい」と答えた。とにもかくにも、これで第一関門は突破したのだ。

知香からも、田島先生の厳しさは散々聞かされてきた。当時の秋は与り知らぬことだったけれど、レッスンのあと、子供たちが庭で遊んでいるあいだ、すべての保護者が別室に集められてそうとう厳しく指導を受けていたらしい。

『知香さん！　あなたはね、ご自身が初等科出身だから大丈夫だという慢心があるのよ。基本の躾がなっていません。大人の言うことを、しっかりと聞くこと。挨拶をしっかりすること。そういう躾の基本中の基本ができていなくて慶心初等科のお受験に挑もうだなんて、百年早いわよ！』

知香が田島先生から受けた激しい叱責について、いまでも時おり愚痴を聞かされる。しかしいよいよ秋が、田島先生から叱責される番なのだ。「田島会」でも、敬天会幼稚園と同様、男親は、秋ただひとりだろう。好奇の視線で見られることには、この数ヶ月ですっかり慣れた。あとは、来年の十一月の本番まで、秋が精神をしっかり保ち、蓮を導いてやることに注力するのみだ。

帰り際、田島先生は玄関先まで見送ってくれた。

「先生には、これからお世話をおかけしますから」

秋がうやうやしく歳月屋百貨店の紙袋を差し出すと、田島先生は「あらあら、お母様にもいつもお気遣いいただいているし、あなたまでそんなことをする必要はないのよ」といったんは丁寧に押し返そうとした。

「いえ、そういうわけには参りません。母から叱られてしまいます」

秋が頑(かたく)なに言うと、「まあ、申し訳ないわねえ。それでは遠慮なく頂戴いたします」と田島先生は深々と頭を下げて、袋を受け取った。一連の流れには、様式化された儀式としての趣(おもむき)があった。いや、まさしく儀式に他ならなかった。

「ねえ、ぼくちゃんとできてた？　おこたえ、だいじょうぶだった？」

田島先生の家を出て、駐車場に向かう道すがら、秋と手を繋いだ蓮が、不安げに訊いてきた。蓮には、今日の面談が「入会試験」であることは伝えていない。あくまでも、秋がお世話になっていた先生に〝ごあいさつ〟に行くだけだと言い聞かせてある。それでも、子供心に蓮は、あれが重要な「試験」であることを感じ取っていたのだろう。暑さのせいもあるけれど、繋いだ手はお互いに、汗まみれだった。蓮は、相当緊張していたにちがいない。

「蓮はよくできたよ。完璧だった。秋君、今日の蓮を見ていてすごく嬉しかった」

蓮が嬉しそうに、繋いだ手をぶんぶんと振りはじめる。

「やったね」

弾けるような笑顔に、秋もほっとする。

昨日、哲大と言い争うようなかたちになってから、昨晩も今朝も、哲大とはほとんど会話を交わさなかった。哲大が醸し出す正義を、青臭いと思ういっぽうで、秋の心のどこかに、不安があったのも事実だ。朋子とライバルになってしまったことで、「ほしK組」のなかで蓮が虐められるのではないか、とも案じた。初等科受験が、蓮にとってストレスになってしまうのではないか、という心配もある。

それでも今日、蓮はしっかりと大事な機会を乗り越えて、笑顔を見せてくれている。秋は、自分の選んだ道がまちがっていない、と蓮に背中を押されているような気分になった。


「それは……、どういうことですか！」

声の震えは、とても取り繕えそうにない。

「本当にごめんなさいね。なんとお詫び申し上げたらいいのか……」

いつもは凛としている田島先生も、声が少し震えているようだ。

「入会試験」を無事クリアしたことに喜んだ二日後に、まさか奈落の底に突き落とされることになろうとは。

「わたしも何度もお断りしたの。もう定員だから、と。それなのに、どうしてもお引きにならなかったのよ」

田島先生は必死に言い訳を探している。でも、秋の耳にはすべての言葉が空疎に聞こえた。

「約束とちがうじゃないですか！」

思わず、声を荒らげてしまう。

「田島会」は、たとえどんな事情があったとしても、定員に達した時点で、それ以上は子供を受け入れることはないはずだった。ましてや、三十年以上の付き合いのある大田川家を〝切って〟まで、他の家の子供を優先して入れるなど、考えられないことだ。

「事情を、お聞かせください」

詳しい経緯を聞かないことには、とても納得などできそうになかった。あの日帰ったあと、哲大にも「合格」を伝えたのだ。五十万円分の商品券のことは、相変わらず納得はしていなかったようだけれど、ひとまず「そうか、蓮も頑張ったんだな」と嬉しそうにしていたのだ。ここでいまさら、「やっぱり無理だった」などと、どんな顔をして伝えればいいと言うのか。

蓮は、「田島会」での〝お豆はこび〟に備えて、一昨日帰宅してからさっそく、張り切ってお箸の練習をしている。そんな蓮に対しても、とてもではないが土壇場での「不合格」を伝えることなどできない。

「詳しい事情は申し上げられないの。とにかくいまわたしに言えることは、ただただ申し訳ないということだけで……。お母様には、わたくしからもお電話して、しっかりお詫びさせていただきますから。とにかく、いまはこれがわたくしの精一杯で……」

歯切れ悪く、らしくない言い訳と謝罪のことばを連ねる田島先生に、秋はただ失望するほかなかった。

「もう、けっこうです。母には僕から伝えますから。いままでありがとうございました」

震えの止まらない手で、秋は電話を叩き切った。

蓮のお迎えまでは、あと二時間近くある。蓮に、どう説明すればいいのか。そして、哲大には……。五十万円分の商品券の件で、哲大との間に生まれてしまった気まずい空気は、いまだ解消できていなかった。「田島会」への入会が結局無理になってしまったことを伝えたら、哲大はなんて言うだろう。五十万円が無駄になったことを責めるだろうか。それとも、嗤うだろうか。

居ても立ってもいられず、スマホを手に取って、知香に電話をかける。

「……やられたわね」

知香は秋から話をちらと聞いただけで事情を察したらしく、忌々しげに呟いた。

「どういうことなの」

「あなた、敬天会のママたちのなかの誰かに、田島会のこと話さなかった？」

思いがけない問いに、電話越しだというのに秋は首を振る。

「言うわけないだろ！　うちが初等科受験することも、ひとりにしか言ってない」

「たぶん、そのひとね。動いたのは」

たしかに、朋子には「宣戦布告」のような形で、蓮の初等科受験のことを告げた。しかし、「田島会」のことについては、「た」の字も出していないのだ。いくら朋子が情報通だからと言って、こんな見事なタイミングで横槍を入れることは不可能なはずだ。

「それはないと思う。だって、言った相手はうちと田島会の繋がりなんて一切知らないはずなんだ」

思ったままを素直に知香へ伝える。

「でも、蓮君は？　あなたが蓮君の受験のことを伝えた相手って、同じクラスのお母さんなんじゃないの？　だとしたら、蓮君がその子に田島会のことを話したら、子供から伝え聞いたお母さんはすぐに動くわよ、きっと」

まさか。蓮は、どちらかと言えばおとなしい子だ。自慢をするようなタイプでもない。いくら一昨日の「合格」が嬉しかったとはいえ、由美香に吹聴するようなことはないはずだ。

ただ、一昨日の蓮は本当に嬉しそうだった。秋の期待に応えられた、という喜びが溢れ出ているようだった。しかも、一昨日秋は、蓮に〝口止め〟をしていない。ひょっとしたら、無邪気にクラスで「合格」を自慢した可能性も否めない。こんなことになるのだったら、「今日のことは誰にも言っちゃ駄目だよ」と言い含めておくべきだったのだろうか。

リビングの窓の外から漏れ聞こえてくる蟬の声だけが、しんしんと秋の脳内でひとすじに鳴り響く。

「でも、いくら蓮が言って漏れてたとしても、あの田島先生がこのタイミングで、三十年の付き合いのウチを切るなんて……」

「ありえるわよ」

秋の言葉を遮って、知香が冷徹な声で言った。

「春のときもね、同じだったの。ただ、あのときウチは、取りにいった側だったけどね」

耳奥でずっと鳴っていた蟬の声が、止まった。

知香の告白は衝撃的だった。

春の受験のころにはすでに、「田島会」は慶心初等科合格率ナンバーワンの受験教室として名を高めつつあった。当時の定員は十五名で、いまよりも五名分枠が多かった。しかし、自身が慶心初等科出身であるという慢心から、春の初等科受験の「戦争」準備に出遅れていた知香が「田島会」にアクセスした時には、すでに定員は埋まってしまっていた。知香は、自力で春を合格へと導くことや、他の受験教室という選択肢も考えたらしい。しかし、そのときは存命だった征二郎が、力を発揮したのだという。

春が「入会試験」に挑んだときの「田島会」はまだ黎明期ということもあって、築四十年近い古い木造家屋を自宅兼教室として使っていた。田島先生の夫は、東大法学部から興銀へ進んだ堅物で、質素を好む人だったから、建て替える気もなかったらしい。そこで、征二郎が動いた。

春をなんとか「田島会」に押し込むために、なんと田島家の家屋の新築を、大田川建設がすべて「無償」で請け負うことを提案したのだという。つまり、新築の「家」をまるまる一軒贈呈したのだ。

その建物こそが、まさしく秋が通い、一昨日も訪問したあの瀟洒な白い二階建て家屋だというのだ。

総工費は、七千万円近かったらしい。それをすべて肩代わりするのと引き換えに、春は「最後の一枠」を獲得したのだという。

「春の受験にはね、結局一億近くがかかってるのよ。それから、パパの愛もね。だからあたしがどうしても亜実に引き継ぎたかった気持ち、わかるでしょ」

知香の発した「愛」という言葉が、ひどく耳障りに感じられた。秋の動悸は収まりそうにない。

慶心学院のなかにいれば、きな臭い話はいくらでも聞こえてくる。受験前に会ってくれた初等科の先生にベンツの新車を贈った話。熨斗袋に入れて渡す「お茶代」や「お車代」が、百万や二百万では済まなかったという話。週刊誌に書かれたような真偽不明のネタを含めれば、枚挙にいとまがないほどだ。

それでも、名門受験塾入会のために、家を一軒プレゼントした、という話は、さすがにいままで耳にしたことがなかった。しかも、他でもない姉の春のために。

「……姉貴はその話、知ってるの」

声が冷たくなってゆくのが、自分でもわかる。

「どうかしら。でも、あの子は聡いところがあるからね。なにか感づいていたかもしれないわ」

まるで懐かしむように語る知香を、秋は、恐ろしいと思った。

「俺のときも、そんなにお金かかったの」

どうしても訊いておきたかった。

「あなたのときは、全然よ。下にあなたが控えているから、念の為、学院債は春の入学の時に千五百万買っておいたけど、あれも結局春が卒業するときに償還しちゃったからね。田島会も、あなたの時は最優先で入れてくれたわ。それに、春が入った年にあたし、パリコレデビューしたでしょ。自分でいうのも変だけど、あたしのネームバリューが一気に上がったからね。あなたの受験は、けっこう楽だった」

話を聞きながら秋は、春がこれらの事実をすべて知っているような気がした。春の知香に対する距離感や、亜実を慶心ではなくインターに入れた決断の源には、春自身の受験体験と、それにまつわる大人たちの壮絶な攻防があるのかもしれない。

「それで、あなた結局どうするの。田島先生が直前で寝返ったってことは、たぶん〝敵〟は田島先生に相当〝積んだ〟のね。それに勝つには、うちもかなりの覚悟が必要よ」

「……ちょっと、考えさせて」

あまりに衝撃的な話の数々に、秋はそう呟くのがやっとだった。知香は「そうね。よく考えて」

とだけ言って、電話を切った。

——ほら、言わんこっちゃない。全部秋さんが蒔いた種だよ。

またも耳奥に、翔子の声が蘇る。

敬天会幼稚園の正門前では、いつもどおりの光景が繰り広げられていた。おなじみのガーデンパーティーを抱えた朋子を中心に、倫子をはじめ母親たちが輪になって話に興じている。

秋の存在に気づいた倫子が、控えめな笑顔を浮かべて、秋に会釈をする。秋は、こわばった顔のまま、かろうじて「どうも」と挨拶を返した。倫子のことは、どうでも良かった。とにかく、朋子の表情が見たかった。

昨日、おそらく朋子は由美香から蓮が「田島会」に入会したことを聞いたのだろう。先日の電話以来、秋と蓮を追い落としにかかることを決意した朋子は、真っ先に田島先生に連絡を取ったにちがいない。

知香の話によれば、三十五年前、春の受験のときに大田川家は七千万円相当の家を、「田島会」に〝献上〟している。とはいえ、すでに昔の話なのだ。いくら一昨日秋が商品券を五十万円分持って行き、知香が田島先生を接待していたとしても、目の前に五百万や一千万を積まれたら、田島先生の心は揺らぐだろう。三十年以上前の七千万円の邸宅は、すでに〝減価償却〟が終わってしまっている。それに対して、目の前の現金は、魅力的に映ったに違いない。

それとも、一着で数百万もする辻が花か友禅でも贈ったのだろうか。昔から田島先生は着物に目がないのだ。上等なものを目の前に置かれたら、思わず手が伸びてしまうかもしれない。

朋子は、どんな手練手管を使って田島先生を〝落とした〟のだろう。いまの俺に、どんな顔を見せるのだろう。

秋は、そろりそろりと、母親たちの輪の反対側にまわる。朋子は勝ち誇ったような笑顔を見せるだろうか。それとも……？

「秋さん」

顔を見るなり、朋子はやや目を伏せて、秋のところへ歩み寄って来た。

まさか声をかけられるとは思わなかった秋は、体が竦む。いったい、どういうつもりで声をかけてくるのだろう。

「……なんでしょう」

自分でも驚くほどに、無機質な声が出た。

「この間は失礼なお電話差し上げて申し訳ありませんでした。あのあと、主人からも怒られました。本当にどうか、ご放念ください」

朋子はしおらしい様子で、深々と秋に頭を垂れた。いったいどの口が言うのだろう、と秋は怒りがこみ上げる。蓮をクラスから追い出そうと園長に直訴したばかりか、由美香には同性同士の親を「間違った家族」と教え込んでいた。図々しくも、連合同窓会へ連れて行ってくれ、と頼んで来たかと思えば、今度は邪な手を使って田島会にまで食い込んだのだ。

それなのに、いったいどうして今日の今日に秋に声をかけてこられるのか。無神経にもほどがある。いま秋の胸に渦巻く狂おしい気持ちの原因のすべては、この女なのだ。

秋は「もう大丈夫ですから。気にしていません」と朋子の目を見ずに答えた。

朋子はまだなにか言い足りなそうだったけれど、秋は無視して園庭へと足を進めた。

「秋くん」

いつものように、蓮が駆け寄って来る。一昨日の「合格」のせいだろうか。心なしかいつもより明るく闊達に見えた。これから、蓮に「田島会」へ行けないことを伝えなければならない。そのことを考えると、蓮に向ける秋の微笑みは、どうしてもぎこちないものになってしまうのだった。

「蓮、帰ろうか」

手を差し出すと、いつもどおり嬉しそうにぎゅっと握り返してくる。こんな無邪気さのままに、きっと由美香に「田島先生のお教室に受かったんだよ」と告げたのだろう。受験の「お教室」に行っていることを、あんなに誇らしげに自慢していた由美香のことだ。真っ先に朋子に告げ口したにちがいない。

駐車場に停めてあるアウディの後部座席のチャイルドシートに、蓮を乗せる。

「ねえ、蓮」

ギアをDに入れた秋が、バックミラー越しに蓮を見つめながら呼びかける。蓮は「なあに」と言いながらきょとんとしている。

「由美香ちゃんに、田島先生のお教室に行ったことお話ししたの？」

咎めるような声音にならないように気をつけながら、蓮に訊ねる。

「お話ししてないよ。だって、由美香ちゃん、ぼくとあんまり遊んでくれないもの」

そんなわけがない、という気持ちが顔に出ていたのだろうか。蓮が、不安そうな顔を向けてくる。刹那、「あっ」と声をあげて、蓮がなにかを思い出したかのような仕草を見せた。

「でもね、蒼くんには朝のお祈りのときお話ししたよ！　蒼くん、えらいんだよ。朝のお祈りでもいつもいちばんおおきな声でお祈りするの」

秋は、途端にすべての音が聞こえなくなった。時が、止まったような気がした。

ありえない。

まさか、倫子が——？

「バイブル・クラブ」で会ったときには、受験のことはすべて智人にまかせていると言っていた。今日も、いつもと変わらず控えめな会釈をしてくれたではないか。ましてや、夫の智人は初等科で六年間にわたって秋と同じ釜の飯を食った仲だ。ありえない。

だが、なによりいま蓮は、蒼が「朝のお祈り」で誰よりも大きな声で熱心に祈っていると言わなかったか。

——わたくしと同じ信仰を持つ方なの。

瀬川園長の言葉が、再びはっきりと思い出される。

カトリック系の敬天会には、朋子親子のほかにもキリスト教を信仰する家庭の子が、何人いてもおかしくない。

蓮と秋を「ほしK組」から追い出そうとしているのも、田島会の「最後の一枠」を横取りしたのも、朋子ではなく倫子だとしたら？

「秋くん、だいじょうぶ？」

蓮が心配そうに顔を覗かせる。この数ヶ月で、一体何度蓮に「だいじょうぶ？」と言わせてしまったことだろう。情けない気持ちが押し寄せる。ただ、いまの混乱は、どう頑張っても取り繕えそうになかった。

「大丈夫、だよ」となんとか返しつつも、別の疑問が秋の頭のなかに過った。たしか瀬川園長は面談のとき、保護者本人が「初等科が駄目だった方」と言っていたはずだ。その点、蒼の父親の智人はちがう。まぎれもなく、初等科出身者だ。では、倫子の方だろうか。たしかに倫子は、女子高等科入学組だ。慶心学院女子高等科の受験は、初等科受験以上に苛烈とも言われる。偏差値が七十五とも言われる〝慶女〟は、全国の名門中学校のなかの「神童」と呼ばれるほどの女子生徒たちが、死にものぐるいの受験勉強を経て、どうにかその門をくぐることができるのだ。慶心初等科受験の場合は、子供本人の受験というよりも、親の力こそがすべてだ。むしろ、受験生は「親」かもしれない。でも、中等科や高等科はちがう。とりわけ、偏差値がずば抜けて高い女子高等科は、まさしく「戦争」と呼ぶにふさわしい苛烈さで知られているのだ。

倫子は、その「戦争」を勝ち抜いたまぎれもない勝者だ。

倫子というひとが、おとなしく控えめな外面から想像することのできない、壮絶な何かを裡に孕んでいるとしても、不思議ではないような気がした。

果たして「ほんとうの敵」は誰なんだろう？

もう、誰も信用してはいけない。

心に決めて、秋は車を青山へと走らせる。

帰宅後も、動悸と軽い息切れが続いている。

キッチンの冷蔵庫を開けて、きんきんに冷えたコントレックスのボトルを取り出して一気に飲み干す。

蓮は、上機嫌でリビングへと駆け出して、「プレイ&スタディ」の課題に黙々と取り掛かろうとしている。

冷たい硬水で喉を潤して、やっと幾ばくか落ち着いた秋が、「蓮、ちょっといい？」とリビングに向かって声をかけた。

気を散らされたのが気に入らないのか、やや不機嫌そうな面持ちで、蓮が「なあに」とキッチンに立つ秋へ顔を向けた。

「あのね、昨日田島先生から電話があってね」

蓮の顔に、にわかに緊張の色が浮かんだように見えた。

いけない、いけない。これは「いいニュース」として伝えなければ。

秋は心とは裏腹の笑顔を貼り付ける。

「蓮はものすごくお勉強ができていい子だから、田島先生のお教室には行かなくても大丈夫だって」

あからさまな嘘をついてしまった罪悪感で、胸がちくりと痛む。

――子供に、嘘は通用せえへんよ。

哲大なら、言うだろう。でも、ことここに至っては、嘘も方便であると秋は思う。酸っぱい現実を知るのは、もう少し大人になってからでいい。蓮はまだ、五歳なのだ。

「ほんと？」

「うん、ほんと。だからね、蓮はいままで通り幼稚園でいっぱい遊んで、秋君と一緒にお勉強しようね」

優しく微笑みかけたけれど、蓮はどことなく納得していないように見えた。

子供のころは、嘘が下手だった。でも、思春期で自身のセクシュアリティに気づいてから、周囲にカミングアウトするまでの十年近くの間は、毎日「嘘」をついて生きていた。あの十年で、嘘をつくのが上手になったはずなのに。

　しばし見つめ合ってのち、蓮の純真な視線に耐えきれなくなって先に目をそらしたのは、秋だった。

10

TikaTika：至急電話ください。

　知香からLINEが届いたのは、「田島会」の入会を土壇場で断られてからまもない、一学期終業式の三日前だった。

　あのあと田島先生は知香にも電話をくれて謝罪したものの、結局詳しい事情については最後まで口を割らなかったらしい。結局、知香も「田島会」と田島先生には見切りをつけたようだった。

　秋と蓮に残されていた選択肢は、「田島会」とは正反対の、大手の小学校受験教室に通わせるか、あるいは親である秋と哲大のもとで、自力で受験対策をするかのどちらかだった。

　すっかり言葉を交わすことの少なくなっていた哲大とも、この件に関してはしっかりと話し合わざるをえなかった。五十万円分の商品券が水泡に帰してしまったことを責められるのでは、と内心怖れていたけれど、事の顛末(てんまつ)を聞いた哲大は、ただひとこと「そうなんか。大変やったな」と言っただけだった。

夏休みまでのあいだは、とにかく敬天会の環境に慣れさせること。お稽古ごとや、受験教室に関しては、受験一年前の十一月に照準を合わせて、夏休み明けから対策をはじめること。方針がブレるのは決していいことではないので、受験塾に関しては、入塾テストがなく、月謝などもフェアなことで知られる大手の「萌芽塾」一本に絞って、秋以降の入塾を検討すること。

哲大との話し合いで決まったのは、概ねこんなところだった。

　このタイミングで知香が連絡をして来たのは、きっとなにか新しい方策を考えついたにちがいない。もうすでに哲大との間で取り決めたことを覆すわけにはいかないので、この期に及んで知香になにかを促されても、うまく断ろうと決めている。とはいえ、意志が強く頑なな知香をうまく言いくるめることができるだろうか。

　不安を抱えたまま、秋は知香に電話をかけた。

「秋、いいひとが見つかったの」

　唐突に言われて、秋は知香が再婚でもするのかと思った。

「彼氏でもできたの？」

　修也と離婚してから、知香は再婚をしていない。しかし浮いた話がなかったわけでもない。ミラノ・コレクションで出逢ったスペイン人の著名映画監督に口説かれていたときはまんざらでもなさそうだったし、ベルリン・フィルの首席指揮者を務めたこともあるというパキスタン人のマエストロから求愛を受けていたときは、散々ロマンティックなストーリーの数々を聞かされた。

「バカね、何言ってるの。ちがうわよ」

　どうやら浮いた話ではないらしい。ということは、おそらく蓮の受験に関わることなのだろうと想像がつく。

「一昨日ね、イタリア大使館でパーティーがあったのよ。で、〝いいひと〟に会ったの。彼は建築家なんだけどね。なんでも、小学校受験で最強のブローカーって言われてるひとと昵懇の仲らしいのよ。さっそく紹介してもらうように頼んでおいたわ。その人に頼めば、慶心だろうが明陵だろうが、どこでも入れるんですってよ」

秋は頭が痛くなる。相変わらずの行動力には舌を巻くが、蓮の受験の方針については哲大と話し合って決めたばかりなのだ。ましてや、「田島会」の件のショックから、まだ立ち直れていない。倫子や朋子への疑心暗鬼を抱えて、日々幼稚園のお迎えに出向くだけでも、近頃の秋にとっては大きなストレスなのに。ここで知香の話に乗っかって、新たな気遣いのストレスを抱えるのは、とても耐えられそうもない。

「知香さんが頑張ってくれるのはありがたいんだけど……。蓮の受験の方針に関してはもう哲大と話し合ったんだ。とりあえずいまは余計なことはやらせないで幼稚園の環境に慣れさせることにして、受験塾に関しては夏休み明けから萌芽塾にアプローチしていくつもり」

「萌芽塾ですって？　だめよ、あんなのは。あそこは受験のことを何も知らない素人ばかりが行くところよ。あんなところに行ったって、何にもなりはしないわ。萌芽塾に行かせるくらいなら、どこも行かせないで家で勉強させて、あとはブローカーに任せた方が確実よ」

知香は断定的な口調で秋に言い放つ。でも、秋とて折れるわけにはいかなかった。せっかく哲大との関係も平穏を取り戻しつつあるのだ。ここでまた、新たな諍いの火種を生むわけにはいかない。

「大丈夫だって。それに、俺は俺なりにちゃんと受験のこと調べてる。九月には同窓会もあるし、来月には町田先生にもちゃんと蓮を会わせるし。萌芽塾もあくまでも気休めで行くだけで、俺と哲大できっちり基本的なことを教えておけば、本番も大丈夫だと思うんだ」

秋の楽観の理由は、ほかにもあった。昨日、初等科時代の同級生から同窓会の件で連絡があった。ＬＩＮＥでやりとりをするなかで、長男を初等科に合格させたばかりの彼女から、初等科受験の事情を色々と聞き出すことができたのだ。

親が慶心初等科出身者の場合は、受験でも相当優遇されるのだという。受験当日に試験委員の各教員が手にしている受験生名簿には、卒業生の子女の場合には、氏名の横に星印が付けられているらしい。「星印付き」の子供の場合は、本来ならば百点中七十点を取らないと合格できないところ、合格ラインが大幅に引き下がって、四十点前後でもなんとか合格できるのだという。

もちろん、親が初等科出身でも、落ちる場合はある。ただそれは、親が慶心への寄附を怠っているパターンであって、秋のように高額の寄附をしている卒業生の子供の場合は、まず間違いなく合格するだろう、とのことだった。

初等科時代からおせっかい焼きだった彼女は、さまざまなアドバイスをくれた。受験ブローカーと言われるような人々は、概して実態としては何の影響力も有していない場合が多いこと。小笠原院長体制ですっかり改革が進んだ慶心学院では、「基金部」を通じての寄附は積極的に受け付けるものの、教員や評議員本人へのいわゆる〝袖の下〟は、なかなか通りづらくなっていることなどもこっそりと教えてくれた。

彼女の出した結論は、秋の一家の場合、秋と哲大が同性同士の親である点だけが懸念される、ということだった。しかし、この点に関しては秋たちの力ではどうすることもできない。蓮の養親が同性カップルである事実は、変わらないし、変えられない。であるとするならば、余計なことはせずに、あとは運を天に任せるのみ、というのが正しい選択であるように思われてならなかった。

くわえて、秋自身の初等科受験にかける情熱が、「変質」しつつある。別に、熱意がなくなったわけではない。ただ、哲大とあらためて蓮の将来について話し合うなかで、「なにがなんでも」という藁にも縋るような気持ちは、なくなっていた。

朋子から蓮が初等科に「受かるわけがない」と言われたときは、売り言葉に買い言葉で、蓮の初等科受験を声高に宣明してしまった。しかし、先日朋子から謝罪を受け、しかも蓮と秋を「ほしK組」から追い出そうと画策し、「田島会」の枠を奪い取った〝容疑者〟が、朋子ではなく倫子である可能性が高くなっているいま、秋が望むことは、胸に渦巻く疑心暗鬼から解放されることだけだった。

無論、慶心初等科の、厳しいながらものびのびとした校風のなかで、愛する蓮が個性を思い切り伸ばしてくれれば、なによりだと思っている。ただ、そのためにあらゆる手段を尽くす、という思いは、薄らいでしまった。

哲大は、あの五十万円の商品券のことを責め立てなかった。「田島会」への入会を断られたことに打ちひしがれる秋の気持ちに、ただ寄り添ってくれた。三人での穏やかな生活は、やはり何物にも代えがたいのだ、と改めて気付かされた。

「甘い。あんた、本当に甘いよ」

思いの丈のすべてを伝えた秋に知香が言い放った言葉は、手厳しいものだった。

「どうしてそう思うの」

「あなたの友達が言うことは正しいわ。たしかに、初等科出身者の子供はかなり優遇される。現に、春のときもそうだった。あの子ね、ペーパーはできたんだけど、とにかく我が強くてね。体操の平均台のときなんか、『怖いからやりたくない』って、てこでも動かなかったの。あたし、あれを見て、完全に落ちたと思った。それなのに春は受かった。もちろん、パパの寄附金や、千五百万の学院債も大きかったわよ。でも、あの子が受かった決定的な要因は、あたしが初等科出身だったからだと思う。でもね、あなたの友達が言う通り、あなたたち家族には〝ネック〟がある。親が同性カップルだってことよ。確実に致命的なディスアドバンテージよ。なにせ、慶心はミッション系なのよ？　あなたたちは、スタートラインの段階で何メートルも後ろからスタートせざるをえないの。リスクヘッジをしておくのは当然でしょう」

畳み掛けるような知香の言葉はどこまでも論理的だ。でも、今日こそは言い負かされるわけにはいかない。

――秋さん、チャンスだよ。ここで親離れしなきゃ、秋さんは一生お母さんの奴隷だよ。

ここにはいないはずの翔子の声が、また耳底でこだましている。

「とにかく、悪いことは言わないから、会うだけ会っておきなさい」

秋が返事をできないでいるのを、肯定と受け取ったのか、知香は「いいわね」と言って電話を切ってしまった。

五分としないうちに、ＬＩＮＥで受験ブローカーの「オザワさん」の連絡先が送られてきた。「必ず今日中に連絡しておきなさい」という一文と共に。

波のような音が、聞こえた気がした。

平穏な生活が遠ざかってゆく音だと思った。

「ああ、アンタが噂の大田川家の〝オカマちゃん〟か」

ぼそぼそとした小さい声だったので、秋は思わず「え？」と聞き返した。

ピンストライプのスーツに、エナメルの靴。なにより、赤いフレームの眼鏡がてかてかと光っていて、不気味だ。

「今日はお忙しいなかお時間を拝借して申し訳ありません」

心中を押し隠しつつ、秋は努めて丁寧にお辞儀をした。平日の午後ということもあって、都ホテルのロビーは閑散としている。

「いやあ、お母様からお電話いただきましてね。なにやら受験のことでお困りとのことですから。そこはわたしもプロですしお目にかからないと、と思いましてね。それに、大田川さんといえばビッグネームですからね。お断りするわけにはいきませんよ」

ぞんざいな口の利き方は、いかにも「ブローカー」という禍々（まがまが）しい肩書に相応（ふさわ）しい。やたらと丁寧になでつけられたオールバックが、男の胡散臭（うさんくさ）さをことさら際立たせている。

毛深い手首から覗く金のパテック・フィリップといい、ルイ・ヴィトンのエピのセカンドバッグといい、オザワの姿形は昭和の総会屋が現代に蘇ったかのようだ。いまどき、これほどまでに絵に描いたような胡散臭い男がいるものか、と秋は半ば感心してしまう。

オザワに会うことは、哲大に言っていない。どちらにしろ断るつもりなのだから、余計な心配をかけたくないと思った。

「オザワさんは、青天学舎のご出身だそうですね」

会話をしないわけにもいかないので、秋はひとまず知香からあらかじめ聞いていたオザワのバックグラウンドについて切り出してみる。

「ええ。オヤジも青天でね。わたしも小学部から。とはいえ、高等部でドロップアウトしているんですよ。あなたのようなお育ちのいい方はご存じないかもしれませんが、慶心でも昔、パー券とか流行っていたでしょう。あの実体のないようなクラブイベントのチケットを売りさばくやつです。わたしはアレでしょっぴかれましてね。即退学ですよ。オヤジがずいぶん掛け合ってくれたんですがねえ」

秋のことを「育ちがいい」と言うけれど、オザワ自身もそれなりの家の生まれのはずだ。なにせ、青天学舎は慶心以上に家柄を重んじることで有名なのだから。それなのに、オザワが「オヤジ」と言うと、まるで任侠（にんきょう）ことばのようだ。退学処分になった経歴を、武勇伝のように語る目の前の男が、果たして本当に慶心初等科に顔が利くのか、怪しまざるを得ない。秋は、「それは、大変でしたね」と苦笑する。

「秋さんは町田先生のクラスだそうですねえ」

全身がぞわりとする感覚に襲われた。目の前の下品極まりない男の口から発せられる「町田先生」という言葉に、とてつもない嫌悪感を覚えた。秋の思い出のなかの町田先生が、陵辱（りょうじょく）されてゆくような気がした。

「……はい。六年間町田先生のご学恩を賜りました」

努めて相手の目を見ないようにしながら、秋はかろうじて答える。

「いやあ、参ったなあ。町田先生はカタブツですからね。あのオバサンにはね、実弾（タマ）が効かないんですよ。たかが三万円の商品券ですら、ご丁寧に送り返して来るようなひとですからね。小笠原さんが院長になってから、こっちはなかなか商売が大変になりましてね。その象徴が町田のオバサンですよ。まったく、大内（おおうち）先生なんかはダイヤモンドでも金塊でも受け取ってくれたから楽だったんだがなあ」

ずるずると音を立ててコーヒーを啜る男への生理的な嫌悪感が、頂点に達する。

「それで、どうしましょうかねえ。ひとまず、現役のなかだったら、体育の瑞慶覧さんあたりから攻めますか。あの人はね、もうすぐ定年の長老でしょう。入試の〝票〟を多めに持ってるんですよ。帝国ホテルの個室だったら、機密性が高いですからね。あそこがいいでしょうな。わたしが予約しておきますから、ひとまず帝国で瑞慶覧さんに会って頂くのがいい。あなたの場合は卒業生だから、こそこそする必要もないんだけれど、実弾(タマ)を渡すところを見られると面倒なことになりますからねえ。まあ、車代とお茶代の名目で、〝三本〟で事足りますよ。もうあの人もだいぶ貯め込みましたから」

秋を置いて話を勝手に進めてゆく男に、「待って下さい！」と言う。

「ご足労頂いて恐縮なのですが、困るんです。母がどう申し上げたかわかりませんが、今日はお断りに伺ったんです。もちろん息子を……まあ、養子ですけれども、慶心初等科に入れたい気持ちはあります。ただ、どうしても、ということではないんです。ましてやご存じの通り、僕のところは同性同士の親ですから、半ばあきらめているふしもあります。あくまでも今日はご挨拶とお断りに伺ったまでで……」

言いかけた秋を遮って、オザワは「いやはや、それはこっちが困るなあ」と頭を掻いた。

「お母様からはね、もう手付を頂いちゃってるんですよ。昨日、わざわざ小切手でね。わたしは今日現ナマで頂ければいいと言ったんですがね。いやあ、困ったなあ。僕の商売上、頂いた手付はお返しするわけにはいかないんですよ」

いかにも困った、という顔を装いながらも、オザワの目は笑っている。

なんて。なんて、気持ちの悪い男だろう。

秋は、一刻も早くこの場を立ち去りたいと思った。

「……母がいくらお渡ししたのかは存じ上げませんが、手付金はどうぞそのままお納め下さい。お返しいただかなくて結構です。僕はこれで失礼します」

伝票を持って秋が立ち上がろうとすると、男がやれやれと言った風情でため息をついた。

「やっぱりあんたはお坊ちゃんだなあ。現実をご存じないんでしょうな。仕方ないでしょう。わたしとしては手付さえいただければ問題ありませんから。まあ、ご武運をお祈りしますよ」

最後までぞんざいな態度は崩さずに、男はさっと席を立って、エントランスへと去って行った。手が、わなわなと震える。

知香は、オザワがあんな男だと知った上で、金を払ったのだろうか。もしそうだとしたら、知香を許せない、とすら思った。


「あんた、オザワさんに断り入れたってどういうことよ！」

知香から凄い剣幕の電話がかかって来たのは、その日の晩だった。目の前でのんびりとコロナの瓶を傾ける哲大は、昼間オザワに会ってきたことを知らない。秋は慌ててスマホを片手に廊下へ出た。

「どういうことはこっちのセリフだよ！　知香さん、なに勝手に手付金なんか払ってるんだよ。あの人、どう見てもヤバいひとだろ。あんな気持ち悪いやつに蓮のこと頼むなんて俺は絶対に嫌だ。受け入れられない。ましてやあのおっさん、町田先生のことを侮辱したんだ」

話していると、昼間のことが思い出されて涙が滲んでくる。それでも、知香は容赦がない。

「あたしは全部あんたたちのためにやってあげてるのよ！　これもすべて、蓮君の将来のためでしょう。あたしの善意がなんでわからないのよ！」

　電話口の知香は、ますますヒートアップしてゆく。

「そもそも男同士のあんたたちが慶心初等科を正攻法で目指したって受かりっこないのよ！　それをあたしがどうにかしてあげようとしているのに……。春ばかりか、秋までこんなに物分かりの悪い子だとは思わなかったわ」

　あまりの物言いに、秋は悔し涙が止まらない。ただならぬ空気を察したのか、哲大がダイニングから顔を覗かせる。スマホを片手に滂沱（ぼうだ）の涙を流す秋の姿に一瞬驚いた顔をしてのち、傍らに駆け寄って来る。秋は、電話を握りしめてしゃくりあげながら、声をしぼり出した。

「……ふざけるな」

「え？　なによ。全然聞こえないわよ」

　知香は苛立ちを募らせている様子だ。

「ふざけるなって言ったんだよ！　もういい加減にしてくれ！　俺たちのことは放っておいてくれ！　もうあんたなんか親でもなんでもない。冗談じゃない。俺も蓮も、あんたの善意を満足させるために生きてるんじゃないんだよ！」

　傍らの哲大が目を丸くするほどの大声で言い放って、秋は通話終了ボタンを押した。ぜえぜえと肩が上下する。哲大が、何も言わずに秋の背中をさすってくれる。静かで、あたたかなぬくもりに、秋はますます涙が止まらない。

「……哲大」

　震える声で呼ぶ秋に、「うん。どした？　大丈夫なん？」と哲大が優しく答える。

「俺たちで、頑張ろう。もう、誰も頼らない。俺たちの力で、蓮にてっぺんの景色、見せてやろう。絶対に」

秋の壮絶なほどの決意表明に、哲大は「うん、そうしよ。秋さん、よう言うたな」ととびきりの笑顔を返してくれた。

「ほれ」と言って、哲大が両手をひろげる。

秋は、哲大の広くたくましい胸に、飛び込んでゆく。

胸からは、太陽の匂いと、ほんのりと甘いアルコールの匂いがした。

「また減ったね」

テラス席でイングリッシュ・ブレックファーストのティーカップを傾けながら、春はどこか嬉しそうだ。

昨日、秋が電話を叩き切ってから程なくして、知香は案の定LINEグループから抜けた。グループ名は再び、「大田川家（3）」に戻った。

「まあ、秋が怒るのも無理ないよね。あたしだって、そんなことされたらキレる」

夏らしい陽光が広尾のカフェのテラスに燦々と差し込む。ラインストーンの鏤（ちりば）められた水色の爪をきらめかせながらティーカップをつまむ姉の白い手を、秋はとてもきれいだと思った。

「変なこと訊いてもいい？」

「なによ、急に」と言いながら、春が長い髪をかきあげる。

じじじっという音が聞こえてふと目を向けると、外苑西通り沿いに植えられた柏の街路樹に、一匹の油蟬が留まったところだった。

「姉貴って、知香さんのこと好き?」

春が、思いのほか真剣な面持ちで、秋の顔を見据える。

「……好きよ。人間としては、ね」

しみじみと呟いてのち、春は手に持っていたスマホをティーテーブルの上に置いて、続けた。

「でも、母親としてはそうでもない」

人間としての知香と、母親としての知香を隔てる線は、果たしてどこにあるのだろう。少なくとも秋にとって、知香はただひとりの母親の大田川知香としてのみ、厳然と存在し続けている。春にとっては、ちがうということなのだろうか。

「母親としての部分と、人間としての部分を分ける線って、どこにあるの」

春は「うーん」と頭を捻(ひね)って考えている。明瞭な答えとなりうる言葉を探すのに、苦労しているようだ。

「中等科の時にさ、〝宗教〟の授業あったでしょ。あの時、さんざん聖書のことやったよね」

いきなり、慶心時代の授業の話を切り出した春の真意がわからない。

「うん、覚えてるけど」

「三位一体(さんみいったい)だとか色々勉強させられたけどさ。あたし神としてのイエスって全然好きになれなかったし、〝篤き信仰〟なんて馬鹿にしてた。でも、人間としてのイエスはそんな嫌いじゃなかったんだよね。きっと、変で面白いヤツだったんだろうな、って」

春のたとえ話が、秋にはいまいち腑に落ちない。〝宗教〟の授業は、たしかにテストもあったけれど、秋のクラスを担当していたシスターは地味で、いつも通り一遍の話しかしなかった。だから、授業の内容自体あまり記憶に残っていない。

「ごめん、ちょっとよくわからない」

「なんていうかなあ……」と、春はなんとか秋にわからせようと、真剣な表情になる。いつもはさばさばとしている姉が、なんだかんだで優しくて気遣いができるひとであることに、改めて気付かされる。

「イエス・キリストってさ、たぶん本当はただのちょっと変わった面白い人だったんだと思うんだよね。でも、弟子の使徒たちとかさ、後世の人たちが、どんどん勝手に神格化していったっていうか。神になっちゃったイエスって、あんまり寛容（かんよう）じゃない気がするんだよ、あたしは。知香さんってさ、すごい強いし、ブレないでしょ。ああいうところは尊敬してるし、一緒に旅行とかしててもやっぱ面白いのよ。知識もあって、社交も上手だし。何より美人だから一緒にいて鼻高いしね。だけど、親としては強すぎるんだよ。人間としての大田川知香はさ、凄腕（すごうで）のデザイナーで実業家で、社交界の華。そういうところはすごく素敵だと思う。でも母親としては……。あたしは、知香さんは友達だったら最高だな、って思う」

春の言わんとしていることが、なんとなく、わかったような気がした。でも、わからないところもある。秋は、物心ついてから、知香以外の親を知らない。どういう親が「良い親」なのかがわからない。比較対象を持たない。それは、春も同じであるはずなのに、なぜ彼女はこうも冷静に母親を見ることができるのだろう。

「姉貴が言いたいことはわかるんだけど。でも、俺は他の親を知らないから、親としての知香さんがいいのか悪いのか、わからない」

春が「あ、そうか」と言う。

「あんた、瀬木さんと暮らしてた頃の記憶なさそうだもんね」

たしかに、父親の瀬木修也と暮らしていたころの記憶はほとんどない。ぼんやりと頭のなかに残っているのは、広尾のマンションの大きな革張りのソファの上で、アコースティック・ギターを片手に、弾き語りをしていた姿くらいだ。初等科に上がったころには、修也はすっかり家には帰って来ないようになっていたから、秋にとって「親」とはずっと知香ひとりだった。

「うん。瀬木さんのことは、正直あんまり覚えてない」

「そこだと思うんだよね。あたしはあんたより三歳上だから、瀬木さんがウチを出ていったとき、完全に物心ついてたの。あたしには瀬木さんの記憶がある。いつもかっこつけてて、鼻につく男だったけどさ。けっこう子煩悩で、あたしとか秋にはすごく優しかった。知香さんがあたしたちを叱ってるとさ、『もうそのくらいにしろよ』って止めてくれたり。覚えてない？」

秋は首を振る。本当に、まったく記憶になかった。秋にとって父親とは、知香との性交の果てに、自身をこの世に生み出してくれたという、ある種の観念的な存在に過ぎない。

田園調布の実家の地下にある書庫を漁（あさ）っているときに、昔のアルバムが出てきたことがある。アルバムには、修也も一緒に写った家族写真が何枚も入っていた。

顔も、覚えている。

ただ、知香と離婚したあと、修也はテレビのワイドショーのコメンテーターをしたり、メディアに露出する機会が多かった。だから、秋の記憶のなかにある修也の姿は、ひょっとしたらテレビや雑誌を通じて見た姿と混同しているのかもしれない、と疑ってきた。ともに「家族」として暮らした〝生の記憶〟なのかどうかはわからないし、秋の記憶にうっすらと残る父が、〝本物の父〟なのかどうかもわからない。

「あたしは、親としての瀬木さん、好きだったよ。ひととしては、かっこいいとは思えなかったけどね」

「いいな。俺には、その記憶がないから」

秋の素直な気持ちだった。懐かしむような目で父親について語る春を、うらやましいと思った。格好悪かろうと、金や時間にルーズな、だらしのない男であろうと。父親という存在の生身の「熱」を知っている春と、それを知らない秋のあいだに歴然と存在する三年という時間の重さを、秋ははじめて感じている。

「秋は、知香さんを嫌いになれないんでしょ？」

いつか翔子から投げかけられた質問が、今度は姉から飛んでくる。

答えに、詰まる。

嫌いに〝なれない〟のか、嫌い〝ではない〟のか。知香に対する自身の思いに、自身の「意思」がちゃんと介在しているのか。どうしても、自信を持てずにいる。

「秋。あんたには、知香さんを嫌いになる権利があるよ。知香さんはたしかに凄い。魅力的だし、バイタリティの塊。あたしたちに何の苦労もかけずに育ててくれたのには、あたしだって感謝してる。でもね、ひとつ消せない事実がある。知香さんは、あんたとあたしから父親を奪ったの。もちろん、父親がいなけりゃ家族じゃない、なんてことはない。父親がいなくても、あたしたちはこうして育った。でもね、〝もうひとりの親〟をあたしたちから奪ったことに変わりはないんだよ」

いつまで経っても答えない秋に、優しく微笑みかけながら、春が言った。

言葉にならない衝撃が、秋の心とからだを貫く。

——嫌いになる権利がある。

離婚後も、女手ひとつで姉弟をつつがなく育ててくれた知香に対して、秋は感謝以外の気持ちを抱いたことがなかった。蓮を引き取ってから、蓮の教育や将来に対してさまざまな道を指し示してくれる知香には、感謝しなければいけないと思い込んできた。口を挟んでくる知香に対して感じる「煩わしい」という気持ちに、罪悪感を抱いてきた。秋にとって知香は常に与えてくれる存在で、秋からなにかを「奪う」存在だと思ったことは一度としてなかった。

「あたしはさ、知香さんが将来ボケてくれないかな、って期待してる。おばあちゃんみたいにね」

春の唐突な言葉に、秋の頭のなかはふたたび疑問符にまみれてゆく。

「どうしたの急に」

ティーテーブルに片肘をついて、春は陽光眩しい街路に目を向けている。その視線を追ってゆくと、柏の木に留まった蟬にたどり着いた。茶色い大きな虫は、身を震わせることもなく、じっとしずもっている。

「認知症って神様からのプレゼントだって言うじゃん。ボケちゃえば、死の恐怖も病の憂鬱もなくなるだろうし。当人は幸せだよね」

手持ち無沙汰を紛らわすように、春はティースプーンでカップの中身をかき混ぜている。視線は相変わらず、蟬に向けられたままだ。

「それは俺も聞いたことある。なるほどな、って思った」

言いたいことの本意は推し量れないけれど、秋はとりあえず春にうべなう。

「おじいちゃんのときはどんどん僻み屋になっていって大変だったけどさ」

「知香さんは、昔おじいちゃんが嫌なヤツになってくれたのは、愛情だったんじゃないか、って言ってた」

蟬が、さっきまで留まっていた位置より、少しずつ上方に移動しようと蠢いている。ここからは詳らかには見えないけれど、翅に隠れた六本の脚が、ぎこちなく動いているのがわかる。春は「うん、うん」と頷きながら、話を続ける。

「でも、知香さんが、晩年のおじいちゃんみたいにどんどん被害妄想が強くなるのは私は辛いかな。むしろ、こっちが誰だか分からないくらいボケてくれればやっと知香さんと適正な距離がとれる。知香さんが死んだときの悲しみも喪失感も、たぶんずっとマシになる」

バイタリティにあふれ、イタリア語やフランス語を駆使しながら社交界で活躍する知香がボケてゆく姿が、秋には想像できない。なんとなく、知香はあの美しさと知性、そして強さを保ったまま、突然ぱたりとこの世からいなくなるのではないか、と思って来た。なにより、知香の「死」を、考えたことがなかった。

「……知香さんが死んだら、俺、どうなるんだろ」

蟬から視線を外さないまま、春がふうっと息を吐く。

「知香さんが〝いま〟死んだら、あたしだって、きっとめちゃめちゃ悲しい。耐えられないほどね。親としての知香さんには見切りをつけたけど、やっぱり最高の友達なんだもん」

「でも、ボケてくれたら、なんとか耐えられる？」

「うん。あたしはきっと耐えられる。ボケて、赤の他人に成り果てた知香さんを『じゃあね』って気持ちで送り出したい。そして、一周忌あたりで『やっぱりすごい人だったな』って思い出せればいい。そのときになってはじめて『ああ、ボケたのは知香さんの最大の愛情だったんだ』って思える気がする。親離れさせることが、親の最大の愛情だったんだ、って」

春の話を聞きながら、秋は知香が死ぬことをイメージしてみる。

実感は湧かないけれど、もし知香に死なれたら、きっと自分は取り乱すだろう。遺体に縋って泣き叫び、後を追いたくなるかもしれない。だって、たったひとりの「親」なのだから。

「姉貴は強いね。想像したけれど、俺には無理そう。どうしても知香さんが可哀想になっちゃう」

正直な気持ちを伝えると、春は「そりゃそうだろうね」と言って笑う。

「でも、それは〝いま〟死なれたらでしょ。秋は今回、ちょっとだけ知香さんの呪縛から逃れられた。少し、親離れできたんだよ。きっともうすぐあたしみたいに、知香さんを最高の友達だって思えるようになる。そのとき、もう一度想像してごらん。ボケてクソババアになった知香さんが死んでゆく姿をね」

たしかに、昨日のオザワの一件があって、秋の知香に対する気持ちは変質したのだと思う。「友達」ではないけれど、何が何でも縋りたい対象ではなくなったような気がする。これを「親離れ」というのだろうか。

でも、知香とこのまま「親子」でなくなってしまうのは悲しく、寂しいことにも思える。

「……なんか、寂しいね。俺、こうして知香さんと親子じゃなくなっていくのかな」

「大丈夫だよ」

じっと秋の目を見据えて、春がしっかりとした口調で言った。

大丈夫って、何が大丈夫なんだろう。

「なんだかんだ言っても親子だもん。あんたが心から知香さんを求めるときに、また舞い戻ってきてくれる。でも、いまはそういう時期じゃない。それだけのことだよ」

蟬は、いつのまにか消えていた。

春と別れて、秋は敬天会へ向かう。

ハンドルを握りながらも、先ほどの春との会話が、ずっと頭のなかをぐるぐると回っている。天現寺(てんげんじ)の交差点で右折信号を待ちながら、秋は知香を思う。

必死、だったのだ。知香も、朋子も、倫子も、そして秋自身も。

秋が蓮の受験に前のめりになったのも、必死だったからだ。

電話での朋子のひとことは、ほんの些細(ささい)なきっかけに過ぎなかった。本当は、あの電話でのやりとりのはるか前から、秋は必死だったのだ。

「必死さ」の連鎖の端緒(たんしょ)は、きっと、もっと、ずっと前にあったはずだ。「成り上がりの土建屋」と馬鹿にされて来た征二郎もまた、知香のために必死だったのだろう。

知香には、決して劣等感を味わわせまい――。

そんな思いが、知香を慶心に入れる原動力だったのかもしれない。

思いは、知香に引き継がれた。

自身の離婚によって片親になってしまった春と秋に、決して苦労をかけまい、という強い思いが、ふたりに長雨のごとく絶えず注がれてきた。「与えること」こそが、姉弟を幸せにするのだ、と頑なに信じて。ふたりから「父親」を奪ってしまった罪を、「与えること」で贖(あがな)うように。

秋は長年、知香の前で修也の名前を出すことができなかった。「父が恋しい」など、ゆめゆめ言おうとは思わなかった。それは、絶えず「与えること」で秋を育ててきてくれた、知香への義理であり、義務であるように思っていた。

父を求めることは、母を捨てること。

ずっと信じていたのだ。いや、信じ込まされていたのかもしれない。

『あなたたちの人生は、これからもずっと、あなたたちのものです』

町田先生の声が、聞こえてくる。

なぜ、あのときに気づかなかったのだろう。秋の人生は、本当はあの時点ですでに、自分のものだったのだ。初等科の卒業式のとき、町田先生が言いたかったのは、そういうことだったのではないだろうか。たしかに、慶心学院初等科に入るにあたって、子供本人は無力だ。受験のほとんどは、親によって決まるといってもよかった。けれども、一度入学したからには、子供は子供の人生を取り戻してよかったのだ。

——あんたが心から知香さんを求めるときに、また舞い戻ってきてくれる。

先ほどの春の言葉とともに、秋の頭に蓮の顔が思い浮かぶ。

絶えず、長雨のように注ぎ続けるのではなく、必要なときに舞い戻って来ること。それが「親」のあるべき姿なのだとしたら、いま自分はなにか大きな過ちを犯そうとしているのではないか、という不安が秋の胸のなかでむくむくと膨らみはじめる。

秋は自分自身が「親になること」に夢中だった。蓮にあらゆる機会やモノを与え続けることで、蓮の親になったつもりでいた。でもそれは、蓮の都合を無視した、自己満足ではなかったか。

蓮は、秋や哲大に母親のことを訊ねたことがない。

幼い蓮に母親のことを知らせるのは酷だと、いままで蓮の前で母親のユリの名を口にしてこなかった。蓮が不憫(ふびん)な思いをしないように。蓮が混乱をしないように。なにより、幼い蓮の心に傷を残すわけにはいかない——。「蓮のため」という一念で、ユリの名を口にしないようにしてきた。でもそれは、秋のエゴではなかったか？　ユリの名を出さないことで、秋と哲大だけが親である、っていたのではないか。かつて秋が、知香の前で修也の名前を出せなかったように、蓮は「母親」という言葉を「禁句」だと信じ込んでいるのかもしれない。

――わかりません。

「バイブル・クラブ」での合同誕生会で、由美香が蓮に母親のことを訊ねたときのことを思い出す。あのとき蓮は、秋が母親のことを決して口にしない気遣いを無駄にしてはならないと、あえて「わかりません」ととぼけたのではないか。

蓮に、「完璧な将来」を与えてやりたい、と思って来た。蓮にとって、「良い親」でありたいと思って来た。

母親がいないこと。養子であること。養親が、同性カップルであること。あらゆる「リスク」から、蓮を守ってやりたいと必死だった。だから、蓮の前で決してユリのことを口にしなかった。けれども、そのことが、蓮から大切なものを奪っていたのだ。「ママ」という言葉を。ひいては、蓮が秋を嫌いになる「権利」を。

今日、家に帰ったら、哲大と相談したうえで、近いうちに蓮にユリの話をしよう。「お母さん」がいることを。「お父さん」がすでにこの世にいないことを。そしてなにより、「お母さん」の病気が治ったら、蓮には「お母さん」を選ぶ権利があることを伝えなければならない。

決心を固めた秋は、渋谷橋交差点を左折する。水曜日の午後だというのに、駒沢通りは車が多くて、恵比寿駅前からなかなか先に進めない。

「ほんとうのおかあさん?」

夕食後、リビングのソファでくつろいでいるときに突然告げられた蓮は、口をあんぐりと開けたあと、秋のことばを鸚鵡返しした。

「うん。いままで黙っていてごめんね。でも、蓮はお利口だし頭のいい子だから、ちゃんとお話ししておいたほうがいいと思って」

蓮にユリの存在や、養子になった経緯を伝えることについて、哲大は反対しなかった。もしひとりだったら、伝える勇気を持てなかったかもしれない。でも、となりに哲大がいてくれることで、やっと蓮に真実を伝えることができる。

「蓮のお母さんはな、めっちゃ頑張って蓮のこと産んだんやって。せやけどそのあとちょっと具合が悪なってしもうてん。ほんで、秋さんとテツ君が蓮のパパになることにしたんや」

哲大が助け舟を出してくれるけれど、唐突に複雑な話を聞かされた蓮はぽかんとしている。

「じゃあ、ぼくのほんとうのパパはだれ？」

蓮の無邪気な問いに、秋は思わず言葉に詰まる。秋の父親の修也が、蓮の父親でもあること。そして、修也と知香がかつて夫婦であったこと。血の繋がりにおいては、蓮と秋はきょうだいでもある、ということ。これらの事実は、大人であったとしてもじゅうぶんに複雑で、嚙み砕くには時間がかかる。それを、これから五歳の蓮に話さなければならない。でも、もう決めたことだ。

蓮に対して隠し事をしない。たとえ、どんなに時間がかかったとしても、しっかり伝える——。

哲大がとなりにいれば、大丈夫だと、秋は自らに言い聞かせる。

「蓮のパパはね、実は秋君のパパでもあるんだ」

意を決して切り出すけれど、蓮は要領を得ない表情をしている。

「あんな、蓮のほんとうのパパはな、昔、秋さんのお母さん、つまり知香ちゃんと結婚しとったんよ。知香さんと蓮のほんとうのパパが結婚して、春さんと秋さんが生まれたんや」

ゆっくりと、諭すように、でもしっかりと順を追って事実を伝えようとする哲大のことばを、蓮はだまって聞いている。

「そう。でもね、知香ちゃんのお仕事が忙しくなって、蓮のほんとうのパパもお仕事が忙しくて、一緒にいられなくなっちゃったんだ。でもそのあと、ひとりぼっちになっちゃった蓮のほんとうのパパを助けてくれたやさしいひとが、蓮のほんとうのおかあさんのユリさんなんだ」

なるべくわかりやすく伝えたいと思う。けれど、事実があまりに複雑で、まがりなりにも言葉のプロだというのに、うまく伝えられない自分がもどかしい。

「ユリさん?」

「そう。ユリさん。蓮のほんとうのおかあさんだよ」

ふうん、と言ったきり、蓮はサイドテーブルに置かれたしまじろうの絵本を手にとる。もう最近ではすっかりしまじろうには飽きたはずなのに。本能的に、聞きたくない、と感じているのかもしれない。

「じゃあ、テツくんと秋くんはだれなの?」

えっとね、と言いかけたところで、秋は二の句が継げなくなってしまった。

たしかに、僕は蓮の「だれ」なのだろう。蓮にとって、「何者」なのだろう。蓮に対して嘘はつきたくないのに、適切な言葉がまったく思い浮かばなくて、秋は途方にくれる。

「テツ君も秋さんも、蓮のちゃんとしたパパなんやで。〝ようし〟って言うてな、国がちゃんと俺たちが蓮のパパなんやって認めてくれとるんよ。せやから、秋さんもテツ君も蓮のパパやし、蓮にはユリさんも修也さんもおるから、ほかの子よりもパパとママがいっぱいいてるんや。すごいやろ？」

秋の背中をぽんぽんと軽く叩いてから、哲大が蓮に明るい声で言う。

蓮はしまじろうの絵本に目を落としたまま、ふたたび「ふうん」という。でも、ページはまったくめくられていない。幼いながらに、もうこの話はしたくない、と全身で訴えているのがわかる。そんな蓮の様子にとっくに気づいている哲大が、秋のほうを向いて苦笑する。

「蓮、ごめんね。びっくりしちゃうよね。とにかく、テツ君も秋君も、蓮のほんとうのパパとママも、みんなちゃんと蓮の親なんだ。みんな蓮のことが大好きなんだよ」

ほんとうは、修也がすでにこの世にいないことや、ユリの入院のことも伝えるつもりだった。知香とのすれちがいについても。ただ、時期尚早なのは明白だった。なにより、蓮自身が、この話を拒んでいる。

「終わり？」

蓮がやっと絵本から顔を上げ、秋に向かって問う。声は無邪気そのものなのに、蓮の小さな瞳は切実だった。

「うん、終わり。ごめんね」

秋の言葉に、蓮は「ぼくね、プレイ&スタディのお絵かきやる！」と絵本を放り出し、テレビ台の上のクレヨンを取りにゆく。画用紙とクレヨンを抱えた蓮は「できあがるまで見ちゃだめ！」と言って、子供部屋へと駆けてゆく。

「……やっぱ、まだ早かったかな」

蓮の後ろ姿を見ながら嘆息する秋の背を、哲大がふたたびやさしくさすってくれる。

「別に、一度に全部言わんでもええんちゃうかな。ゆっくりでええ。嘘ついとるわけとちゃうし。

蓮が受け入れられる準備ができたときに、伝えていけばええよ。蓮の準備ができたら、秋さんはきっとわかるはずやで」

うん、と頷きつつも、秋は考え込んでしまう。すべてを明かすのは蓮のため、と言いつつ、ほんとうは自分のためだったのではないか。蓮に対して隠し事をしているという心の重荷を軽くしたくて「蓮のため」という都合のいい言い訳をつけて、なにもかも詳らかにしてしまいたかっただけなのではないか、という気すらしてくる。事実、蓮は今日、全身で真実を拒んでいた。たしかに、蓮には知る権利があるし、いつかは知るべきだろう。でも、やはりいまではなかったのだ。むしろ、あまりに唐突だったせいで、蓮の心を混乱させてしまった。

——テツくんと秋くんはだれなの？

ほんとうに、誰なんだろう。シンプルで、あまりに本質を突いた蓮の問いが、秋の頭のなかにこびりついて離れない。

「秋さん」

もし明日、蓮の様子がいつもとちがったらどうしよう。あからさまな不安や情緒の乱れが見られたら。

「秋さん」

やはり、受験も終わって、すべての問題が片付いてから、一緒に向き合うべきだった。それなのに、身勝手な正義感と思い込みで、また蓮に辛い思いをさせてしまったのだとしたら。

「秋さん！」

パンッ！　という大きな音とともに名前を呼ばれて、秋はハッとする。哲大が、秋の顔の前で思い切り両手を叩いた音だった。

「また余計なこと考えとんのやろ。久々にあっちの世界行っとったで」

眉毛を下げて、困ったように笑う哲大の日に焼けた顔が、目の前にある。

「……ごめん」

「秋さん。秋さんひとりが蓮の親やっとるわけやないやろ？　いままでもこれからも、蓮に起こるええことも悪いことも、俺たちふたりのせいやで。全部俺たちふたりで悩んで、俺たちふたりで解決していくべきやろ？　いま蓮の親は、俺たちしかおらへんのやから」

哲大のことばに、秋はうなずく。哲大の言う通りだ。蓮にとって哲大と秋が「だれ」であろうと関係ないのだ。たとえふたりが何者であろうとも、いま蓮を守り、育てられるのは、哲大と秋のふたりだけなのだから。

第四章

11

「ユウコ先生ありがとうございました！」

元気よく挨拶をする秋に、ピンクのフレアスカート姿のユウコ先生が、

「蓮君また来週会いましょうね」とにこやかに返事をする。

自由が丘にある大手小学校受験教室「萌芽塾」に蓮が通うようになってから、半年が過ぎた。一八〇センチ近くあったという父親の修也に似たのだろうか。年長の「つきT組」に上がってからの蓮は、ますます背が伸びた。

苦手だったスキップは、哲大の丁寧な指導のおかげもあって、いまでは得意種目だ。「萌芽塾」には体操のクラスもあるけれど、いまはお絵かきやゲームといった遊び系のクラスだけを受講させている。

「最近の蓮はどうでしょうか」

秋がエントランス横のプレイスペースで遊んでいる間、秋は蓮のレッスン担当のユウコ先生と立ち話をする。

ユウコ先生は、もともとは私立女子大の付属小学校で教鞭（きょうべん）を執っていたが、三年ほど前に「萌芽塾」に転職したらしい。「田島会」の厳しい指導と違って、「萌芽塾」は児童の自主性を伸ばすことを第一に考えている、という点が秋は気に入った。指導する先生もみな、声を荒らげることなく、優しげだ。

「もともと集中力のあるお子さんですが、最近は特に顕著ですね。それから、ほかのお友達の手助けも積極的にするようになりました」

十一月の受験本番まであと四ヶ月あるとはいえ、そろそろ「追い込み」の時期に差し掛かる。「田島会」では、名物の「軽井沢夏期集中レッスン」が始まるころだろう。

「受け答えの方はどうでしょうか。もとが引っ込み思案気味な子だったので」

秋が懸念を伝えても、ユウコ先生はやわらかな笑顔を崩さない。

「心配ないと思いますよ。今日は『ここまで何に乗って来ましたか』という質問と、『けさの朝ごはんは何を食べましたか』という質問をしたのですが、どちらも淀（よど）みなくしっかりと受け答えできていました。椅子から立ち上がったり、そわそわする様子もないです。正直に申し上げて完璧すぎるくらいですよ」

手放しに褒められて、秋は心から安堵する。なにより、最近の蓮は楽しそうだ。わがままも言うようになったし、家でも嫌なことは嫌だと言うようになった。聞き分けがなくなった、とも言えるかもしれないけれど、蓮が自ら考えたうえで、自らの意志を明確に表明できるようになったことが、秋は嬉しかった。

それもこれも、昨秋蓮に、母親のユリのことや、修也のことを（すべてではないけれど）話したのが良かったのかもしれない、と思う。秋や哲大が「隠し事をしない」という態度を示したことで、蓮も腹を割ってすべてをさらけ出してくれるようになった気がする。

「良かったです。それを伺って安心しました。他になにか、気をつけるべきところはありますでしょうか」

秋の質問に、ユウコ先生は華奢な左手を顎に当てて「そうですね……」と、少し考え込む。

「特に問題はないのですが、もう少し自信を付けられたらいいかもしれませんね。新しい課題を出すと、たまに『ぼくには無理かも』って言うんです。頭のいいお子さんですから、最後にはちゃんとできるのですが、もう少し挑戦に対して貪欲でいいかもしれません。慶心初等科は、自信のあるお子さんを好みますし、なによりリーダーシップを重視しますから。なにかもっと自信を付けさせてあげることができればいいかもしれませんね」

たしかに、蓮は「やってごらん」と言えば、きちんとこなすことができるのだが、自ら能動的に新しいことに挑戦しようとする意欲に関しては、やや希薄なのかもしれなかった。

「なるほど……。夏休み中に、なにか家でできる対策はありますでしょうか」

知香の指示をいっさい受けることなく、自身で蓮の受験と真剣に向き合うようになってから、秋も変わった。以前の秋ならば、こうして先生に積極的に質問をしたり、アドバイスを求めることはなかったかもしれない。蓮のおかげで、親である秋も、成長させてもらえているような気がする。

「成功体験がいいと思うんです。千ピースのジグソーパズルに挑戦したり、時間のかかる料理に一緒に取り組んだり……。あるいは、登山もいいですね。去年わたしが受け持ったお子さんの話ですが、一学期はとても引っ込み思案だったんです。ただ、夏休み中にお父様と蓼科山に登ったんですね。その登頂体験が良かったみたいで、二学期には見違えるほど自信に溢れたお子さんになりました。結果はもちろん合格です」

なるほど、登山か。いいかもしれない。しかし、秋はもっぱらのインドア派だ。登山経験が皆無にひとしい。中等科の学年旅行で登らされた、那須の茶臼岳が最後だ。ほとんどハイキングに近いようなあの登山ですら辛かったのだから、蓮より秋の方が先にへたってしまうだろう。

とはいえ、高尾山程度ならどうにかなるかもしれない。どちらにしろ、蓮に自信をつけてもらうことが最優先だ。

夏休み明けには、町田先生との再度の会食が予定されている。そのときには、蓮が自信に満ちていて、リーダーシップを発揮できるところが見せられればいい。

いよいよ科長の椅子が近づき、慶心初等科随一の実力者となりつつある町田先生とは、去年の秋にも一度、哲大と蓮を交えて食事をした。

秋と哲大のふたりが、同性同士で親となり子育てしていることを、心から喜んでくれた。

『あなた方のような、あたらしい形の家族が、うちの学校にも必要ですよ』

町田先生の言葉が、心強かった。念のため手土産に用意した五万円分の商品券は、オザワが言っていたように見事に突き返されてしまったけれど、むしろ先生の清廉さが変わっていないことがわかって、安堵した。「鎌倉山」の肉の詰め合わせのほうは受け取ってくれたし、「またいつでも会いましょうね」とも言ってくれた。町田先生は、まず間違いなく味方になってくれるだろう。

つまるところ、すべてが順調なのだ。

年長に上がって、由美香と蒼はそろって「つきK組」になり、蓮とはクラスが分かれた。お迎えのときには顔を合わせるけれど、朋子や倫子と接触する機会は明らかに減った。とはいえ、朋子は去年の電話の件以降、秋に対して不遜な態度を取ることもないし、どちらかといえば下手に出てくるようになった。「つきＫ組」でもメーリスの管理係を任されて、保護者のなかのリーダー格なのは相変わらずのようだけれど、派手さがなくなって、どこか柔和な雰囲気を醸し出すようになっていた。

倫子のほうはと言うと、お迎えのときに見かけてもただ控えめに微笑んで会釈をするだけで、いつか垣間見せたような冷たい能面のような表情はなりをひそめている。

蒼が「田島会」に通っていることは把握している。とはいえ、父親の智人も「田島会」出身でコネクションがある。結局、秋と蓮の「最後の一枠」を奪い取ったのが、倫子なのかどうかも、いまだにわからない。

ただ、秋にとって去年の梅雨から夏にかけて起こったこれらのできごとは、いまとなってはどうでもいいことだ。朋子や倫子が子供の受験のために躍起になる気持ちもわかるし、彼女たちの必死さを、身をもって理解している。

でも、秋はもう「必死」にはならない。無理もしないし、邪なこともしない。蓮に対して誇れないようなことは、絶対にしない。それだけは、ひとすじに守ってゆこうと決めている。

「秋くん！　帰ろうよ、お腹空いた」

蓮がおとなしく遊んでくれているのをいいことに、立ち話に夢中になっていた。

「うん、帰ろう。今夜はテツ君が生姜焼き作ってくれるって」

哲大との関係も、すっかり元通りだ。世間からみれば風変わりな三人家族かもしれないけれど、秋の感覚としては、だいぶ「家族」が板についてきている。

「それじゃあユウコ先生、また来週もよろしくお願いします」

秋があらためて挨拶をすると、ユウコ先生が「あっ」と呟いて秋のもとに駆け寄って来た。

「なにか？」と訊ねる秋に、

「夏休み中、絵の練習をするといいかもしれません。蓮君、とてもよくできる子なんですが、絵画だけは少し苦手みたいです」

ユウコ先生いわく、今日のクラスでこんな課題があったのだという。


――世界には、「お助けマン」がたくさんいます。おまわりさん、しょうぼうしさん、おいしゃさん……。みなさんのおとうさまやおかあさまもいつもみなさんを助けてくれますね。きょうはみなさんが考える「お助けマンのものがたり」を絵にかいてみましょう。そして先生に説明してください。


「蓮君、物語を作るのはとても上手なんです。やはりプロの秋さんの息子さんだけありますね。ただ絵のほうが……。今日は絶滅（ぜつめつ）の危機にある深海魚を助けに来てくれる、潜水艦（せんすいかん）の物語を描いてくれたのですが、他のお子さんがたに笑われてしまって。蓮君はいたって気丈だったのですが、自信をつけさせるためにも、絵の練習をお勧めします。慶心の受験では、絵を描かせてストーリーを語らせる科目がありますし」

大人同士の話が始まったことで、蓮はふたたびエントランス横のプレイスペースに走ってゆく。つくづく、察しのいい子だと思う。

家で蓮の様子を観察するなかで、塗り絵が得意ないっぽうで、形を描くのが苦手なことに秋もなのだ。

うすうす気づいていた。色彩感覚は優れているのだけれど、対象物の形状を把握するのが不得手なのだ。

秋は中等科時代、美術部に所属していた。デッサンは得意ではなかったけれど、絵の基本ならば教えることができる。

「ご指摘ありがとうございます。さっそく、夏休み中に絵をたくさん描かせるようにしてみます」

「それがいいですね。では、失礼します」

あらためてユウコ先生と会釈を交わすと、話が終わったことに気づいた秋がプレイスペースから秋のもとへやって来る。

「終わった?」

「うん、終わったよ。待たせてごめん。ユウコ先生、蓮のことすごく褒めてたよ」

蓮は「くふふふふ」と嬉しそうに笑った。

エントランスを出ると、むわっとした夏の空気に包まれる。駐車場までは、歩いて五分ほどだ。秋が右手を差し出すと、蓮はとっくにひとりですたすたと歩き出していた。「秋くん、はやく」と振り返る蓮の顔が、また少し大人びたような気がする。

「ごめんごめん、いま行くよ」と言いながら、秋は蓮を追いかける。

こうしていつかは、蓮も巣立ってゆくのだろう。俺は、そのとき笑って見送れるだろうか?

「高尾山なんかあかん」

秋の提案を、哲大はにべもなく否定した。

「え、なんでよ。いいじゃん、高尾山。俺も行ったことないし。それとも、ハワイか軽井沢でも行く？」

　言ってはみたものの、ハワイのコンドミニアムも、軽井沢の別荘も、知香と絶縁してしまっている手前、使いづらい。総合的に考えて、東京近郊でのハイキングで済ませたいのが本音だ。その上で夏休み中は、蓮に絵の特訓を施したい。十一月の受験まで、あともう四ヶ月しかない。

「あかん。絶対あかん。あんな山、一時間そこらで登れてまうやろ。登山なんてよう言わんて」

　三本目のコロナを飲み終えて、にわかに酔っているせいか、哲大はいつも以上に頑なだ。

「じゃあどうするの。蓮に自信を付けさせるにはいいと思うんだけどな、登山」

「登山は大賛成や。せやけど高尾山みたいなしょぼい山はあかん言うてんねん」

　今日の哲大は、まるで聞き分けのない子供だ。

「もう、それなら哲大が勝手に決めてよ」と不貞腐れる秋の頭を、哲大がぽんぽんと撫でながら、にんまりと笑った。

「やっぱ、富士山やろ。蓮に日本一の景色見せたるって決めたやないか。それなら、富士山しかありえへん」

　秋は、哲大が冗談で言っているのかと思った。ところが、どうやら本気らしい。ソファからやおら身を起こした哲大は、タブレットでGoogleを開いて、富士山の登山ルートについて調べはじめている。

「御殿場ルートはきついっぽいな。夏やから雷も怖いし、なるたけ早く行って帰って来られるルートがええな」

　ひとりでぶつぶつ呟きながら、哲大はタブレットの画面と真剣に向き合っている。

「ちょっと……。富士山とか、本気？」

「は？　あたりまえやろ」

「あの、お言葉ですが」と秋が異を唱える。

「哲大、俺が体力ないの知ってるよね？　それに、蓮まだ六歳だよ。登山道とかも整備されてるのは知ってるけど、高山病とかにもなるかもしれないし」

いくらなんでも、非現実的だ。未就学の小さな体が、日本最高峰の山に打ち勝てるとは、とても思えない。

富士登山について、秋はほとんど何も知らない。新年のご来光を崇めるために、わざわざ極寒の真冬に登るひとや、夏季に登る家族連れなんかをテレビで見たことはあるけれど、小学校にも上がっていない幼稚園児が登るなんて、少なくとも秋にとっては前代未聞で、想像の範疇を超えている。ましてや、夏ですら山頂はダウンジャケットが必要なほど冷え込んでいるという。

そんな厳しい環境に、幼い蓮を挑戦させることの意味が、秋にはわからない。

「秋さん、蓮に自信を付けさせたいんやろ。これに勝る道はないと思うで。日本一の山に登るんや。蓮にとっても、一生忘れられへん思い出になる。うちは男同士やし、スタートラインの段階で不利なんやろ？　ほんなら、日本一の山登って、日本一の自信を付けたらええ話や」

哲大の言うことはもっともだけれど、いかんせん満足に走ることすらできないようなアラフォーの身体が、三千メートルの山に耐えられるとは思えない。自信がないのは、むしろ秋のほうかもしれない。とはいえ、蓮のためと思えば、頑張れる気もする。

「わかったよ。とにかく、挑戦してみるだけならいいかもしれない。ていうか、俺が一番自信ない」

悲壮な顔で覚悟を決めた秋に、哲大は思いもよらぬことを言った。

「いや、秋さんは登らんでええよ」

「え？」

訝しむ秋に、「別に仲間外れにしとるとか、そんなんちゃうで！」と哲大が慌てたように言い繕う。

「いやな、この一年間、秋さんめっちゃ頑張ったやん。俺は幼稚園に行ったのは運動会とお迎え入れても三回くらいやろ。それだけでも、なんやえらいとこなんやな、って気疲れしたわ。秋さんは、毎日毎日、あそこにお迎え行って、塾の送り迎えもやってきたやろ。受験の対策も、俺は全然わからへんから、全部秋さんに任せきりやったし。せやから、秋さんは河口湖か箱根あたりでのんびり温泉浸かりながら俺たちを待ってくれとったらええ。蓮と俺で、日本一の頂上に立ったるから、それを応援してくれとったらええよ」

「それにな」と、哲大が続ける。

「俺、秋さんがちょっと羨ましかってん。いつも蓮と一緒におるやろ。俺は週末だけやから。せやし、夏休みくらいはな、俺が一番近くで蓮の成長を見たいねん。俺が蓮を独り占めしてもええやん。これは、秋さんへのご褒美やのうて、俺へのご褒美みたいなもんやな」

哲大が、気を使ってくれているのがわかる。たしかに、この一年は子育ての蓮の受験対策に忙殺されてきた。ここ数年は毎年かならず一冊は本を出して来たけれど、去年はそれも叶わなかった。蓮のために時間を使うことを、別に「犠牲」とは思わない。けれど、心のどこかで悶々としていたのも事実かもしれない。そんな秋の心を、すべて見越したうえで、哲大は蓮とふたりで登りたい、と言ってくれているのだろう。

「わかった。行っておいでよ、富士山。お言葉に甘えて俺は温泉入りながら待ってる」

「おう、必ず登頂するで」

得意げに親指をあげてみせた哲大は、「せやけど、まずは蓮の意思を確認せなあかんな」と言って、真剣な顔になった。


「いきたい！」

富士山、という言葉を聞いただけで、蓮は目を輝かせた。

「蓮、簡単じゃないんだよ？　高いところに行ったら、息が苦しくなったり、気持ち悪くなったりするかもしれない。雷さまもゴロゴロするかもしれないよ？　それでも行きたい？」

脅かすような秋の言葉にも、蓮は怯まずに力強く「だいじょうぶ！」と頷いた。

「えらいぞ！　さすが俺の息子やな」

箸でヒレカツをつまみながら、哲大が目を細める。

かくして、蓮の幼稚園生活最後の夏休みの一大イベントが決まった。

蓮を寝かしつけたあと、哲大と秋は、さっそく日程とルートについて話し合う。

青山の自宅を車で早朝に出発して、水ヶ塚（みずがづか）公園の駐車場に行く。そこからシャトルバスで、富士宮口五合目まで向かい、登り始める——。七合目の山小屋での休憩などを考慮しても、昼過ぎには登頂できるだろう。ゆっくり下山したとしても、日没過ぎにはすべての行程を終えることができる。この場合、日帰りでも可能だ。

「でも、せっかくならゆっくり何泊かしたいかな。蓮もずっと塾通いだし、追い込みは二学期入ってからでいいんだから、いまはなるべく遊ばせてあげたい。河口湖ビューホテルとかに泊まって、翌日登山。その日は疲れてるだろうからホテルに戻ってがっつり寝て、翌日富士急行くとかどうだろ?」

「完璧やん!」

哲大はすこぶる満足そうだ。むしろ、蓮以上に楽しみなのかもしれない。

「富士急なんて大学生以来やわ」と興奮している。これでは、蓮のための夏休みなのか、はたまた哲大のためのレジャーなのか、わからない。

楽しげな哲大の様子に苦笑しながら、秋は思い直す。

蓮のためでも、哲大のためでも、そして秋のためでもない。これは、家族三人のための、特別な時間になる。

根拠のない確信が、秋のなかに生まれていた。


慇懃(いんぎん)な態度のドアマンに「いらっしゃいませ」と恭(うやうや)しく迎えられて、蓮は少し緊張しているようだ。

格子(こうし)状に組まれた飴色(あめいろ)のフローリング張りのロビーを進む。

「本日はご来館ありがとうございます。ご予約のお名前は」

レセプショニストに問われて、「大田川です」と伝えていると、どこから現れたのか、ダークスーツ姿の上長らしき紳士が、秋の傍らに立っていた。

「失礼いたします。わたくし、支配人の水島(みずしま)でございます。この度はご来館ありがとうございます。実は大田川様には長年ご贔屓賜り、大変お世話になりまして……。昨晩ご予約のお名前を確認してピンと来ました。征二郎社長には、ご生前大変可愛がっていただきました。知香様もお元気でしょうか。最近はすっかりご無沙汰しておりまして。春さまも秋さまも、お小さいころに何度かお世話申し上げました。いつも新聞やテレビでお名前は拝見しておりましたが、こんなにご立派になられて……。感無量でございます」

突然現れた挙げ句、感極（かんきわ）まっている謎の「おじさん」に、蓮はぽかんと口を開けるばかりだ。哲大も、どうしたらいいのかわからず、やや遠くから秋の様子を見守っている。

「わざわざご丁寧にありがとうございます。今回は家族で富士登山なんです。とはいえ僕はこちらから見守るだけなんですけれども。息子の蓮です」

「蓮、ご挨拶して」と促すと、大きな声で「こんにちは！　大田川蓮です」と挨拶をした。そして、哲大がそばにやってきて「どうも今回はお世話になります。秋さんのパートナーの中島です」とお辞儀をした。

水島支配人は、蓮に対して丁寧に「ご立派なぼっちゃんですね」と語りかける。その目の奥に、かすかな戸惑いが浮かんだのが、秋にはわかった。

テレビや新聞で見ているとのことだから、秋がゲイであることはとうに承知なのだろう。その上で、こうしてあらためて「あたらしい形の家族」を目にして、どのように反応するのが正しいのか、探っているのかもしれない。

世間が秋たちを幸せにしてくれるのならば、世間に対して気を使うのもいいかもしれない。でも、世間は秋たちを幸せにしてはくれないし、世間に阿（おもね）っても、何もいいことがないということを、秋は知っている。

こういう世間の「戸惑い」にふれることにも、すっかり慣れた。かつての秋ならば、水島支配人の戸惑いの視線に耐えきれず、すっと視線をそらしていたかもしれないが、いまはもう、そんなことはない。秋はまっすぐ支配人の目を見据えてのち、「子供がいますのでご面倒おかけするかもしれませんが、よろしくお願いします」と頭を下げた。

「さすが秋さんやなあ。俺、ホテル泊まって支配人が挨拶来るなんてはじめてやわ」

三階の客室に落ち着いてからも、哲大は興奮して喋り続けている。どうやら支配人が気を利かせてアップグレードしてくれたらしく、部屋は洋間のリビングスペースに、八畳ほどの小上がりの畳の間もあるジュニア・スイートだ。いままで哲大と旅行に行く時に、大田川家の息がかかったところに行ったことはない。これほどまでのＶＩＰ待遇というのも、哲大にとっては新鮮だろう。

秋がこのホテルを選んだのには、理由があった。

リビングスペースに置かれた、直線的なデザインの青いソファ。窓際のライティングデスクの特徴的な間接照明や、妙に背もたれの高い椅子。

これらはすべて、秋の父、瀬木修也の「作品」だった。

昭和初期にオープンした老舗（しにせ）のこのホテルが、老朽化に伴い建て替えられることが決まった昭和の終わり頃のこと。オーナーと旧知の仲だった征二郎が、娘婿の修也を、オーナーに紹介した。大田川家と昵懇だった彼は、快く修也にインテリアデザインのスーパーバイザー業務を依頼し、かくして瀬木修也の「中期」の代表作として生まれたのが、このホテルなのだった。

「あ、果物（くだもの）あるわ！　これ、食うていいん？」

コンプリメンタリーのフルーツの盛り合わせを目ざとく見つけて、哲大が目を輝かせる。

「いいよ」と苦笑しながら答えて、秋は和室スペースに置かれたヴィトンのボストンバッグを開けて、歯ブラシや洗顔キットをがさごそと探す。

「蓮の好きなバナナもあるで！　蓮、テッ君とフルーツ食べよ」

はしゃいでいる姿は、まるで子供だ。今回の旅行が、哲大にとってもいい骨休めになるならば、なによりだと思う。哲大は秋が蓮の子育てに注力しているのを「大変だ」と言ってくれるけれど、秋からしてみれば特別支援学校で障害を持つ子供たちの教育に携（たずさ）わっている哲大だって、充分に大変だ。

そして、こういう風にお互いの立場を思いやれるようになったことが、素直に嬉しい。

夕食は、六時半から一階のメインダイニングで食べることになっている。荷解（にと）きを終えた秋は、バルコニー付きの窓辺に立った。

「ねえ、哲大、蓮。富士山めっちゃきれいだよ」

マウンテンサイドの部屋の大きな窓からは、黒々とした夏の富士山が、その勇壮な姿を湛えているのが見える。

バナナ片手に、哲大と蓮が窓辺にやってくる。

「おお、近くで見るとめっちゃでかいなあ。湖側の部屋にせんといてよかったなあ」

もぐもぐとバナナを食べながら、哲大がしみじみと言う。蓮は窓に両手をついて、ただ大きな山体に圧倒されているようだった。

「蓮。明日はテツ君とあのお山のてっぺんまで行くんだよ。てっぺん見える？」

秋に語りかけられて、蓮がこくりと無言で頷く。

蓮の肩に手を乗せながら、秋は改めて霊峰（れいほう）を仰ぎ見る。

世界に数ある成層火山のなかで、群を抜いた美しさを誇ると言われる、なだらかな稜線（りょうせん）と山体。

見上げる者に、畏（おそ）れすら感じさせるほどの、圧倒的な存在感。

なにより、まごうかたなき「独立峰」だ。

――孤高の山、だな。

孤高ではあるけれど、決して「孤独」ではない。美しい三角錐（さんかくすい）の山体の裾野には豊穣（ほうじょう）な大地が広がり、火山性土壌ならではの豊潤な養分は、富士五湖はおろか、遠く駿河（するが）湾にまで注いでいる。

孤高にして、美しい。ときに激しく爆発し、周りのすべてのものを焼き尽くす。それでもなお、大地と海に、あらゆるものを与えてくれる恵みの山。

「まるで、知香さんじゃん」

夕暮れが迫り、徐々に赤黒く染まってゆく山体を見つめながら、秋はひとり呟いた。

明日に備えて、早めの六時に始まった夕食を七時半には食べ終えて、三人で部屋に帰って来た。

「よし、蓮。じゃあ一緒に富士山のお絵かきしようか」

夏休み前の「萌芽塾」のレッスンでユウコ先生に指摘されて以来、毎週三枚は、蓮にクレヨンか水彩で絵を描かせるようにしている。今回の旅行にも、スケッチブックにくわえて絵の具セットとクレヨンを持って来ている。

「えー、やだあ。だって昨日も描いたもん」

昨日は、駒沢公園に遊びに連れて行って、帰宅後は公園で見た印象に残るものをクレヨンで描かせた。灰色と黒のクレヨンを使って蓮の描いたオリンピック記念塔の絵は、なかなかの出来栄えだった。

調子が良く、モチベーションが上がっているときに、どんどん描かせて、自信につなげたい。

事実、たくさん描かせていることで、蓮の作画技術は明らかに向上しているのだ。最近では、対象物の形状を平面的に捉(とら)えるだけでなく、自然と遠近法まで体得し始めている。秋自身、蓮の吸収力と成長の速さに、目を見張っている。

「でも、蓮ものすごく絵がじょうずになってるんだもん。俺、もっと見たいな」

明日は一日富士登山で潰れることになるし、明後日(あさって)は哲大も楽しみにしている富士急ハイランドだ。今週はまだ一枚しか描いていないから、週に三枚のノルマが、このままだと達成できない。なんとしてでも、今日は蓮に絵を描いてもらいたい。そのために青山の自宅からわざわざ重い絵の具セットまで持参したのだ。

「やだ！　描かない！　だって明日は富士山だもん」

いつもは聞き分けのいい蓮が、今日に限って強情(ごうじょう)だ。苛立ってはいけない、と思いつつも、どうしても声は尖ってゆく。

「蓮！　毎週三枚お絵かきするっていう約束でしょ。約束は守らなきゃ」

蓮は、いまにも泣きそうな目で、秋を睨み上げてくる。

「秋くんだってうそついてた！　ほんとうのおかあさんのこともほんとうのおとうさんのこともかくしてたもん！」

「それとこれとは話がちがうだろう！　蓮！」

思わず蓮の頭を叩きそうになって、秋は必死でこらえる。秋の大きな声にびっくりした蓮は、ついに泣き出した。秋は苛立ちのあまり、頭を掻きむしる。一番心に引っかかっていた一件を持ち出され、どうしても感情的になってしまう。

「ふたりとも、どうしたん」

裸の上半身にバスタオルを引っ掛けた哲大が、慌てた様子で風呂(ふろ)から上がって来る。穏やかならぬ様子のふたりに戸惑いながらも、秋に訊ねる。

「蓮がさ、お絵かきしたくないって言うんだよ。今週、まだ一枚しか描けてないのに」

「だって明日は富士山だもん！　今日はぜったいお絵かきしない」

イヤイヤ期の二歳のときですら、あんなに手のかからなかった蓮が、ここまで頑なのははじめてだ。

「秋さん、今日は別にいいんとちゃう？　無理させたら、受験の前に潰れてまうよ。野球でもようおんねん。練習で詰めすぎて本番で潰れてまうヤツ。明日の登山もきついで。今日は早く休ませんとあかんて」

秋を宥めすかすような哲大の言い方に、やるせなさがますます募ってゆく。

「俺は全部蓮のためを思って言ってるんだよ！　この夏休みがラストチャンスなんだよ。これで蓮の人生が決まるんだよ！　そのために必死になって何が悪いんだよ……。哲大は何もわかってない！　哲大だって全部俺に任せきりで、何もしてないじゃん！」

言葉が止まらない。

「秋さん、ほんまにそう思うとるん？」

応じる哲大の声は、いつになく硬(かた)く、冷たい。

「本気だよ。哲大はなにもわかってないだろ！　俺は小学校受験経験者だからわかる。この時期がどれだけ大切かわかるんだよ！」

「たしかに俺は小学校受験の経験はあらへんし、なんもわからへん。しょうみ、いまも受験が正解なのかわからんよ。塾に入るために商品券とか、そんなんが正しいとは思われへん。せやけどうちら、家族やろ？　家族やから秋さんを信じて支えてきたつもりや。家族ってそういうもんとちゃうん？　お互いわからへんことを、足りへんところを、教え合って補い合うから家族なんちゃうんか！」

哲大がこんなに声を荒らげたのは、初めてのことで、秋は一瞬うろたえる。しかし、いまさら受験を否定するような哲大の物言いに、怒りが抑えられない。

「お前、いまさら受験が間違いだったとか、ふざけんなよ！　俺がこれだけ必死になってるのは全部無駄ってことかよ！」

「間違いやなんて言うてへんやろが！　わからへん、って言うとるんや！」

言葉の応酬が、秋から冷静さを奪ってゆく。哲大も、ヒートアップするばかりだ。

「そうだよ！　お前はなにもわかってない。なにも知らないだろ！　だったら俺のこと信じろよ！　わからないんだったら口出ししないで俺にまかせろよ！　野球なんかとは次元がちがうんだよ、この戦いは！」

ひどいことを言っている、ということを秋はわかっている。でも、一度吹き出したマグマは、止まることを知らない。

「……秋さん、秋さんがひとりで親やっとるつもりなん？　俺はなんなん？　秋さんの召使いなん？　俺は秋さんに協力して支えてきた自負があるで。俺たちそうやって家族になってきたやんか。お互いなんでも話し合って、全部晒して、支え合ってきたやんか。それも全部、俺の思い過ごしやったんか？」

熱に代わって、哲大の口調には静かな怒りが宿りはじめている。

「俺は全部晒してきたよ！　俺の家族にもお前を紹介したし、全部話してきた。でも、哲大は俺になにも晒してないだろ！　俺、お前の親の顔知らないよ。どんな家で生まれて、どんなふうに育てられたのかもよく知らない。俺はおまえの家族を知らないんだよ！　なのに、なにが家族だよ！　蓮を養子にするときだって、結局なし崩しで俺の養子になっただろ！　俺ばっかり全部晒してリスク背負ってるんだよ。哲大、お前親に俺のこと話してる？　どうせ友達と一緒に住んでるとか言ってるんだろ？　それで『そろそろ結婚しろ』とか言われたら、親にも俺にも適当に嘘ついて離れていくんだろ！　お前もいままで俺が付き合ってきたヤツらと同じだよ。どうせ住む世界がちがうんだから！」

　ぱんっ！　という乾いた音が、部屋の中に響きわたった。秋は、哲大に頰を打たれたのだと気づくのに、時間がかかった。目の前の光景に、ぐずぐずと泣いていた蓮が、ひっと声を上げて静かになった。

「アンタ、最低や」

　凍るような声で言われて、秋の目から涙がこぼれる。

「俺はたしかにまだ、秋さんのこと親に全部は言うてへん。覚悟は決めとったけどな。せやけど、言わんといて正解やったみたいやな。いまのアンタを、俺はおとんにもおかんにもばあちゃんにも会わせたないわ」

　低く、冷たい声で言い放って、哲大は秋に背を向けた。

　哲大の無言の背中を見つめながら、秋は全身が寒くなるのを感じている。いままで哲大から「アンタ」と呼ばれたことは一度としてなかった。本気で、怒っているのだろう。いつもはあたたかく響く北摂訛りが、冬霧にも似たしんとした冷たさで、秋の耳孔にこだまする。

秋の膝が、わずかに震えはじめる。

「テツくん……！　秋くんをぶたないで。ごめんなさい。ぼくちゃんとお絵かきするから。だから秋くんをぶたないで……！」

ただならぬ空気のなかで、蓮が涙を流しながら哲大の脚にしがみつく。必死に、哲大の腿を拳で叩いて訴える。こんな状況においてもなお、蓮は秋を守ろうとしてくれている。けれど、さまざまな感情が極彩色のように渦巻く胸が苦しくて、秋は動くことも、声を発することもできない。ただ立ち尽くして、静かに涙を流しつづけるだけだ。

「ごめんな、蓮。びっくりさせてもうたな。テツ君が悪かった。もう絶対にぶたへん。秋さんを虐めたりせえへんよ」

蓮の前で秋に手を上げてしまったことを、哲大も大いに悔いているのだろう。やりきれないような、苦しげな表情で蓮の身体をぎゅうと強く抱きしめている。

「ほんとう……？」

「うん、約束や。蓮の大好きな秋さんやもんな。絶対虐めたりせえへん。いまのはテツ君が悪かった。蓮、明日は富士山やで！　しっかり休まなあかんよ。さ、寝よ。テツ君も秋さんもすぐ行くからな。先にお布団入っとき」

「お絵かきは……？　しなくていいの……？」

「大丈夫やで。今日はもう寝よ？　な？」

蓮の頭をやさしくぽんぽんと撫でて、哲大が蓮を和室スペースへと連れてゆく。蓮は、まだ心配そうな顔でリビングに取り残された秋を振り返りながらも、哲大に促されるまま和室へと入ってゆく。

蓮を布団に寝かせた哲大が、リビングに戻って来て和室の障子をそっと閉めて戻って来る。

「秋さん。叩いたのは謝る。しかも蓮の目の前で。俺は親としても教育者としても最悪のことをした。それは否定せえへん。せやけど、アンタのこと最低や、言うたんは絶対に謝らへん。蓮が富士山どんだけ楽しみにしとったか、アンタ知っとるやろ。それを台無しにしたん、アンタやで」

静かな、でもとてもたしかで深い怒りを湛えた声が怖くて、秋は哲大の顔を見ることができない。膝の震えを堪えながら、ただうつむくばかりだ。

「もう寝るわ」

相変わらず抑揚のない声で告げた哲大は、蓮を起こさぬようにそっと障子を開けて、和室へ入って行った。

ひとり取り残されたリビングの床に、秋はへろん、とへたり込んだ。

何も考えたくなかったし、思い出したくなかった。


じりりりり、とスマホのアラームが鳴った。時刻は午前五時だ。

哲大はすでに起きているようで、洗面所から髭（ひげ）を剃（そ）る音が聞こえてくる。

昨夜は結局一時間以上、リビングでへたり込んだまま過ごした。蓮と哲大の眠る和室に入って横になったのは、夜十一時近くだった。

「秋くん、おはよ！」

すでにトレッキングスタイルに着替え終えた蓮が、寝床の秋に声をかけてくる。昨晩の一件などまるでなかったかのように、わくわくとした顔で半ば寝ぼけている秋を覗き込んでくる。こんなに無垢で愛しい存在を、昨晩傷つけてしまったことへの後悔が、寝起きの秋の胸に押し寄せる。

「……おはよ、蓮。早いね。何時に起きたの」

寝ぼけ眼を擦りながら答える秋の声は、かすれている。昨晩さんざん泣いたせいか、目も腫れているような気がする。

「四時！」

哲大との富士登山が楽しみすぎて、早くに目が覚めてしまったのだろう。秋自身は、敬天会幼稚園に通っていた時分から慶心高等科を出るまで、ずっと遠足や修学旅行が苦手だった。団体行動や早起きは、とかく性に合わない。遠足の前日は、ずっと胃がひくついて、眠れなかった。当日の朝に、吐いてしまったこともある。

でも、蓮はちがう。去年の秋の敬天会幼稚園の運動会では、誰よりも張り切って走っていたし、グループでのダンスも楽しそうだった。朋子や倫子のことが気になって、母親たちの輪にうまく溶け込むことのできない秋よりも、よほど順応力が高いし、頼もしい。

「……おはよ」

顔を洗い終えた哲大が、無表情で洗面所から出てくる。哲大と秋のふたりのあいだに生じた大きなわだかまりのほうは、まだまったく解けていないようだった。一晩経たことで、秋の頭は少し冷えたような気がしているけれど、相変わらずしずかな怒りを湛えている哲大に、どう声をかけていいのかわからず、かろうじて「うん、おはよ」とかすれ声で返事をする。

哲大も、長袖のインナーの上にブルゾンを羽織って、もうすっかり登山ができそうな出で立ちだ。

「何時に出発するんだっけ」

「五時半」

哲大と最低限の会話を交わしてから、秋は重い体を布団から起こして、ぺたぺたと窓際へ歩いてゆく。ベージュのカーテンを開け放つと、悠々とした富士の山体が、盛夏の朝日を受けて青々と輝いていた。

「いい天気。雲ひとつない」

秋が呟くと、哲大も無言のまま窓辺にやってくる。

富士山が、大らかで雄壮な姿そのままに、両手を広げて蓮と哲大の登頂を待っているかのようだ。燦々と日に照らされたなだらかな山体には、低木の緑と土の赤褐色が混在している。

「よし、行こか」

哲大が気合いを入れるように、自らの頬をパンッと両手で叩いた。

「うんっ」と元気に返事をした蓮が、青いソファからすっくと立ち上がる。

「ほな、行くわ」

無機質な声で、哲大が秋に声をかける。

「いってらっしゃい。蓮、気をつけてね」

蓮が、「いってきます」と大きな声で答えて、ふたりは部屋を出て行った。

ひとりきりになった部屋で、もう一眠りしようか、とソファに横になる。朋子の一件があってから陥っていた不眠症も、最近はかなり良くなった。安定剤は飲んでいるけれど、規則正しい生活を心がけているせいか、暗くなると自然と眠気が訪れるようになった。

それでも今日は、眠れない気がした。目を閉じればきっと、昨夜の蓮の泣き顔と、哲大の冷たい表情の残像が、瞼の裏にちらつきつづけることだろう。

ホテルの朝食が始まるのは七時だ。露天風呂は、六時からやっているらしい。ひとまず、湖の見える露天風呂で身体を休めたら、ダイニングに朝食をとりに行こうと決めて、秋は身支度を始めた。

Tetsu：五合目着きました

顔文字も感嘆符もないシンプルなメッセージには、哲大と蓮の自撮り写真が添えられていた。哲大の表情は硬いけれど、蓮の方は満面の笑みだ。

蓮がニットキャップをかぶっているところを見ると、五合目でもかなり涼しいのかもしれない。ふたりの後ろには、赤褐色の山体が見える。天気は大丈夫そうだ。

Autumn：俺は風呂上がりです。とにかく気をつけて

いつもより幾分無機質な返事を打ち終えて、秋はライティングデスクの椅子に腰掛ける。富士山が、真正面に見える。いましがたＬＩＮＥでやり取りした哲大が、蓮と一緒にあの山の中腹にいるのだと思うと、なんだか不思議な気分になる。

離れているのに、つながっている。

富士山という母なる山が、その大きな母性で三人を包んでくれたならいいのに。そして、昨晩の諍いやわだかまりのすべてを、消してくれればいいのに。

荒唐無稽（こうとうむけい）だな、と自嘲して、秋は目を閉じる。富士山を眺めていたら、精神の高ぶりが少し落ち着いた気がした。いまなら、眠れるかもしれない。

ぶぶっ、というスマホの振動で目を覚ました。ニュースサイトからの通知かもしれない。時刻は午前十一時を回ったところだ。都合、三時間以上も寝ていたことになる。コンタクトレンズが乾いて、目がしょぼしょぼとする。一度大きくあくびをしてのち、何度かぱちぱちと瞬きを繰り返すと、やっと目の焦点が合いはじめた。

秋はおもむろにスマホに手をのばす。たしかに、ニュースサイトの通知だ。哲大からＬＩＮＥは届いていないようだった。ふたりが吉田口登山道をスタートして、四時間弱。まだ山頂には着いていないのだろう。

ソファからゆっくりと身を起こして、窓に目をやる。すると、さっきはきれいに見えていたはずの富士山が、いまはすっぽりと雲に覆われていた。山頂の上には平べったいレンズ雲が浮かび、中腹あたりにはもくもくとした小さな積乱雲のようなものまで見える。

ホテルのある河口湖畔は、朝と変わらず晴れているというのに、目と鼻の先の富士山の姿だけが、様変わりしていた。

秋は、ふいに蓮と哲大のことが心配になる。中腹の分厚い雲を見るかぎり、ひょっとしたら雷が発生しているかもしれない。麓(ふもと)から見るかぎりでは、五合目から八合目あたりにかけては完全に覆われてしまっているから、もし二人がいま歩いているとしたら、視界もほぼ真っ白だろう。風雨が、相当強いかもしれない。

Autumn：昼寝して起きたら、富士山が見えなくなってた。大丈夫？　かなり天気悪くなってない？

哲大にＬＩＮＥを送るが、すぐには「既読」にならない。おそらく、ウィンドブレーカーかブルゾンのポケットのなかに、携帯電話をしまっているはずだ。登山中で、しかも風雨のなかであれば、おそらく振動には気づかないだろう。ふたりがすでに七合目あたりまで辿り着いていて、山小屋で休んでいてほしい、と秋は山に向かって祈ることしかできない。

スマホをライティングデスクの隅に置いて、東京から持って来たMacBookを立ち上げる。子育ての中でも、唯一休むことなく続けていた、月刊誌の連載コラムの締切が近い。原稿のイメージは概ねできているけれど、まだ一文字も起こせていないので、それに取り掛かろうとWordのアイコンをクリックする。

立ち上げたはいいものの、傍らのスマホが震えないのが気になって、原稿を書き始める気になれない。さきほどＬＩＮＥを送ってから、もう三十分は経つというのに、哲大からの返信はない。トーク画面を開いてみるけれど、まだ「既読」にもなっていない。

大丈夫、だろうか——。

漠然としていた不安の輪郭が、徐々にはっきりとしてくるような気がする。窓から見える富士山は、三十分前よりもさらに曇って来ているように見える。

なぜ、たかが「お絵かき」にあんなに固執したのだろう。なぜ、蓮に対して声を荒らげてしまったのだろう。知香のような独善には陥るまい、蓮に対しては何も押し付けまい、と決めていたはずなのに。

なにより、なぜ、これまで三人で築き上げてきたすべてを、俺たち家族の歴史を、全て否定するような言葉を発してしまったのだろう。

——住む世界がちがう。

この言葉に、何度も、何度も、傷ついてきたのは秋自身だ。

なのに、どうして、俺は……。

昨晩の自身の言動に対しての悔恨が、どんどん激しくなってゆく。

窓の外の富士山は、さっきよりもますます曇って来ているように見える。

もし、蓮と哲大の身になにかあったら。

最悪の事態を想像するのを、止められない。

窓の向こうの富士山に向けて、秋はひたすら祈り続ける。

正午を過ぎた。七時過ぎに軽い朝食を取ってから、何も食べていないから空腹なはずなのに、何も食べたいとは思わない。しかし、何も腹に入れないのは良くないだろうと、仕方なしにハウスフォンの受話器を取って、ルームサービスでクラブハウス・サンドウィッチを注文する。

十五分ほどして、こん、こん、と部屋のドアが二回ノックされた。

秋が木目のドアを開けると、グレーの制服姿のボーイが、「おまたせしました。ルームサービスのお品をお届けに上がりました」とにこやかな笑顔で、恭しく告げた。

「どうぞ」と言って、部屋に招き入れる。

「デスクの上でよろしいでしょうか」と訊ねられ、「お願いします」と答える。ボーイは、手際よくライティングデスクの上に、まばゆいカテラリーとナプキンをセッティングし始めた。

「しかし、今朝は富士山がきれいに見えましたのに、曇ってしまって残念ですね」

綺麗に刈られた眉を下げて笑う若いボーイに、秋は思わず縋り付きたくなった。

「そうなんです。実はいま、パートナーと息子が富士山に登っていまして」

秋の心配が伝わったのだろう。ボーイは秋を安心させようと、不器用な笑顔を見せる。

「そうでしたか。それはご心配ですね……。わたしの知る限り、今年の山開き以来、大きな事故は起こっていません。それに、富士山はルートもしっかり整備されておりますし、世界遺産になってからは外国からのお客様も増えて、安全対策は万全のはずです。山小屋のサーヴィスもずいぶんと充実していますから」

秋の懸念を打ち消そうと、一生懸命に明るく話してくれるけれど、秋の心配は募るばかりだ。

「登ったこと、ありますか」

「ええ、もちろん。僕は地元の勝山育ちなので、友人なんかと一緒に都合三回登っています。はじめてのときは大変でした。それこそ、五合目の段階で、すでに雨風がひどくて……。そのときは登頂はできませんでしたが、無事に降りて来ましたから。お連れ様方も、きっと大丈夫ですよ」

まだ二十代だろうか。敬語に慣れていない感じが、初々しい。でもその初々しさも、いまの秋の目には頼りなさにしか映らない。

「ありがとうございます。さっきＬＩＮＥ送ったんですけれど、返事がなくて」

「富士山は悪天候になると、急に携帯の接続が悪くなることもあるんです。たくさんの登山客が一気に連絡を取ろうとするかもしれません。あと、山岳波の影響で、電波も乱れがちになるみたいで。なにかご心配な点がありましたら、いつでもフロントにご連絡下さいね。精一杯のことをさせていただきますから」

控えめな笑顔でそう告げて、ボーイは再び恭しく「それでは、失礼いたします。ごゆっくりお食事をお楽しみください」と頭を下げ、去って行った。

ライティングデスクの椅子に座って、再び窓の富士山に目を向ける。山容は相変わらず、厚い雲に覆われている。

哲大から電話が来たのは、ちょうどルームサービスのプレートを引いてもらったばかりの、午後一時半だった。

「秋さん、ごめん！　登頂は無理や。めっちゃ雨ひどくて、雷も落ちたんや。蓮も軽い高山病になっとる。気持ち悪い、息が苦しい言うて。八合目までは行けたんやけど、結局いま七合目の山小屋で休ませとる。さっきウイダー飲ませて、糖分(とうぶん)取らせたら、やっと落ち着いたみたいや。LINEくれとったんやな。バタバタで返信できんくてごめん」

常とちがって、興奮した様子でまくしたてるように喋る哲大の声から、いかに大変だったか、まざまざと伝わって来る。

「……無事でよかった。心配した」

秋は、そう返すのがやっとだった。とにもかくにも、ふたりとも無事なのだ。

「うん。そこは大丈夫や。蓮も怪我はしとらん。ただ、雷がけっこう近くに落ちてな。少しショック受けとるかもしれん。音、すごかってん。俺も気失いそうになったくらいやから、蓮はほんまびっくりしたと思う」

話を聞きながら、秋は背中がぞっとする。もし、蓮の近くに落ちていたら……。

考えるだけで、身震いが止まらない。

「とにかく、いまから下山するから！　たぶん、夕方六時前にはホテル帰れると思う！」

他の登山客も避難しているのだろう。電話口からは、哲大の声に混じってがやがやと音が漏れ聞こえてくる。

「うん……、とにかく無事で……。とにかく無事で帰って来てくれさえすればなんでもいい」

どうにか声を絞り出して、いまの思いのすべてを伝える。

「大丈夫や。俺がついとる。蓮は、絶対に守る。秋さんは安心して待っといて！」

さっきまでの余裕のなさが嘘のように、哲大は自信に満ちた声で、明るく秋に言ったのだった。

その声を聞いて、秋ははじめて「大丈夫だ」と思えた。哲大が「大丈夫」と言うからには、大丈夫なのだ。たとえ、どんなことがあったとしても、哲大は蓮を必ず守ってくれるはずだ。

いまの秋の胸にあるのは、哲大へのただひたすらまっすぐな信頼だった。

「うん、待ってる。今夜は豪華なコース食べようね」

涙声で哲大に伝えて、秋は電話を切った。


ホテルに無事帰って来た蓮と哲大の顔を見たときには、思わず涙が流れた。哲大のウィンドブレーカーはびしょびしょになっていて、蓮の赤いレインウェアと水色のニットキャップも、雨粒で覆われていた。でも、とにかくふたりは無事に帰って来てくれた。

「蓮、哲大、おかえり。無事でよかった……！」

声を震わせる秋の足元に、蓮が駆け寄って来てしがみつく。泣いているのかもしれない。秋のスキニージーンズが、じっとりと湿ってゆく。

怖かったのだろう。

蓮は運動会のスタートのピストルの音や、風船が破裂するときの大きな音を怖がる。すぐ近くで轟いた雷鳴は、蓮にとって味わったことのないほどの恐怖だったことだろう。そのときの蓮の気持ちを思うと、かわいそうで、胸が苦しくて、秋はただその小さな背中を撫でることしかできない。

「秋さん、心配かけてごめんな……。秋さんの言う通りやったな。まだ、蓮には富士山は早かったのかもしれんわ。俺も、甘かったんやと思う。ごめんな」

哲大も、憔悴していた。

申し訳なさそうに謝る哲大に、そんなことない、と伝えたくて、秋は首を振る。

「……ちがう。ちがうよ。悪いのは俺で。蓮、昨日はごめん。俺、どうかしてた。哲大も……。ごめん。本当にごめんなさい。無事に帰って来てくれてよかった……！」

どうにか言葉を絞り出すと、涙がますます溢れ出て来た。まるで子供のようにしゃくり上げる秋を、哲大がやさしく抱きしめる。

すると、足元にしがみついていた蓮が、くぐもった声で何かを言った。

「蓮、どうした？　どこか痛い？」

心配になって蓮の顔を覗き込んだ秋の耳に飛び込んで来たのは、意外なひと言だった。

――くやしい。ぼく、くやしい……！

そう、蓮はたしかに「くやしい」と言った。「怖かった」でも「もういやだ」でもなく、「くやしい」と。

「……そっか。くやしい、か」

「うん、ぼくくやしい。テツくんと一緒に、てっぺん行きたかった！　テツくんと一緒に、てっぺんでお守り買って、秋くんにあげようって約束したのに……！」

秋と哲大の視線が、ぶつかって、絡み合う。

いま、ふたりは同じ思いを共有している、と思った。

「くやしい」と言って泣く蓮のうなじが、くびすじが。いや、その小さなからだを構成するすべての細胞が、光を放っていた。ひとつの、たしかな奇跡を、秋と哲大は見ているのだ。

蓮の「成長」が、可視化された金色の光となって、いま秋と哲大の目の前で光り輝いている。

蓮の放つ光を浴びて、秋ははじめて、「ほんとうの親」になったのだと思った。この瞬間、三人は「ほんとうの家族」になったのだ。

窓の外では、さっきまで雲に覆われていたはずの霊峰が、十日月に照らされて、大きな全身を黒々と光らせていた。

12

公園のなかには、大きな古墳がある。

古墳は自由に登れるようになっていて、さっきから蓮は嬉しそうに前方後円墳を登ったり降りたりしながら、並べられた土器や埴輪(はにわ)を、しげしげと眺めている。

「先生、お忙しいなかありがとうございます」

夏休み中の日曜日ということもあって、子連れの家族の姿が目立つ。

長いグレーヘアを、若いころと同じようにポニーテールに束ねた町田先生は、水色のブラウスと白のパンタロンが涼しげで、還暦過ぎという実年齢よりも、今日ははるかに若く見えた。

「いいのよ。わたしにできることならば、なんでもしたいの」

――先々週、哲大と蓮、そして町田先生の四人で、恵比寿の「イル・ボッカローネ」で再度会食をした。哲大は相変わらずイタリアンに戦々恐々としていたけれど、町田先生の自宅からほど近いこともあり、秋がごり押しで決めたのだ。それに、秋なりの気遣いもあった。初等科時代に作ったクラス文集で、町田先生が〈すきなたべもの〉の項目に「チーズ」と書いていたことを覚えていた。「イル・ボッカローネ」の名物、客の目の前でパルミジャーノ・レッジャーノの大きな塊の中にご飯を入れてかき混ぜて作るリゾットを、どうしても先生に食べてもらいたかったのだ。

濃厚な香りと、アルデンテのごりごりとした米の食感を、町田先生も心底楽しんでくれたようで良かった。

帰り際、支払いを申し出る秋に、先生は頑として譲らなかった。

「あなたはわたしの教え子です。教え子からお金を取るなんて、わたしにはできないわ」

そう言って、町田先生は財布からクレジットカードを出そうとした。秋が「お願いします。今日だけは、僕に華をもたせてください」と懇願するように頼み倒して、やっと先生は「じゃあ、今日だけは甘えさせてもらいます」と折れてくれたのだった。

とはいえ、手土産に用意していた二〇〇九年物のGaja(ガーヤ)の「バルバレスコ」は、絶対に受け取ろうとしなかった。

「こんなものを頂いてしまったら、わたしは大切な教え子のあなたに会いづらくなるわ。それだけは嫌なの。だからお願い。今後も気遣いは無用ですよ」

そう言われてしまっては、秋としても引っ込めるしかなかった。結局バルバレスコは、青山のマンションのワインセラーのなかで眠らせている。蓮が成人を迎えたら、一緒に抜栓するのがいいかもしれない、と哲大と話し合った。

会食から三日後、義理堅い町田先生から、丁寧にしたためられた自筆の長い礼状が届いた。

秋君、先日は素晴らしい時間をありがとう。教え子のあなたにご馳走(ちそう)になってしまったのは恐縮でしたが、わたしもそういう年齢になったのだ、とありがたく甘えさせていただきました。わたしがはじめて受け持ったクラスの教え子のあなたが、こうして立派に社会で活躍し、困難な状況の中で哲大さんと共に蓮君をお育てになっていること、本当に誇らしく思います。

あなたもご存じの通り、わたしは慶心初等科初の女性担任教諭でした。

あのころは、散々叩かれました。針の筵だと思って泣いたこともありました。結婚や出産は、わたしにはあまりに非現実的な遠い世界のできごとで、最初から諦めていました。そして、あなたがた四十人を自分の子供だと思って育て上げることだけを、一筋に考え続けた六年間でした。

よく知られた話ですが、わたしにチャンスをくださったのは小笠原元院長です。

小笠原先生の改革への意欲は本物でした。小笠原先生は八年前に退任されましたが、わたしは、小笠原先生から託された改革を引き継ぐことこそが、自身の責務と肝に銘じて、職務に邁進しているつもりです。

しかし、わたしの愛する慶心学院初等科は、いまだわたしの理想からは程遠い学校です。その事実に、わたしは日々鞭打たれる思いで過ごしております。小笠原先生から託された「慶心学院初等科の改革」という大仕事を、三十年経てもなお成し遂げられずにいる自身の無力が情けなくなるのです。

現在、当校には七二〇名の児童が在学しています。わたしの知る限り、そのなかでお母様が仕事をしているご家庭の児童は、たった十四名です。しかも、この十四名の児童のお母様がたは、慶心学院大学の教授やテレビタレント、あるいはご主人の経営される会社の形式上の役員など、特殊な地位にある方々です。

入学後に両親が離婚した児童（あなたもその一人ですね）は何人かいるものの、いわゆる一般的なシングルマザーの家庭に育った子は、当校には一人として存在しません。

七二〇名もの児童がいるにもかかわらず、児童の出身幼稚園は、たったの六校です。夕陽丘幼稚園、青天学舎付属幼稚部、駒場金鶏会幼稚園、深沢幼稚園、豪徳院本郷幼稚園、そしてあなたが卒園された敬天会幼稚園。どれも、「名門」と言われる幼稚園ばかりです。

多様性社会について多くの書物を著してこられたあなたなら、いまの当校の状況がいかに異常であるかおわかりになるでしょう。

子供たちはみなひとしく可愛くて優秀ですが、彼らが「さまざまなひと」に囲まれて生きていること、「いろいろなひと」に支えられて社会のなかで暮らしていることを実感できないまま大人になることを考えると、わたしは恐ろしい教育に加担しているような気持ちになるのです。

秋君だけには包み隠さずお伝えいたしたく存じますが、以下の話はどうかお心裡に留めおきください。

わたしはいま、来年度から慶心学院初等科長への就任を打診されています。

引き受けるつもりです。

そして、わたしがトップに立った当校に、どうしても蓮君を迎え入れたい、と思っております。世間から「保守的」と揶揄されるミッション系の当校出身者でありながら、同性のパートナーと共に子育てをし、「あたらしい家族のかたち」を体現しておられる秋君のご家族は、わたしの理想とする慶心学院初等科を実現するために、必要不可欠な存在だと確信しているのです。

当校の受験において、わたしは手心を加えることはできません。それは、教師として破ることのできない矜持です。

しかし、事前にお会いして、いろいろとアドバイスをすることはできます。他の方からどのように批判されようが、わたしはどうしても、あなたと哲大さん、そして蓮君を当校にお迎えしたいのです。

当校の受験も、あなたの時代とはかなり様変わりしました。現状をお伝えした上で、蓮君を合格させるために、できる限りの協力をしたいと思っております。

つきましては来週末に、公園で蓮君も交えてお会いしませんか。公園での遊び方を見れば、子供の特性はだいたいわかります。その上で、十一月の受験本番に向けて、どのような対策ができるのか、わたしなりのアドバイスをしたいと考えています。

世田谷の野毛公園であれば、各幼稚園からも離れていますし、わたしの顔を知っているひとも少ないでしょう。比較的〝安全〟な場所だと思います。ぜひ、ご検討ください。

なお、念の為お伝えしておきますが、謝礼等は一切無用です。それだけは、どうかしっかりとお含みおきくださいませ。

前向きなお返事をお待ちしております。

町田えり子

大田川秋さま

手紙を読み終えたときは、思わず身体が震えた。次期科長に内定している町田先生が、自ら蓮を初等科に「迎え入れたい」と言っているのだ。

——勝った。勝ったも同然じゃないか！

ガッツポーズが出た。咄嗟に、手紙のことを知香に伝えてやりたいと思った。が、絶縁中であることを思い出して、苦笑してしまった。知香が知ったならば、おそらく狂喜乱舞することだろう。亜実がインターに進んだことで破れてしまった「慶心一家」の夢が、まさに現実になろうとしているのだから。

秋は、急いで町田先生に返事をしたためた。

そして、陽光まぶしいうららかな日曜日の今日、秋と蓮はこうして野毛公園で町田先生に会っている。

「蓮君、ずいぶんとたくましくなられたわね。自信に溢れているわ」

古墳のまわりで一人遊びに興じる蓮の姿を見つめながら、町田先生が言う。

「実は、この間哲大が蓮を富士登山に連れて行ってくれたんです。悪天候と高山病で結局登頂はできなかったんですけれど。でも、それ以来なんか自信を身に付けてくれたみたいで」

秋の言葉に、町田先生は「うん、うん」と満足そうに頷いた。

「それにしても、まさかあなたがたが初等科のすぐとなりに住んでいるとはねえ。お手紙書くとき、同窓会名簿で住所を見てびっくりしたわ」

初等科のすぐ隣に暮らしていることを町田先生に伝えるのを、ながらく失念していたのだ。

「実は、うちの外の植込越しに、たまに先生のお姿が見えるんです。いつも、懐かしい思いで拝見していました。それから、〝慶心マーチ〟も聞こえて来るんですよ。蓮も口ずさめるくらいで」

町田先生は「まあ」と言って口をおさえてくすくすと笑った。まさか、かつての教え子にずっと見られていたとは思わなかったのだろう。

「それなら、いつうちの学校に入っても問題ないわね。お家も近いとなれば、通学も安全だし、楽だわね」

あらためて言われると、秋はまるで夢を見ているような気持ちになる。胸が、ざわめく。

蓮が、黒地に金のロゴの入ったランドセルを背負って、紺のブレザーを身に纏い、青山を闊歩する姿を思い浮かべてみる。真っ白な体操服を着て、校庭の欅の大木のまわりを走り回る姿を想像する。

千人が収容できる大ホール「独立館」で挙行される入学式では、壇上に立った町田えり子初等科長が、「篤き信仰、清き独立」の真意について諭すのだ。

男性同士の保護者は、間違いなく秋と哲大だけだろう。保守的な慶心の保護者たちのなかで、奇異の目を向けられるにちがいない。でも、そんな自分たちの存在が、愛する母校の「改革」のために役立つのならば、陰口ひとつやふたつは、なんでもないことのように思える。なにより、蓮の輝かしい未来のためならば——

「でも、油断は禁物ですからね」

町田先生の凛とした声で、はっと我に返る。

そうなのだ。いくら次期科長に内定している町田先生がついているとはいえ、表向きは試験対策を万全にしなければならない。試験当日の出来が誰から見ても悪かったのに、「独立館」での入学式に並んでいるようでは、町田先生の「口利き」が疑われてしまう。

「ところであなた、〝クマ歩き〟ってご存じ?」

声のトーンを落とした町田先生が、ふいに秋に訊ねた。

「あの、国立小学校の受験でやるって言われている〝クマ歩き〟のことですか」

「クマ歩き」については、調べたことがある。蓮に関しては固より慶心初等科一本に絞っているけれど、他の小学校の受験事情についても調べておこうと思って、かつてインターネットで検索をしたことがあった。そのとき、「国立小受験に必須のクマ歩き」と書いてあったのを思い出す。リンクを辿ってゆくと、小学校受験塾の先生が「クマ歩き」のコツを指導する動画まで行き着いた。大の大人が奇妙な格好で床に這いつくばって、のっさのっさと歩く姿が妙に滑稽に見えて、思わず笑ってしまったのだ。

「そう、あの〝クマ歩き〟よ。実はね、今年からウチの受験でも取り入れるの。あなたの頃は、〝動物のマネをしてください〟っていう科目があったでしょう？　あれを廃止して、代わりに〝クマ歩き〟を取り入れることにしたの。これに関しては、まだどなたもご存じないと思うわ」

秋は、ごくりと唾を飲み込む。

町田先生はいま、とっておきの情報を教えてくれたのだ。

「クマ歩き」は国立小学校だけの科目だと、保護者たちは信じ込んでいる。秋の知る限り、慶心や青天学舎と言った私立小学校の受験科目に「クマ歩き」が取り入れられたことはない。それが、今年から慶心が取り入れるのだという。心の徳よりも「獣身」を重視する慶心の受験において、体育系科目はきわめて重要視される。今年は、「クマ歩き」こそがカギとなるのだろう。

朋子や倫子はもちろんのこと、慶心狙いの保護者はひとりとしてこの事実を知らないはずだ。誰も子供たちに「クマ歩き」の練習をさせていないだろう。

「……先生、ありがとうございます」

町田先生は秋の顔を見て、わずかに微笑んだ。

「本当は、お母様にも頼れたらいいんですけどねえ。ご父兄としての知香さんは、それはそれはご立派だったわよ。常に子供のことを考えていらした。わたしのクラスで始めたあのPTAでもね、一番積極的に活動してくださったのが知香さんよ」

秋の知らなかった知香の側面を教えられて、胸が熱くなる。

「無事合格した暁には、必ず母にも連絡するつもりです。入学式にも、呼んであげないと。久しぶりに、『独立館』の席に座らせてあげたい、という思いはちゃんとありますから」

町田先生は、再び「うん、うん」と頷いた。

「それでこそ、わたしの教え子よ。さあ、それじゃあそろそろ終わりにしましょうか。来週も日曜日でいいかしら」

地味なロンシャンのバッグを持って、先生がベンチから立ち上がる。秋は、夢中で遊んでいる蓮に声をかける。

「蓮！　先生が帰られるよ！」

たたたっと軽快な足音を立てて駆け寄って来た蓮が、町田先生の前にすっくと立って、「先生、ありがとうございました！　またね！」と頭を下げる。

「はい、蓮君。こちらこそ、ありがとうございました。また来週会いましょうね」

挨拶ののち、そそくさと去ってゆこうとする先生を「あ、先生」と秋が呼び止める。

手紙では「謝礼は無用」と書かれていたが、わざわざ休日に会ってくれた恩師に、何も渡さないというのは秋としては大いに気が引けた。

「先生、これは本当につまらないものなんですが、どうかお納めください」

エルメスのオレンジ色の紙袋を見た途端、町田先生はきっぱりと両手で押し返す仕草をした。

「秋君、手紙にも書いたでしょ。困ります」

そんな先生の仕草に、秋と蓮が顔を見合わせてくすりと笑う。

「先生、これ、中身はエルメスじゃないんです。先生が高価な物は決して受け取られないのはしかと承知していますから。だから昨日、蓮と一緒にどうしようか考えたんです。そうしたら蓮がお菓子はどうだろう、って。土曜日でしたから、一日かけて三人で一緒にケーキを焼いたんです。お口に合わないかもしれないですけど。バナナブレッドと、シフォンケーキが入っています。意外とかさばって、入れる袋がこれしかなかったんです。なんか、禍々しくてすみません」

秋が告げると、厳しい顔が一転して、町田先生は満面の笑みを浮かべた。

「まあ！　そうなの。それは嬉しいわ。蓮君、秋君と哲大さんと一緒に頑張って作ってくれたのね。ありがとう」

いつものように、町田先生が腰を折り曲げて、蓮と目線を合わせてくれる。嬉しそうな先生の様子に、蓮は急に照れくさくなったようで、小さな声で「どういたしまして」と言ったあと、秋の後ろに隠れてしまった。

改めて秋と向き直った先生が、「それじゃあ、遠慮なく頂戴しますね。独り身だから、食べ切れるかしら」と困ったように笑いながら、エルメスの袋を受け取った。

「じゃあ、今日はお疲れ様でした。わたしはお先に失礼するわね」

そう言って先生は、いつも通りの颯爽とした足取りで、公園を去って行った。

帰宅するや否や、秋はリビングのソファでテレビを見ていた哲大の肩を揺さぶった。

「哲大！　ついに出番だよ！　クマ歩きを蓮に特訓してあげて！」

ただならぬ様子の秋にいきなりまくし立てられて、哲大は何が何やらわからない、と言った様子だ。

「なんやねん、クマ歩きって」

訝しげに訊ねる哲大に、秋はさっそくスマホでYouTubeを立ち上げて、「クマ歩き」の動画を見せる。

画面では、ポロシャツにスウェットパンツを穿いた爽やかな体操のお兄さん風情の先生が、「クマ歩きのポイントは、姿勢とスピードです。さあ、それでは解説します」と真面目な顔で喋っている。

哲大は、不思議なものでも見るかのような目で、画面を注視している。

〈まず、肩幅の広さに両足を開きます。このとき、つま先を若干開いておくと、次の姿勢に移りやすくなります。続いて、身体を前に倒します。背筋を伸ばすと、まるでカエルのようになってしまうので、〝クマ歩き〟にはなりませんから注意してください。背中は丸まっていて大丈夫です。そのまま膝を少しだけ伸ばして、両手を床に突き……〉

程なくして、大真面目な顔をした〝体操のお兄さん〟が、のっさのっさとクマ歩きを披露する。

哲大はしばし唖然としたあと「なんやねん、これ！」と言って腹を抱えて笑い始めた。秋が、この動画をはじめて見つけたときと同じ反応だ。哲大の目にも、「クマ歩き」は充分滑稽に映るらしい。

「笑いごとじゃないんだよ、哲大！　これが今年から慶心初等科の受験科目に加わったらしい。今日、町田先生がこっそり教えてくれた」

真剣に言い募る秋の表情を見て、やっと哲大が笑いを止める。

「つまり、俺がコレを研究して蓮に教えろ、と」

うん、と頷いた秋に、哲大はいつものようにニカッと笑ってみせて「よっしゃ、まかせとき！」と言った。

河口湖での喧嘩のときは、どうなることかと思った。それがいま、こうして哲大と力を合わせて、蓮の初等科合格というひとつの目標に向かって走れるようになった。

未来は、明るい――

いまの秋は、自信をもってそう言える。このままゆけば、蓮が来年四月から、あの金に輝くロゴマーク入りのランドセルを背負うことはまずまちがいないだろう。そして、秋と哲大は、慶心初等科百年の歴史始まって以来の、同性同士の両親という誇り高き称号を手に入れるのだ。

なんて美しくて、輝かしい未来！

哲大はさっそく、自分のスマホで動画を開き、「クマ歩き」のポイントを確認している。「あーなるほどな」、「いや、絶対そこは首下げた方がええやろ」などと、プロの体育教員らしい独り言やツッコミが聞こえて来て、頼もしい。

手を洗い終えた蓮が、リビングに駆け込んで来る。

「蓮！　テツ君とちょっと遊ぼうや」

「いいよ！　なにするの？」

蓮がきらきらとした目で、ソファから立ち上がった哲大を見上げている。

「クマさんごっこしようや。テツ君がお父さんグマな。蓮は子グマちゃんやでー」

まるで動画そのもののように、ジャージ姿の哲大が、「クマ歩き」のポーズを取る。蓮も見よう見まねで、膝を曲げて手を床に付けている。

「おしっ。ほんならいまから木の実を探しに行くで！」

クマ歩きの姿勢を保ったまま、哲大がのっさのっさとリビングダイニングのなかを歩き回る。

すると、それを見て面白がった蓮が「ぼくのほうが先に木の実を見つけるもん！」と言って、哲大の真似をしてぴょこぴょことクマ歩きでついて行く。

「子グマちゃんはまだ歩き方がなってへんなあ。クマはもっと堂々とゆったり歩くもんやで」

哲大にからかわれた蓮がムキになって、「できるもん！」と言いながらゆったりとした歩き方に変える。

「お、ええ感じやな。よし、それなら蓮、お父さんグマと競争や！　先にテレビの台のところまで着いた方が勝ちやぞ！」

不敵に笑う哲大に、蓮はますます闘志(とうし)を燃やしている。

「絶対負けない！」

「テツ君も負けへんでー。秋さん、スタート切って！」

遊んでいるように見えて、哲大がしっかり蓮の動きを観察しているのがわかる。ずっと「クマ歩き」の姿勢を保ったまま、かれこれ十分以上もリビングのなかを歩き回っていることで、蓮の姿勢はかなり〝クマ〟らしくなって来ている。

キッチンカウンターの横に、揃って「クマ歩き」の姿勢で並んだふたりが、秋のスタートの掛け声を待っている。

「おっけー。じゃあ行くよ。よーい……どんっ」

秋がスタートを切ると、ふたりは一斉に「クマ歩き」で、リビングのテレビに向かってもっそもっそと一目散に向かってゆく。とはいえ、哲大は敢えてゆっくりと進んでいる。後方から蓮の姿勢をチェックするためだろう。

一心不乱にテレビ台へ向かっていた蓮が、先にゴールする。

「やったあ！　ぼくの勝ち！」

嬉しそうに立ち上がる蓮に、哲大は「くそぅ！」と悔しそうな顔をしてみせる。そして、蓮の目が離れた隙に、秋のほうを向いて笑ってみせる。秋も、笑顔を返す。

こうして遊び感覚で日々練習してゆけば、蓮の「クマ歩き」はさぞ上達することだろう。受験本番でも、ほかの児童たちが突然の「クマ歩き」に困惑するなかで、きっと蓮は見事に一着でゴールするにちがいない。

十五分以上も、体力有り余る五歳の蓮と「クマ歩き」をしていた哲大は、さすがに疲れたようで、額に玉のような汗を浮かべている。

「ふう……。なかなかキツいわ、コレ。秋さん、水ちょうだい」

秋は冷蔵庫からよく冷えたヴォルヴィックのペットボトルを取り出して、「お疲れ様」と言って哲大に渡してやる。硬水の好きな秋がコントレックスを愛飲するのに対して、お腹の弱い哲大は、ヴォルヴィックか「南アルプスの天然水」派だ。生まれも、育ちも。そして好む水もちがうふたりが、蓮というかけがえのない存在を挟んで、たしかな「家族」になってゆく。同じゴールに向かってゆく。

——うん、完璧だ。

思わず発してしまった秋の呟きに、哲大が「そうやろ！　完璧やったやろ！　体育系のことなら俺にまかせとき」と得意満々の顔を見せる。

いや、ちがうんだけどな。まあ、いっか。うん、完璧だ。哲大は完璧だよ。

額の汗を拭っている哲大を、秋は背中から抱きしめてみた。身長は変わらないのに、哲大の背中は、なんだかとても広く感じられた。


激震が走ったのは、五日後の金曜日のことだった。

蓮を幼稚園に送り出し、自宅に着いたところで、ヴィトンのトートのなかでスマホがひっきりなしに震えているのに気がついた。

ディスプレイには、春の名前が表示されている。いつもならＬＩＮＥで連絡して来る春が、電話をかけてくるのは、三年前、修也の死を報せてくれたとき以来のことかもしれなかった。

「もしもし？　どうした？」

訝しむように訊ねると、いつもの春からは想像できないような剣幕で怒鳴られた。

「あんた、何回も電話したのよ！　いますぐコンビニ行って、『週刊ファイブ』買って来なさい！」

それだけを告げて、電話は切られてしまった。

春のただならぬ様子に、何か大変なことが起こっているのかもしれない、と秋は悟った。バッグから財布を取り出し、玄関に脱ぎっぱなしのクロックスをつっかけて、近所のコンビニへと走る。

ローソンの看板が近づいてくるほどに、否応なく緊張感が高まる。

店に飛び込んで、まっしぐらに雑誌コーナーへと向かう。外回り中の営業マンと思(おぼ)しきヨレヨレのスーツ姿の中年男が、成人雑誌コーナーに立って吟味しているほかは、客はいなかった。

秋は雑誌ラックの中から、素早く「週刊ファイブ」を見つけ出し、手に取る。表紙の見出しを見るのが怖くて、裏返しにしてレジに向かう。

南アジア系の顔立ちをしたアルバイト店員が、片言の日本語で「四八〇円デス」と伝える。小銭入れから五百円玉を出して、おつりを受け取ると、秋はすぐに家へと取って返した。

玄関に入り、キッチンへ向かう。「田島会」の件があった時と同じくらい、いや、ひょっとしたらそれ以上に、激しい動悸と息切れが、秋の身体を襲っていた。

冷蔵庫を開けて、コントレックスを取り出す。ごくごくと一気に喉へ流し込んでゆくと、五〇〇ミリリットルのペットボトルは、ものの三十秒ほどで空いてしまった。

秋は、はやる気持ちを抑えて、雑誌を左手にまるめて握りしめたまま、リビングのソファへと向かう。

表紙を見ると、〈巻頭スクープ!〉という赤いけばけばしい見出しの文字が目に入った。

〈名門・慶心初等科の古参教員、禁断の裏口指導現場を激写!〉

いままでにないほど、両手ががたがたと震える。

うまく、ページを捲ることができない。それでもなんとか、目的の巻頭ページにたどり着く。そこには、古墳のある野毛公園で、エルメスの袋を受け取る町田先生の姿があった。黒い目線は入れられているけれど、その髪型やシルエットで、誰が見ても町田先生だとわかるはずだ。袋を渡す秋と蓮は、後ろ姿しか映っていない。とはいえ、幼稚園の保護者たちや、同級生であれば、それが秋と蓮であることを、あっという間に見抜くにちがいない。

おそるおそる、記事の本文を読み進める。

『……創立百年のミッション系の名門、慶心初等科は、言わずとしれた日本一の名門小学校だ。

その名門の次期〝科長〟（校長）とも言われるベテラン教員の、衝撃の裏口指導現場の撮影に、本誌記者が成功した。関係者によると、A子先生は慶心初等科ではじめての女性担任教員として有名で、教え子には芸能人や有力政治家が多数いるという。この日の〝裏口指導〟の現場にいたのも、著名なエッセイストのB氏と、その息子だった。世田谷区の某公園で、子供の〝指導〟をひとしきり終えたA子先生は、B氏からエルメスの大きな紙袋を受け取って、そそくさと公園を去って行った。在学中の児童の保護者によると、A子先生は清廉な人柄で知られ、いままでこうした裏口入学や裏口指導に関わるような噂は、一切なかったという。本誌では慶心学院初等科と、慶心学院広報課に取材を申し込んだが、いまだ返答はない。都内の名門幼稚園に通う保護者に取材したところ、B氏の実母は有名デザイナーで、祖父は大手ゼネコンの……』

呼吸が、途端に浅くなる。息が、吐けない。ひゅう、ひゅうという音を立てるばかりの喉を必死で押さえるけれど、息はますます苦しくなるばかりだ。

徐々に、視界が濁ってくる。右のこめかみに、きんとした痛みが走り、ぐわんぐわんと耳鳴りがしはじめる。立ち上がろうとするけれど、下半身に力が入らない。苦しい。助けて。叫ぼうとしても、声が出ない。今度は視界が、ぐるぐるとまわり出す。まるで、遊園地のアトラクションのようだ。こんな状況に陥りながらも、秋はなぜか富士登山の翌日に哲大と蓮と行った、富士急ハイランドのことを思い出した。哲大。そう、哲大を呼ばなきゃ。たすけて、てつひろ。てつ。どんどん霞んでゆく視界の片隅に、ティーテーブルの上に置いたスマホが映る。秋は、必死で左手を伸ばす。が、なかなかうまくつかめない。息は苦しくなるばかりで、いまにも窒息しそうだ。

どうにか電話に手が届き、遠のく意識のなかで、闇雲にディスプレイをスワイプする。顔認証ロックが外れた。苦しい。さっきまでひゅうひゅうと鳴っていた喉からは、今度はひっひっひっという引き笑いの声にも似た、奇妙な音が出ている。

どうにか通話履歴にたどり着き、発信履歴の一番上にある哲大の番号を押す。いまは午前十時半だ。授業中にちがいない。哲大が電話に出られるわけがない。

このまま、死ぬのだろうか。そうなったら、哲大は電話に出なかったことの罪悪感で、一生苦しむことになるだろう。こんな数奇な人生に巻き込んでしまって、本当に申し訳ないと思う。

蓮はどうなるだろうか。春が、どうにか育ててくれるだろうか。三年間、ありったけの愛情を注いで来た。河口湖では悲しい思いをさせてしまったけれど、ちゃんと笑顔を取り戻せてやれてよかった。あのままでは、死ぬに死ねなかった。決していい親ではなかっただろうけれど、いつか蓮が大きくなったときに、秋という「親」がいたことを、思い出してくれたらいい。

知香とは、和解しないままに終わってしまった。初等科の入学式で、「慶心マーチ」を歌う蓮の姿を見せてやりたかった。いや、そもそもこんな記事が出たのだ。いまごろ、慶心学院は大騒動になっていることだろう。どんなに寄附金を積んだとしても、騒動の源の蓮が、慶心初等科に入れることはないだろう。

霞む目で、スマホのディスプレイを見る。哲大は電話に出ない。かれこれ、何分コールしているだろう。ひょっとしたら、職員室にスマホを置いたままなのかもしれない。だとしたら、万事休すだ。いよいよ、身体に力が入らなくなってくる。頭が、冷たくなってゆくのがわかる。いま哲大が電話に出てくれたところで、川崎の学校からここまで帰宅するのに、ゆうに一時間はかかる。間に合わないだろう。最後にせめて、声を聞きたかったかもしれない、と思う。

あ、蓮のお迎えはどうしよう。このまま死んでしまっては、蓮のお迎えに行くことができない。

ひとに迷惑だけはかけないように生きてきたつもりだった。でも、最後の最後で、かなりの大迷惑をかけることになりそうだ。

ああ、こんなことになるなら、救急車を呼べばよかった。スマホには、緊急電話機能があったじゃないか。どうしてそうしなかったのだろう。救急車を呼んでおけば、命は助かった可能性が高い。そうすれば、救急隊員のほかには、ほとんど誰にも迷惑をかけずに済んだのに。でも仕方ないじゃないか。哲大しか思い浮かばなかったんだから。


——秋！　起きなさい！　ほら、しっかりして！

誰かに身体を揺さぶられる。

「哲大君！　紙袋あったら持ってきて！　なければコンビニのビニール袋でもなんでもいいから！」

うっすらと、意識が覚醒して来る。誰かのあたたかな手でさすられている背中が、気持ちいい。

「はい、秋、息吸って吐いて。とにかく吸って吐くのよ」

背中を強くさすられながら、紙袋を口に当てられる。

ああ、明治屋の紙袋だなあ、と秋はぼんやり思う。

茶色いボール紙の甘い匂いと、つんと酸っぱい糊の匂いが混ざった、なつかしい匂いがする。

袋に向かって息を吐いて、吸う。繰り返しているうちに、徐々に呼吸が整ってくる。呼吸が整うと、視界と意識がクリアになってくる。

「……知香さん？」

秋の背中をさすっていてくれたのは、知香だった。

「秋さん、大丈夫か？　まだ苦しいか？」

ノンメイクで、髪もセットしていない知香の傍らで、哲大がいまにも泣き出しそうな顔をしている。

頭はまだぼんやりとしているけれど、秋は静かに首を振る。

「……たぶん、もう、だいじょうぶ」

小さく頼りない声だけど、口から言葉が出た。

生きて、いる。

それとも、これはまぼろしなのだろうか。まさか、もう死んでいる？　不安そうな目で見上げる秋に、知香が「大丈夫、過呼吸よ」と言う。その声が、ひどく優しくて、なんだか子供の頃を思い出す。

「あんた、いい年してなに泣いてるのよ」

知香にぽんっと腕を叩かれて、秋はゆっくり身体を起こす。

泣いている？

手を目元に当ててみる。たしかに、ぐっしょり濡れていた。

「哲大君に伝えるの忘れてたわね。昔にも何度かあったの」

まだ少しぐったりとしている秋の傍らにしゃがみこんでいる哲大に、知香が告げる。

「初等科のときに一度と、あと中等科のときにもあったかな。この子が覚えてるかどうかわからないけど」

知香の言葉を遠くに聞きながら、秋は記憶の糸をたどる。たしかに、あったかもしれない。この苦しさは、覚えのある苦しさだ。

中等科二年のころ。

クラスの男子に、からかわれたことがあった。自身が同性しか愛せないことに、薄々気づき始めた時分だった。登校すると、机の中にゲイ雑誌が一冊、突っ込まれていた。テニス部に所属する男子の一群が、雑誌を手に唖然としている秋を見て、げらげらと笑っていた。

その日は、授業がなにひとつ、頭に入らなかった。学校では日がな、頭がぼうっとしていた。帰路、田園調布の駅から自宅まで歩いているとき、急に胸が痛くなり、呼吸が苦しくなった。すぐそこまで迫っていた自宅が、ずいぶん遠くに感じた。どうにか、玄関まで辿り着くと、出迎えた家政婦のユキエさんが、秋の様子を見て慌てた。「お嬢様！　大変です。秋さんが……」とおろおろするユキエさんに、リビングから顔を出した知香が、「あら、過呼吸だわ！」と言って、袋を持って来るように命じた。

今日と同じように、紙袋を口に当てられて呼吸をしていると、苦しさがやわらいでいったのを思い出す。

「秋さん、もう大丈夫やで。蓮のお迎えは俺が行くし、秋さんはゆっくり休んどき」

哲大が頭にそっと手を当ててくれる。ふいに、眠気に襲われて、秋は再び目を閉じる。

「あんな記事が出たあとだものね……。哲大君、蓮のお迎えお願いね。あたしはもう少しここで、秋の様子を見ているわ」

知香の声を聞きながら、秋はかくん、と眠りに落ちた。

目を覚ますと、哲大と蓮、そして知香と春までもが一緒にダイニングテーブルで団らんしていた。

「……え、なんで」

「お、秋さんが起きた」

気づいた哲大が声を上げると、蓮が「秋くん！」とソファに駆け寄って来る。れん、と声をかけようとする秋の胸に、小さな身体が飛び込んでくる。

「おいこら、蓮。秋さん具合悪いんやで」

哲大に咎められても、蓮は秋から離れようとしない。

「いいよ、俺はもう大丈夫。お腹空いたし、そっち行く」

身体を起こすと少しふらついたが、もうかなり体調は良くなっている。秋が元気になったのがよほど嬉しいのか、蓮が秋の手をとって、ダイニングテーブルまで連れてゆく。

「てか、なんで姉貴がいるの」

状況が理解できていない秋に、春はひとの悪そうな笑みを返した。

「失礼ね。あたしがあんたの命の恩人よ」

偉そうに言い放つ春を、知香が「何言ってるの、元はと言えばあんたのせいでしょ」とたしなめる。

「どういうこと？」と秋が訊ねる。「ああ、それはね……」と、知香が顛末を語って聞かせる。

――「週刊ファイブ」の町田先生の記事をネットで目にした春は、真っ先に秋に電話をしたあと、知香にも知らせたのだという。春から、秋がすでに雑誌を買いに行っていると聞いた知香は、嫌な予感を抱いた。中等科のときに、同級生からの嫌がらせで秋が過呼吸を起こしたことを思い出したのだ。デザイナーとして、多くの批判にさらされ、ジャーナリズムの暴力にもすっかり慣れきったタフな自身に比べて、秋が繊細で打たれ弱いことを知っている知香は、すぐに哲大に連絡をして「秋の様子を見て来てほしい」と頼んだ。勤務校に半休を申請して急いで帰宅した哲大と、田園調布からタクシーを飛ばして駆けつけた知香がちょうどマンションの玄関先で出くわし、一緒に部屋に入ったところ、秋が電話を握りしめて倒れていたのだと言う。

哲大は、慌てていたせいでスマホを職員室に忘れて来てしまい、秋からの着信に気づくことはなかったらしい。

「でもほんま、知香さんが連絡くれてよかったです。もし連絡なかったら、って思うと……」

「まあ、なんだかんだ言ってもこの子の母親だもの。ピンチのときは、不思議とわかるのよね」

知香の言葉が、広尾のカフェでの春との会話を、ふたたび秋に思い出させる。

『あんたが心から知香さんを求めるときに、また舞い戻って来てくれる』

春の、言う通りだった。知香は秋のピンチに際して、見事に舞い戻って来てくれた。

「でもさあ、たぶんいま頃、学院監督局は大騒ぎだよね」

他人事のようにのんびりと言う春を、知香が「もう、あんたは余計なこと言うんじゃないわよ。秋がまた倒れるでしょ」と叱りつける。

春のひと言で記事のことを思い出した秋の心に、暗雲が広がってゆく。今日の蓮のお迎えのときに、哲大はほかの保護者から何も言われなかっただろうか、と心配になる。秋が意識を喪っていた数時間のあいだに、何か動きはあったのだろうか。

「ねえ、春。ちょっとあんたあっちで蓮と遊んで来なさいよ」と、知香が春に促す。察しのいい春は「よし、蓮君。春お姉ちゃんと遊ぼうか」と蓮を連れ出して、リビングのソファに向かった。

ふたりが席を外したのを見計らって、知香が小声で口を開く。

「午後に、町田先生からお電話頂いたわ。今回の件、先生のほうから手紙であなたに提案したんですってね。大事な教え子の秋君はおろか蓮君まで巻き込んでしまって本当に申し訳ない、ってずっと謝ってらっしゃったわ」

いま、世間からの非難を一身に浴びているであろう恩師を思うと、秋はまた涙が出そうになる。決して、町田先生ひとりの責任ではないのだ。申し出を大喜びで受けたのは秋だし、これで蓮の合格は間違いなしだとぬか喜びをしたのも事実だ。なにより、いくら中身は手作りのケーキだとはいえ、あの日エルメスの紙袋に入れて持って行ったのは秋なのだ。公園という衆人環視の場で、あまりにも無防備すぎた。

「せやけど知香さん、あの紙袋の中身はエルメスなんかとちゃうんです。あれは俺たち三人で作ったケーキで……」

一生懸命言い訳しようとする哲大を、知香が軽く手で制する。

「それも、町田先生から伺ったわ。先生も、すごく嬉しかったんですって。だからこそ、あなたたちの善意と誠意を傷つけてしまった自分の甘さが許せない、ってずっと電話口でも嘆いていらっしゃった。落ち着いたころに、あなたに改めてお詫びの電話をするっておっしゃってたわ。あたしは、そんなの必要ないし、気に病まないでほしいって言ったんだけどね」

義理堅く、正義感の強い町田先生のことだ。いくら知香が止めても、必ず秋に心を尽くして謝罪をすることだろう。そんな先生の性格を知っている秋は、先生の行く末が心配になる。

「それで、先生はどうなるんだろう……。先生、本当に相談に乗ってくれただけだし、受験に手心を加えるつもりも一切ないって言ってた。なんにも悪いことはしてないんだよ。もちろん、アドバイスはくれていたけれど、それだって別に常識の範囲内のことなんだ」

とはいえ、慶心初等科のホームページの受験要項に書かれているとおり、入学希望の児童や保護者に、現職の教員が会うことは禁じられているのも事実だ。門外不出の「クマ歩き」の情報まで聞いてしまった。

ただ、秋の場合は受験生の親である以前に、町田先生の教え子だ。そして、先生は高価なものは一切受け取らず、商品券ですら送り返すような清廉な人物なのだ。果たして、責められるいわれがどこにあると言うのだろう。

「あたしだって、六年間父兄として見てきたもの。先生がどういう方かわかっているわ。亜実の受験のときにはちょっと期待もしちゃったけれど、一切邪なことはしない方だっていうのもいまならわかる。先生には、毅然としていてほしいわよ。だって悪いことはしてないんですもの。だからあたし、先生に記者会見開くようにお勧めしておいた」

知香の経営する「TikaTika」ブランドも、不祥事と無縁なわけではなかった。検品のミスで不良品を大量流通させてしまったときには、すぐに記者会見を開いて、知香が矢面に立って謝罪をしたこともある。弁の立つ知香は、自他ともに認める記者会見のプロだ。謝るべきは謝るし、刃向かうべきは刃向かう。それを貫き通すことで、この強い女性は、世界を切り開いてきた。

「記者会見って……。そんな大げさなことなのかな」

「こういうのは早い方がいいのよ。それに、もうテレビ局も取材に動いてるみたいだし」

芸能人ほどではないけれど、秋もそれなりに名の通った物書きだ。週刊誌の記事では、匿名になっているとはいえ、明らかに秋だとわかる書き方だった。週刊誌には「作家タブー」があるから大丈夫だ、と高をくくっていた。ほとんどの大手の出版社と仕事をしたことがあったから、自身が週刊誌に撮られることはないとすっかり安心していた。「週刊ファイブ」の版元の精談舎とだけは、仕事をしたことがなかったのを忘れていた。近々、秋のところにも取材が来るかもしれない。敬天会幼稚園にも迷惑をかけてしまうことになる。もうすでに、保護者たちの間では秋や町田先生の噂でもちきりだろう。夏休みが明けて新学期が始まったら、きっと蓮も秋も後ろ指を指されることだろう。針の筵の日々になる。これからのことを思うと、どうしても陰鬱な気持ちになる。

「取材か……。うちにも来るのかな」

「あんなのはね、堂々としてればいいのよ。あんたは悪くないんだから。幼稚園でも堂々としてなさいよ。他のお母さんたちがいろいろ噂するだろうけれど、あんたが下を向けば向くほど、蓮君だって居づらくなるわ。あんたは、とにかく毅然としていなさいね」

知香の言うことはよくわかるが、いかんせん秋には自信がない。とはいえ、今回の記事が出るにあたって、秋や町田先生を「売った」張本人が、敬天会幼稚園にいる可能性が高い。朋子や倫子以外にも、受験前の追い込みの時期のいま、「ライバル」を消したい人間はいくらでもいる。秋が打ちひしがれるほど、〝犯人〟の思う壺なのは、事実かもしれなかった。

――ぴりりりりりり。

取材の話をしているタイミングで固定電話が鳴った。思わず三人が顔を見合わせる。秋の鼓動が、再び速くなってゆく。過呼吸にだけはならないように、秋は深呼吸をする。もし取材だったら……。否が応でも緊張感が高まる。

立ち上がろうとする秋を手で制して、哲大がキッチンの電話を取りに行く。

「はい、大田川です」

警戒心たっぷりの、哲大の声が聞こえる。リビングで蓮と遊んでいる春も、ちらちらと哲大の方を窺っている。

「あ、少々お待ち下さい！」

子機の通話口を手で押さえた哲大が、秋のもとへと駆けて来る。

「秋さん、町田先生からやわ」

思わぬ名前に、秋は目を見開いた。おそるおそる、哲大から子機を受け取る。横で、知香も固唾をのんで見守っている。

「はい、お電話代わりました」

秋が話しかけると、しばらくおいて受話器から「……秋君ですか？」というか細い声が聞こえた。たしかに町田先生だ。でも、明らかに憔悴している。

「ええ、先生。秋です。今回は何と申し上げたらいいか……。僕があのときもう少し気をつけていれば……。おそらく、情報提供したのは敬天会幼稚園の関係者です。ライバルを消そうと……」

どうにか言葉を紡ぐ秋に、電話口の町田先生がきっぱりと「いいえ、全面的に悪いのはわたしです。それにあなたの周りの方々を疑うのはやめなさい。科長の座を巡って色々な動きがあるの。私が尾行されていたのかもしれないわ」と言った。秋は、二の句が継げない。

「改めて言います。今回はわたしの軽率な申し出のせいで、教え子のあなたにも、大事な蓮君にもご迷惑をかけることになって、合わせる顔がありません。本当にごめんなさい」

謝罪の言葉を連ねる先生が気の毒で、秋は胸が痛くなる。とはいえ、かける言葉が見当たらないのだ。「そんなことないです」と通り一遍のことしか言えない自分がもどかしい。

「教師として、教え子が誤解されるのは耐えられません。お母様からもご提案いただいたけれど、明日記者会見を開こうと思います。ただ、巻き込んでしまったあなたのお許しをいただかない限りはできませんから、こうしてお電話をしています。もしあなたがお認め下さるなら、わたしは早速、学院の広報課に連絡をして明日の記者会見の申請をします。土曜日ですから、記者の集まりは悪いかもしれないですけれど……。もちろん、学院の顧問弁護士には同席してもらうことになると思います」

憔悴し、疲れ切っているはずなのに、それでも凛とした態度を崩さない町田先生の健気さに、秋はまた泣きたくなってくる。できるならば、一緒に記者会見に同席したいほどの思いなのだから。

「もちろん、先生がなさりたいのならば止めません。僕も、先生が世間から誤解されたままなのは嫌です。先生が、大好きですから。僕にとって、ずっとたったひとりの先生ですから……。明日先生がしっかり会見で真実をお話しになれば誤解は解けますし、二学期になる頃には、みんな忘れていると思います。僕も、毅然とするようにしますから、どうか先生も毅然となさっていてください」

思いの丈のすべてを伝えた秋に、町田先生は涙声で「ありがとう。持つべきものは、いい教え子だわね」と言い残して、電話を切った。

「先生、なんですって？」

さっそく知香が訊ねる。

「明日、記者会見するって」

「そう……。うまくいくといいわね」

窓の外には、闇夜に大きな半月が浮かんでいた。

この一年来、知香や哲大とぶつかってまで目指していたものは果たしてなんだったのだろう、と秋は考える。

六年前の夏、哲大と出会い、三年前には蓮がやって来た。

煌々と照る月を見ていると、すべてが夢だったのではないか、と思えてくる。でも、いま秋の隣には哲大がいて、リビングでは蓮が春とお絵かきをしている。知香が、ダイニングテーブルに肘をついて、秋と同じように窓の外の月を見ている。

夢では、ないのだ。

歪で、脆くて、不格好で。でも、どうしてもつながってしまう。そんな家族の像が、いま秋の目の前に、たしかに存在している。


ワイドショーの時間に合わせて、記者会見は午後一時から始まった。

リビングのソファに座って、秋はめったに見ないテレビの前で、固唾をのんで見守っている。

白いシャツに、黒のパンツスーツ姿の町田先生がテレビの画面に現れ、カメラに向かって深々と頭を下げている。先週末会ったときと変わらない、白髪のポニーテール姿だ。

一斉にフラッシュが焚かれて、画面のなか先生が、一瞬目をしばたかせたのがわかった。とはいえ、政治家や芸能人の不倫釈明会見に比べれば、報道陣の数は少なく見えた。町田先生の左隣には、慶心学院の顧問弁護士らしい初老の人物が立ち、右隣には、小笠原院長の後を継いでから八年来、学校法人慶心学院院長の座にある前澤院長が立っている。

——慶心学院初等科主事兼教諭の町田えり子でございます。この度は、わたくしの軽率な行動により世間の皆様、ならびに慶心学院関係者の皆様、卒業生ならびに現役学院生の皆様にご迷惑とご心配をおかけしていることを、衷心より、深く、深く、お詫び申し上げます。

いつもと変わらない、凜とした誠実な口調でお詫びの言葉を述べた町田先生が、再び頭を下げた。

土曜日ということもあって、リビングから見える初等科の校舎も校庭も、静まり返っている。植込越しに日々姿を見ていた町田先生が、いまはテレビの画面のなかで、深々と頭を垂れているのが、なんだかとても不思議で、ちぐはぐな光景に思えてならなかった。

画面のなかでは、手元の紙に一切目を落とすことなく、町田先生が経緯の説明をしている。

――わたくしが当校への入学を希望している児童の保護者と学外で会っていたのはまぎれもなく事実でございます。ただ、いくつかご説明しておきたいことがございます。まず、わたくしが公園でお会いしていた方は、たしかに入学希望者の親御さんではありますが、同時にわたくしの教え子でもあります。かねてより、教師と教え子の関係として、たびたび会っていた方です。まずその点はご理解頂きたく存じます。

次に、今回お会いするに至った経緯ですが、これはわたくしが教え子である当該保護者の方にお手紙を差し上げ、わたくしからお誘いしました。理由は、わたくし個人がその方の人柄や、その方の築かれた家族のかたちに魅せられ、当校にぜひ入学していただきたい、と思い、子育て上のアドバイスを差し上げようと思ったからです。

最後に、写真週刊誌の記事には、わたくしが高級ブランドの紙袋を受け取っている写真が掲載されております。この写真はまぎれもなく事実を映し出しておりますが、真実ではありません。紙袋の中身は、ブランド品ではなく、当該保護者の方がお子さんと一緒に作って下さったシフォンケーキとバナナブレッドです。わたくしはその心遣いがとても嬉しかったものですから、帰宅次第すぐに携帯電話で写真を撮りました。その写真がこちらになります――。

先生の座る席の横のプロジェクターに、秋と哲大と蓮が一日かけて作ったケーキの写真が映し出されると、会見場の記者たちがわずかにどよめいたのがわかった。サランラップにリボンをあしらっただけのケーキは不格好で、まるで美味しそうには見えない。

ああ、なんて、滑稽なんだろう。

秋の頬を、ひとすじの涙が伝ってゆく。

滑稽なほどに正直で、強くて、うつくしい先生が、テレビのなかで厳しい追及を受けている。いつもは校庭で子供たちに囲まれている先生がいま、慶心学院本部会議室で、報道陣に囲まれている。かつての教え子の秋が、それを自宅のリビングで見ている。

あまりに非現実的な現実に、秋の涙は止まらない。

記者会見は、質疑応答に移ってゆく。


翌週の火曜日、慶心学院ホームページの「お知らせ」欄にて、初等科主事兼教諭・町田えり子の諭旨解雇（ゆしかいこ）処分が発表された。

13

「久しぶりだね、秋さん」

翔子に会うのは、ほぼ一年ぶりだった。

「久しぶり。まさか、翔子ちゃんとまたここで会うことになるとは思わなかった」

苦笑する秋に、翔子が「そうだね、あたしも」と笑いながら言う。ロックTシャツにジーンズ姿のラフな翔子も可愛らしいけれど、グレーのパンツスーツを纏い、髪をきれいに巻いてセットした姿も、みずみずしくて爽やかだ。

区立小学校の敷地は、区立幼稚園に隣接している。かつて毎日顔を合わせていた場所で、いま再びこうして翔子と会えるのが、秋は純粋に嬉しかった。

ふたりの傍らの門柱には、「祝入学」と大書された、花飾りつきの立て看板が聳え、何組もの親子が、記念撮影に興じている。

「結局、慶心は受けなかったの？」

「うん、あんなことがあったからね。一応願書の写真は撮りに行ったんだよ。わざわざ伊勢丹まで。でも、結局出せなかった」

秋の言葉に、翔子はただ「そっか」とだけ返して困り顔で笑う。


――「週刊ファイブ」の事件からまもない、二学期最初の登園日。

秋は著しく緊張していた。前日から落ち着かない様子だった秋を心配して、哲大はわざわざ有給休暇を申請して、秋と蓮の登園に付き添ってくれた。

秋が敬天会幼稚園の正門に現れると、親たちがみな息を呑むのがわかった。あからさまに眉を顰める母親もいたし、同情の視線を向けて来る母親もいた。傍らの哲大は、まるでハイエナの群れから子供を守る獅子のような目で、周囲を威嚇していた。誰も、秋たちに声をかけてはこなかった。受付横に立っていた瀬川園長だけが、「秋君、色々大変だったわね」と声をかけてくれた。

秋はただ、「ご迷惑をおかけしました」としか言えなかった。

「週刊ファイブ」の件があるまで通い続けていた「萌芽塾」も、記事が出た翌週に退会した。とにかく、蓮が晒し者になることだけは避けたかった。幼稚園に関しても同じだ。二学期、とりあえず登園してみて、もし蓮があからさまな無視や虐めに遭うようだったら、すぐにでも敬天会を辞めよう。

固く決心した上での、二学期最初の登園日だった。

「秋さん、おはようございます」と声をかけて来たのは、意外な人物だった。常と変わらぬ勝気な目の由美香の手を引いた、朋子だった。初等科連合同窓会へ連れて行って欲しい、というあの電話での〝ライバル宣言〟以降、朋子は秋に対してすっかりおとなしくなっていた。それが、急に明るく声をかけて来たのだ。秋は、警戒した。「週刊ファイブ」の件で、〝ライバル〟である蓮と秋が見事に脱落したのだ。心のなかでは、高笑いが止まらないにちがいない。むしろ、ひょっとしたら。「週刊ファイブ」にネタを売ったのは朋子かもしれない――。

疑心暗鬼に囚われた秋が、なんとか「おはようございます」と返事をすると、朋子はまばゆいばかりの笑顔を見せた。相変わらずそこに「悪意」はなくて、屈託のなさだけが煌めいていた。笑顔を崩さないまま、朋子は驚きの宣言をした。

『秋さん、うちは初等科の受験やめます。由美香はインターに行かせるつもりです。夏休みボツワナに行って、由美香が海外にとても強い興味を持ち始めたんです。どうしても英語を喋れるようになって、将来は野生動物を守るお仕事がしたい、って。主人も賛成してくれましたし、これも神の思し召しだと思って。秋さんは、引き続き頑張って下さいね。今回の件で色々大変でしょうけれど、わたし、心から蓮君の合格を祈っています』

華やかさは相変わらずだけれど、朋子はどこかいままでとはちがう、晴れ晴れとした空気を纏っていた。送り迎えの際のトレードマークになっていたエルメスのガーデンパーティーの代わりに抱えているのは、フェア・トレードで有名なバッグ・メーカーのものだ。家族とのボッワナ旅行で、朋子の心になんらかの大きな変化が起こったのだろうか。

傍らの由美香が「蓮くん」と声をかけた。いままで親しくしてこなかった由美香に、蓮はどう答えていいのかわからないらしく、ただもじもじとしながら「なあに」と小声で返していた。

——蓮くんのもうひとりのお父さん、かっこいい！

かつて「バイブル・クラブ」で蓮に対して「かみさまはゆるしません」と言い放った美少女が、きらきらとした大きな瞳に憧れの色を浮かべて、哲大を見上げていた。言われた哲大もまんざらではなさそうで「せやろ、かっこええやろ！」と笑っている。蓮は嬉しそうに「くふふふ」と笑った。秋は「由美香ちゃん」と声をかける。

——哲大は俺の旦那さんだからね。由美香ちゃんにはあげられないよ？

真面目な顔で言う秋に、由美香は「えーっ」と声を上げてのち「ま、しかたないか」と生意気そうな笑顔を見せた。

やっていける。蓮も、俺も。きっとここでやっていける。

秋は、蓮を卒園まで敬天会に通わせようと決意した。

「——でも、敬天会って周りはみんな小学校受験するんでしょ？　秋さん悩まなかったの？　あんなことあったけど、それでも秋さんのところだったら受かりそうなのに」

翔子に問われて秋は「そりゃ悩んだよ」と素直に打ち明ける。

昨年の十月上旬の慶心初等科の願書提出日ギリギリまで、秋は迷ったし、悩んだ。

諭旨解雇処分となって慶心初等科を去った町田先生は、その後もたびたび子育ての相談に乗ってくれた。先生は、中継が終わった後も続いた記者会見で記者の追加質問に対して、自身の懲戒免職を覚悟しており、むしろルールを破った以上そうなるべきであると言ったらしい。秋や蓮についての質問もあったというが、先生は「プライバシーに関わることですので申し上げられません」と繰り返し、何も言わなかったそうだ。伝え聞いたとき、秋はなんて町田先生らしいんだろう、と思った。でも、そんな町田先生の潔さを、メディアは一切報じなかった。退職からひと月近く経ったころに電話をもらったときには、蓮に慶心初等科を受験させるよう、再度強く勧めてくれた。

『わたしがあんな形であなたを巻き込んでしまったから、受験は厳しいものになるかもしれないけれど、大田川家の今までの慶心への貢献を考えれば受かる可能性は充分にあると思います。わたしはもう学校を去ったけれど、慶心に恨みはありません。あなたがたの家族が入ることで、あの学校の改革が進んでくれることを、いまでも望んでいるのよ』

先生の言葉は嬉しかった。誰よりも大好きな恩師である町田先生の理想の実現のために役立てるならば、どんなに素晴らしいことだろう、といまでも思う。

でも、蓮の人生は蓮のものだ。

かつて町田先生が「あなたたちの人生は、あなたたちのものです」と言ってくれたように。

蓮は、誰かの理想を満たすためのピースではない。秋も、そして哲大も。誰もが、自分の人生を生きているし、自分のために生きる権利がある——。そのことにあらためて気づいて、秋は迷いを捨てた。

ちなみに、願書のために撮った蓮の写真は、リビングのサイドテーブルの上に、大切に飾ってある。

知香に、初等科を受験しないことを伝えるときには、やはり少し緊張した。秋が過呼吸を起こした日をきっかけに知香が再び戻った「大田川家（4）」のLINEグループに、「受験、やっぱりやめます」とだけ記したメッセージを送った。

知香がまたグループを退出してしまうのではないかと案じたけれど、杞憂だった。知香からは「あなたが決めたなら、好きにしなさい」という返信があった。春からは、「いいね！」のスタンプだけが返って来た。

――十一月初旬、各校の合格発表が続いた週の敬天会正門前の光景は、忘れられそうにない。

受付の横に立つ瀬川園長のもとへ笑顔で報告に行く母親たちと俯き加減で通り過ぎる母親たち。合格の報告をする母親に「まあ、おめでとうございます」と満面の笑みを見せたすぐ後、不合格を告げる保護者に「本当に残念でしたねえ」と心底悲しそうな顔を見せる。そんな器用な瀬川園長の姿とともに、母親たちの悲喜こもごもの様子が、いまだ目に焼き付いて離れない。

ただひとつ意外だったのは、そこに倫子と蒼の姿がないことだった。朋子いわく、夏休みが明けたころから急に連絡が取れなくなったらしい。二学期が始まってしばらくして、蒼が登園する姿を見かけなくなった。理事長の胸像前に集まる母親たちの輪のなかから、倫子の姿は完全に消えていた。

受験シーズンが終わった十二月に入って、初等科時代の同級生から、智人が倫子と離婚していたことを知らされた。

――嫁さんが不倫してたんだって。だから慰謝料ゼロだってさ。

同級生の噂だから真相はわからないけれど、倫子は智人との性格の不一致と、受験のストレスもあってか、蒼に手を上げることがたびたびあったらしい。高校受験という戦争を努力で勝ち抜いた倫子は、名家の出身で初等科卒業生らしいおおらかで大雑把な気質の智人の陰に控えて過ごす日々に耐え切れず、出会い系アプリにも手を出していたのだという。

夏休み前、胸像前でのお喋りの際に倫子が冷たい能面のような顔を垣間見せたのは、きっとコンプレックスが原因だったにちがいない。あのとき、朋子は倫子に「智人さんの力で、蒼君の将来は安泰ね」と言った。自身が初等科に合格できなかった倫子は、慶心女子高等科に入るために、きっと死ぬ思いで勉強をしたのだろう。一人息子の蒼のために、必死で慎ましやかで貞淑(ていしゅく)な妻であり続けようとし、賢い母であり続けようと努力をして来たのだろう。それなのに、慶心初等科受験において重要なのは、倫子の努力よりも智人の経歴であるという現実を、あのとき突きつけられたのだ。朋子のひと言が、倫子のコンプレックスに火を点(つ)けたのは、想像に難(かた)くない。

蓮を「ほしK組」から追い出そうとしたのが倫子なのかはわからない。ただ、「週刊ファイブ」にネタを売った人物はほぼ特定できた。知香によれば、長年評議会委員を務めていた知香の初等科からの同級生にあたる産業機器メーカーの社長が、守旧派の法学部教授と仕組んだのだという。

『あいつ、中等科のときにわたしに告白して来たの。こっぴどく振ってやったから、わたしのことも恨んでいたのかもね。みみっちい、どうしようもない男よ』

と吐き捨てたときの、知香の苦虫を噛み潰したような顔が忘れられない。知香への私怨はともかくとして、改革派の町田先生の台頭を阻もうとした動きがあったのは事実なのだろう。

「週刊ファイブ」の事件があってしばらくののち、「田島会」の田島先生から、毛筆でしたためられた長い長い手紙が届いた。

蓮の合格を土壇場で覆して、入会を断ってしまったことを、とても申し訳なく思っていること。蓮の代わりに入会した子供は、父親と母親の教育方針が合わず離婚して、結局月謝が払えなくなり退会させたこと。その母親が怒鳴り込んで来たことなどが、巻紙に延々と綴られていた。

……男性同士に育てられた子供が慶心初等科に受かるわけがない。ひいては「田島会」の合格率に影響し「田島会ブランド」を貶めることになる、と言われて、私は彼女の言葉に従ってしまいました。結果としてあなた様やお母様との信頼関係を裏切ってしまった自身の弱さを、いま大いに恥じております。

彼女は当初、従順でおとなしく教育熱心な良いお母様という印象でした。ところが、離婚されて月謝をお支払い頂けなくなり退会をお勧めしたところ、豹変したのです。

御自身が初等科に不合格だったことから、慶心学院初等科に対して妄念に近い思いをお持ちの方でした。なんとしてでもお子さんを初等科に入れたい一心で、お子さんに暴力もふるっていたとの由。ご主人が大層お怒りになり、離婚に至ったとのことを知人伝いに聞きました。教育の本来の目的意識を見失ってしまった方は、どんなに強い思いをお持ちでも、決してお子さんは合格しません。親御さんのコンプレックスをお子さんで解消しようなどという企ては、絶対に成功しないものです。お父様やお母様がどんなに強く願っても、お子さん本人が強い意思を持たないかぎり、慶心のような学校は受かりません。その点、知香さんは本当にご立派でした。それに引き換え最近のお母様がたは……

いまの秋に、倫子を責めるつもりはない。秋もまた、倫子のようになっていたかもしれないのだから。

「なんか秋さん、変わった気がする。前よりいい立ち姿になったよ」

グレーのジル・サンダーのスーツを纏った秋を見据えて、翔子がしみじみと言う。

「めずらしくスーツ着てるからそう見えるだけじゃない？　もう完全にアラフォーのおっさんだよ」

自嘲気味な秋の言葉に、翔子が「あはは」と笑う。

「そういうのじゃないって！　なんていうか、ちゃんとひとりで立ってるっていう感じ」

ひとりで立つ――。

たしかに、そうかもしれない。いまの秋には、自分の人生を生きている実感がたしかにある。でも、決して孤独ではないのだ。家に帰れば、哲大がいて、蓮がいる。「大田川家（4）」には、知香もいて、春もいるのだ。

自分の人生を生きるそれぞれが、ゆるやかにつながって、ときどき離れる。でも、求めあったときは、また自然とつながれる。

そんな感じでいいんじゃないか、といまの秋は思っている。


「秋くん！」

紺色のブレザーに赤い蝶ネクタイでおめかしをした蓮が、真新しい水色のランドセルを背負って、校庭を駆けて来る。黒のワンピースを着てピンク色のランドセルを背負ったエマも一緒だ。

ふたりの後ろを、スーツ姿の哲大と健介が悠然と歩いている。

「ごめん、遅なった！　ふたりとも元気過ぎやで。学校のなか探検する言うて、ずっと走り回っとった」

体力自慢の哲大も、三十代の半ばとあって、さすがに息が切れている。健介も、四月だというのに汗をだくだくと額に浮かべていた。

「ねえママ、あたしも水色のランドセルがいい！　蓮くんとおそろいがいい！」

「何言ってるの。ピンクがいいって言ったのはエマでしょうが！　六年生まで大切に使わなきゃだめよ」

ずっと、慶心初等科の、黒地に金のロゴマークのランドセルを背負った蓮の姿ばかりを思い描いて来た。でも、蓮は水色のランドセルがとても気に入っているようで、嬉しそうだ。あんなに繰り返しイメージしていた慶心の制服姿の蓮の偶像（ぐうぞう）は、もう思い出せそうにない。

「あ、秋さん。校長が秋さんによろしく言うとったで」

蓮たちに付き添って校内探検をするうちに、哲大は廊下でばったり校長に出くわしたらしい。五十代の女性校長のところには、入学前、すでに一度挨拶に行っていた。同性パートナーシップ条例のある渋谷区とはいえ、同性同士の保護者の子供が区立小学校に入学した前例はないということで、先々の学校生活に支障のないように事前にお話ししましょう、と先方が提案してくれたのだ。

「はじめまして！　大田川蓮です！」と元気よく挨拶をした蓮を見て、ふくよかで優しげな校長は「まあなんてしっかりしたお子さんでしょう！」と感嘆してくれた。そして秋や哲大の質問ひとつひとつに、時間をかけて丁寧に答え、ふたりの懸念を払拭（ふっしょく）してくれた。

『こんなに理知的でしっかりしたお子さんをお迎えできるのは、わが校としても大きな喜びです。お育てになったお二人が、たしかな絆（きずな）と愛を持っておられるからこそ、これだけ立派なお子さんになったんでしょうね』

校長の言葉には、町田先生に決して劣らぬ知性と優しさ、そして寛容さが宿っていた。秋にとっては、町田先生だけが理想の教育者だった。比較対象を持たなかったのだ。でも、区立小学校の校長も、充分に情熱的で寛大で、丁寧だった。

蓮のおかげで、秋の世界も広がってゆく。これからも、こうしてお互いを補い合いながら、三人の世界を広げてゆけたらいい。

校長との面談を終えて、秋は心底そう思った。

「ねえ、秋さん！　お互いの家族写真撮ろうよ」

相変わらずランドセルについて駄々をこねているエマをたしなめながら、翔子が提案した。

さっきまで新入生家族で混み合っていた、校門横の満開の桜の木の下も、入学式が終わって一時間以上が経過したいまは、すっかり人がはけている。

「いいね、撮ろう撮ろう」と六人で桜の大木の下に集まる。

「じゃあ、まず俺が撮るよ。翔子ちゃんたち、並んで」

秋が翔子からスマホを受け取って、レンズを向けようとしたときだった。

「秋！」

校門の外から、聞き慣れた声が響いた。

春だ。

「姉貴、来てくれたんだ」

「うん、ちょうど長ったらしい式が終わる頃だと思ってね」

思わぬゲストの登場に、蓮はますます興奮して楽しそうだ。春が蓮のもとへ歩み寄って「蓮君、おめでとう」と言う。蓮は早口で「ありがと！」と言ってのち、桜の木の下でエマと一緒にじゃれ合いはじめる。

「秋さん、親離れできたんだね」

走り回る子供たちを見つめたまま、傍らに立つ翔子がひとり得心したように言う。

「わかんないや。たぶん、まだ全然できていないんじゃないかな」

秋の答えに、翔子は意外そうな顔をした。校門近くの桜の木の下では、何組かの家族がかわるがわる、記念写真を撮っている。

「やっぱりお母さんのこと、嫌いになれない？」

詰るふうではなく、やさしい声で翔子が秋に問いかける。

「なんていうか……。嫌いになる自由はあると思うよ。でも俺の場合は、やっぱり知香さんの強さとかかっこいいと思う。強さに助けられてもいるし。たぶん、これからも助けられるだろうし」

秋が過呼吸で倒れたとき、命を救ってくれたのは知香だった。「本能」のちからで、春の言うとおり、ほんとうに必要なときに駆けつけてくれた。

「そっか。でも、いまの秋さん、なんだかしゃっきりしてるよ。前よりずっと」

翔子の茶髪が、春の日差しの下でつややかにきらめく。秋は、かつて蓮に「天使の輪」と教えた日のことを思い出す。

「翔子ちゃんから色々教わったからね。俺なりにすごく色々考えた。でも、俺は知香さんを嫌いにならない。嫌いになれないとか、嫌いにさせてもらえないんじゃなくてさ。俺は、俺の意思で、知香さんっていう母親と向き合っていきたいって思ってる」

たしかな意思のこもった秋の言葉に、翔子は「うん、秋さんらしくていいと思う」と笑った。

「だって俺たち、まだ家族づくりの途中だし。初心者家族だからね」

「初心者家族かあ……。うちもそうだったのかもしれないな。健介とエマとは家族してる、って思えるけど、親とだけはどうしても思えなかったもん。秋さんに色々えらそうなこと言って来たけど、結局うちの親もわたしも、家族の初心者だったんだね」

しみじみ語っているのに、翔子の表情はなんだかとても晴れやかで、明るい。

「これからも初心者同士よろしくね」

と言う翔子に、秋が「こちらこそ」と返す。

「よし、じゃあ秋さんたち、写真撮ってあげる！　蓮くーん！　おいでー！　家族写真撮るよー！」

エマと楽しげに校庭を駆け回る蓮に向かって、翔子が大声で叫ぶ。蓮が「はーい！」と元気よく返事をして、エマと手をつないだまま駆け寄って来る。

翔子に促されて、蓮、秋、哲大、そして春の四人が桜の木の下に並ぶ。

スマホを構えた翔子が「お、みんな、いい表情じゃん！」と言って、シャッターを切る。

「よし、ラスト一枚いくよー。超笑って！」

いち、にの、さーん、という翔子のかけ声に合わせて、哲大が秋の手をぎゅっと力強く握る。

乾いた春の風が、ふたりのあいだをぶわあっと吹き抜けてゆく。満開の桜の花びらが、ひらりひらりと舞い落ちる。

秋は哲大の手を、力の限り強く握り返した。

エピローグ

「こんなもんしか用意できへんくて、ごめんねえ。テツが早う言うてくれとったら、もっとええもん出せたんやけど……。せやけどここのお肉、おいしいんよ」

白いビニール製のクロスがかけられたテーブルの上に、高槻市駅前のセンター街で買ったらしいすき焼き用の薄切りの和牛を置きつつ、哲大の母親の優子が申し訳無さそうに笑う。

「ほんまやで。昔から急すぎやねん、お前は。しっかり先生やっとる言うから安心しとったのに全然変わってへんな。ほんまにしょうもない三男坊やけど、よろしく頼むで、秋君」

父親の健一が、苦笑しながら秋のグラスにスーパードライをつぐ。秋は「とんでもないです」「いや、こちらこそ」と戸惑いながら、両手で丁寧に酌を受けている。

「全然急なことちゃうわ。ちゃんと三日前に言うたやんけ」

普段なかなか見ることのできない、秋の緊張した様子を内心で楽しみつつ、哲大はビールを手酌する。

三日前、伴侶を連れて高槻に帰ることを告げたとき、電話口で優子は「お父さん！　テツが彼女連れてくるで！」と大はしゃぎだった。ただ、相手が同性だと打ち明けた途端、優子は「……嘘やろ？　なんで？」と言ったきり、黙り込んでしまった。哲大は蓮を一緒に育てていることはもちろん、ふたりの出会いや馴れ初め、秋のバックグラウンドなどを矢継ぎ早に話して聞かせたけれど、優子は「いや、せやけど」とか「なんでなん」とか言うばかりで、結局話にならなかった。

電話を切った哲大は、今回秋を家族に紹介するのは難しそうだ、と思った。蓮が、春や亜実と一緒に二泊で鴨川シーワールドに出かけるこのタイミングは貴重なチャンスだったけれど、しかたない、と諦めた。

〈東京のお金持ちのお坊ちゃんに何食わせたらええのん？〉と優子からＬＩＮＥが届いたのは、翌日の夕方だ。予想外の事態に驚いたけれど、哲大は〈秋さんは何出されても喜ぶ人やで！〉と冷静に返事を送った。

そして二日経ったいま、秋とともに高槻の実家にいる。

「僕も言われたの急だったんです。ほとんど手ぶらになってしまって、本当に申し訳ないです」

「明後日一緒に大阪行くで」と告げた時の秋の慌てようは、なかなかの見ものだった。「なんでもっと早く言ってくれないんだよ！」と怒りつつも、何を着ていこうとか、おみやげどうしようとか、二日間にわたって顔色をころころ変えていた。そんな秋を見るのも、なんだか新鮮だったし、なにより可愛らしかった。不惑を迎えた男を、可愛いと思う日が来るなんて。ましてや、その男を生涯の伴侶として、両親に紹介するなんて。人生って不思議なもんやなあ、と哲大は思う。

「ほんまは長男も長女もおったらよかったんやけど、上は消防士やから今日は仕事で無理やってん。娘の方はあとで顔出すかもしれんけど。せやから秋君、またちょいちょい来たってな」

鍋の上に砂糖をまぶして、肉を焼きはじめた優子が秋に言う。秋は一瞬困ったような顔をして、助けを求めるように哲大のほうをちらっと窺った。口の動きだけで、大丈夫や、と伝える。

「ありがとうございます。ご兄姉にもお目にかかりたいですし、ぜひお邪魔させてください」

あいかわらず秋の口調はかしこまっているけれど、表情が幾分やわらいだのがわかる。

「……秋君。もう君は家族やねんから。いつでも来てくれてええんやで。次はかならず蓮君も一緒にな」

いつも快活な健一にしてはめずらしく、一回咳払いをして、少しくぐもった声で話している。でも、哲大はそれが、健一が本音を語るときの癖だと知っている。

健一が話をつづける。

「正直言うてなあ……。おとついお母さんから『哲大が男と一緒になった』って聞いたときは俺も戸惑ってん。せやけど、さっき秋君に言うたとおり、コイツは昔からほんまに急に突飛なこと言うところがあってなあ。娘にも言われたんや。哲大らしくてええやんか、ってな。ほんで、たしかに哲大やったらありえへんことでもないなあ、思うてん。お母さんも『せやな』って言うてくれた。それに、ウチは一番上が嫁さんもろうてるからな。ひとりくらい、ちょっと形のちゃうのがおったほうがおもろいやろ」

そう言って健一は、がははっと豪快に笑った。

秋は、なんて返せばいいのかわからないのか、はたまた感動しているのか、絶句している。

「秋さん、なかなかええ家族やろ？　貧乏やけどな」

哲大が声をかけると、秋はぐすっと鼻を鳴らしてから、無言で何度もこくんこくんとうなずいた。

「哲大、貧乏ちゃうで！　センター街のクリーニング屋よりウチのほうが売上あるんやで！　最近お父さん頑張って法人のお客さんぎょうさんとって来たんやから」

　なかば本気で怒っているらしい優子に、頭をごつんと小突かれる。目を赤く腫らした秋が、そんな様子を見て楽しげに笑っている。

　中島家の見慣れた光景の中に、秋がいる。

　秋に「住む世界がちがう」「お前の家族を知らない」と言われたとき、思わずかっとなり、蓮も見ている前で手を出してしまった。翌日、富士山の九合目で雷雨に見舞われたとき、絶対に蓮とともに無事に帰ると強く思った。無事に帰って、秋に謝らなければ、と。

　手を出してしまったのは、痛いところを突かれたからだ。激しいけれど、あけっぴろげで、感情や気持ちをむき出しにしてぶつかり合う大田川家に比べて、中島家はどこまでも平均的な家族だ。決して裕福とは言えないけれど、大阪のベッドタウンでつつがなく日々を紡いで来た家族が、秋という同性のパートナーを受け入れてくれる自信がなかった。ささやかな幸せの充ちている中島家に混乱をもたらしたくない、という卑怯な気持ちがあったことも、先日、秋に打ち明けた。「近いうちに、高槻連れていくで」と約束もした。

　富士山で雷の轟音が炸裂した瞬間、哲大は蓮に覆いかぶさった。咄嗟に発揮された勇敢さに、自ら驚いた。この勇敢さを、秋のためにも発揮しなければ、と誓った。無事に帰って、秋に「一緒に大阪へ行こう」と伝えなければ——。その一心で、雷雨を耐え抜いた。

　そして今日、約束は果たされた。予定より、突然になってしまったけれど。

「——なんか、哲大が素直にまっすぐ育った理由がわかった気がします」

　目頭を軽くおさえ、秋がけらけら笑いながら言う。

「素直なあ……。秋君がそう思うてくれてはるやったらええけど、頑固やし気（きい）強いから大変やで？」

優子が嘆息しつつ言う。

「お、肉ええ感じやな。秋君、東京のすき焼きはわりしたやろ。こっちはちゃうんよ」

と言いながら、健一が醤油（しょうゆ）と日本酒をからめた牛肉を、菜箸で秋の皿に取り分ける。

玄関からドタドタとあわただしい音が聞こえてくる。

「おとん、おかん！　テツがツレの子連れて来とんのやろ？　はよ会わせて！」

甲高く、威勢のいい大阪弁が家中に響きわたる。

「玲未（れみ）！　お客さん来とんのやから静かに入って来（こ）んかい！」

優子が玄関に向かって叫ぶ。ダイニングに現れた哲大の姉の玲未は悪びれる様子もなく、

「うわ、秋さんやんな？　めっちゃイケメンやん！　アホな弟やけどテツのことよろしく頼むで！」

と言って秋の肩をバンバン叩いている。そして、当たり前のように食卓にくわわる。

やや気圧されながらも「ありがとうございます」と言う秋の表情からは、だいぶ緊張感が消えている。

優子が、今日すき焼きを用意してくれてよかった、と哲大は思う。

子供のころからの好物だというのもあるけれど、みんなでひとつの鍋をつつけるのが、とてもいい。

正直に言えば、不安だった。

黙り込んでしまった優子が、ちゃんと秋を歓迎してくれるのか。東京の裕福な家で育った御曹司の秋が、高槻の庶民の家に来て、ちゃんと馴染めるのか。

でも、杞憂だった。

健一と優子、そして秋にくわえて玲未までが、いま楽しげにひとつの鍋をつついている。

同じ世界で、和気あいあいと笑い合っている。

「おっし、俺も食うで！　あ、姉貴！　その端の肉、俺のやからな！　絶対取るなよ！」

大声で言ったあと、哲大はほどよく焼けた薄桃色の肉に箸をのばした。

蓮の絵日記

七がつ二十一にち　日よう日「ふじ山とうちょう」

一ねん一くみ　おおたがわれん

きのうぼくは、てつくんとあきくんといっしょに「ふじ山」にのぼりました。

「ふじ山」はにっぽん一たかい山です。

あさ五じにおきて、ホテルをでました。

かぜとあめがふるなか、いわをのぼりました。

じつは、きょねんもふじ山にのぼりました。しかしぼくがこう山びょうにかかってしまい、しかもかみなりがおちて、のぼれませんでした。

だから、すごくすごくちょうじょうにいきたかったのです。

そしてことしは、てつくんとあきくんと三にんでちょうじょうまでのぼれました。

うれしくてたまりませんでした。

下山しているとき、下に、まりのようなはな火がみえました。

小佐野 彈（おさの・だん）
一九八三年東京都生まれ。慶應義塾大学経済学部卒。台湾台北市在住。二〇一七年「無垢な日本で」で第六〇回短歌研究新人賞受賞。二〇一八年、第一歌集『メタリック』刊行。二〇一九年、第六三回現代歌人協会賞、第十二回「（池田晶子記念）わたくし、つまりＮｏｂｏｄｙ賞」受賞。小説作品に『車軸』『僕は失くした恋しか歌えない』。

ビギナーズ家族

二〇二三年五月二十三日　初版第一刷発行

著　者　小佐野　彈
発行者　石川和男
発行所　株式会社小学館
〒一〇一 - 八〇〇一
東京都千代田区一ツ橋二 - 三 - 一
編集　〇三 - 三二三〇 - 五九五九
販売　〇三 - 五二八一 - 三五五五

印刷所　凸版印刷株式会社
製本所　株式会社若林製本工場

ISBN978-4-09-386685-9